Cecil Scott Forester

L'heureux retour

Capitaine Hornblower

Traduit de l'anglais
par Louis Guilloux
et René Robert

Gallimard

Illustrations de Bony.

Cecil Scott Forester (de son vrai nom Cecil Lewis Troughton Smith) est né en 1899 au Caire, où son père était officier de l'armée égyptienne. Il a passé la plus grande partie de son enfance en Orient. Après de courtes études de médecine au Royaume-Uni, il étudie la littérature pour devenir écrivain et journaliste. En 1937, il publie *L'heureux retour*, le premier volume de la saga du *Capitaine Hornblower*, considérée aujourd'hui comme un classique de la littérature maritime. Les romans qui suivent voient Hornblower s'élever dans la hiérarchie navale, puis en 1950, Forester publie *Aspirant de marine*, qui décrit les tout débuts de son héros dans la marine. Parallèlement, il écrit des scénarios et sera correspondant de guerre en Espagne et en Tchécoslovaquie. En 1940, participant à la propagande antinazie, il s'installe en Californie. Pendant les années 1950, cinq de ses romans ont été adaptés au cinéma. Il est mort en 1966.

Équivalences des unités de mesure anglaises

Unités de longueur

1 pouce = 2,5 centimètres

1 pied = 30 centimètres

1 yard = 91 centimètres

1 brasse = 1,8 mètre

1 mille = 1,6 kilomètre

1 lieue = 4,8 kilomètres

Unités de volume

1 pinte = 0,5 litre

1 gallon = 4,5 litres

Frégate *Lydia*

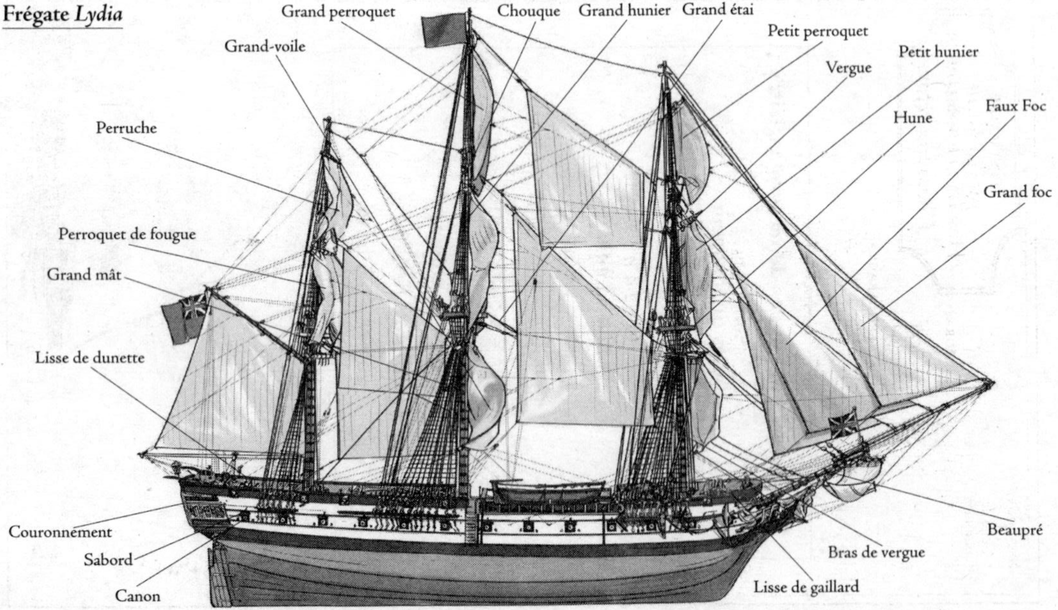

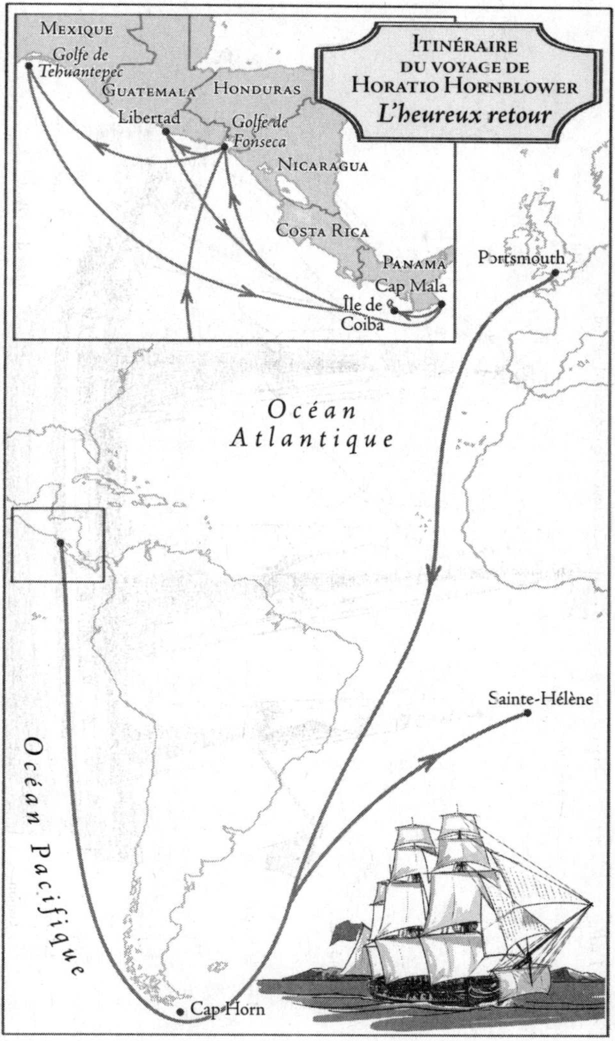

ITINÉRAIRE
DU VOYAGE DE
HORATIO HORNBLOWER
L'heureux retour
MEXIQUE
Golfe de
Tehuantepec
GUATEMALA
HONDURAS
Libertad
Golfe de
Fonseca
NICARAGUA
COSTA RICA
PANAMA
Cap Mala
Île de
Coïba
Portsmouth
Océan
Atlantique
Sainte-Hélène
Océan Pacifique
Cap Horn

1

Le capitaine

L'aube s'était levée depuis peu lorsque le capitaine de frégate Hornblower gagna le gaillard d'arrière de la *Lydia.* Bush, premier lieutenant, était officier de quart ; il salua le capitaine mais ne lui parla pas ; au cours d'un voyage qui durait depuis sept mois sans qu'ils eussent touché terre, il avait appris à connaître ce qui plaisait à son capitaine et ce qui ne lui plaisait pas. Pendant cette première heure de la journée, il ne fallait pas lui parler, ni interrompre le cours de ses pensées.

Conformément aux ordres – qu'un voyage d'une si incroyable longueur avait consacrés et transformés en tradition –, Brown, le patron du canot du capitaine, avait veillé à ce que le côté au vent de la dunette soit briqué et sablé à la pointe du jour. Bush et l'aspirant qui l'accompagnait se retirèrent vers le côté sous le vent dès qu'ils aperçurent

Hornblower, et celui-ci commença aussitôt sa promenade quotidienne d'une heure, le long des sept mètres de pont sablés à son intention. Sa marche était limitée d'un côté par les flasques des caronades du gaillard ; de l'autre, par la rangée de chevilles à boucle fixées dans le pont pour l'assujettissement des palans d'affût des caronades ; la partie du pont où le capitaine avait coutume de prendre son heure d'exercice chaque matin n'avait donc qu'un mètre cinquante de large sur sept mètres de long.

Hornblower faisait les cent pas sans interruption. Bien qu'il fût entièrement perdu dans ses pensées, ses subordonnés savaient par expérience que son instinct de marin était en éveil ; d'une façon subconsciente son esprit enregistrait l'ombre des manœuvres sur le pont et le toucher de la brise sur sa joue, si bien que la plus légère inattention de la part du quartier-maître à la roue du gouvernail provoquait une réprimande acerbe de Hornblower, d'autant plus acerbe qu'il avait été dérangé pendant cette heure de promenade – la plus importante de la journée. Il était également conscient, sans y avoir attaché spécialement son attention, de tous les éléments essentiels qui présidaient aux conditions de navigation. À son réveil, il avait vu, de son cadre, par un coup d'œil machinal au compas renversé, juste au-dessus de sa tête, que la route du navire était nord-est, comme elle l'était depuis trois jours. Au moment où il avait pris pied sur le pont, son instinct avait noté que le vent était d'ouest, et tout juste assez fort pour donner au navire la vitesse nécessaire pour gouverner, bien que toutes les voiles fussent dehors y compris les cacatois ; que le ciel était d'un bleu immuable et la mer d'un calme presque absolu, avec une houle longue et paisible sur laquelle la *Lydia* s'élevait et plongeait avec une parfaite régularité.

La première pensée consciente du capitaine fut que le matin, le Pacifique – dont la teinte bleu foncé près du bateau devenait argent à l'horizon – ressemblait à un blason héraldique argent et azur ; puis il sourit à demi parce que cette comparaison lui venait à l'esprit chaque matin depuis quinze jours. Après cette pensée et ce sourire, son esprit se remit au travail, d'une manière rapide et régulière. Il regarda les hommes qui briquaient les passavants ; sur le pont principal, il pouvait voir une autre équipe occupée au même travail. Les hommes parlaient sur un ton tranquille ; deux fois, il entendit rire. C'était bon signe. Il était peu probable que des gens capables de parler et de rire de cette façon fomentassent une révolte ; Hornblower pensait beaucoup à cette possibilité depuis quelque temps. Sept mois en mer avaient presque épuisé les provisions de bord. Une semaine auparavant, il avait ramené la ration quotidienne d'eau à un litre et demi par jour, et un litre et demi par jour était à peine suffisant pour des hommes vivant de viande salée et de biscuit de mer, par dix degrés de latitude nord ; surtout qu'après un séjour de sept mois dans les tonneaux, l'eau grouillait de choses vertes et vivantes.

Une semaine auparavant également les dernières gouttes de jus de citron avaient été distribuées ; il faudrait compter avec le scorbut dans moins d'un mois, et il n'y avait pas de médecin à bord, puisque Hankoy était mort au large du cap Horn : alcool et syphilis. Depuis un mois, le tabac était distribué parcimonieusement, à raison d'une demi-once par semaine ; Hornblower se félicitait maintenant de s'être chargé seul de la question du tabac. S'il n'avait pas agi ainsi, ces insouciants stupides auraient épuisé toute leur provision, et des hommes privés de tabac étaient des hommes sur lesquels on ne pouvait plus compter. Il savait que ses marins se souciaient plus du manque de tabac que du manque de combustible pour la cuisine, qui l'obligeait pourtant à leur donner leur ration de porc salé à peine amené à ébullition dans l'eau de mer.

Cependant le manque de tabac, d'eau et de bois n'était pas aussi dramatique, à beaucoup près, que le manque imminent de grog. Il n'avait pas osé réduire la ration quotidienne, et il n'y avait plus de rhum que pour dix jours. Si parfait qu'il fût, un équipage privé de sa ration de rhum n'était plus sûr. Ils étaient dans les mers du Sud et il n'y avait pas d'autre bateau anglais à moins de deux mille milles ; quelque part vers l'ouest étaient les îles merveilleuses, où les femmes sont belles, et où il n'est pas nécessaire de travailler pour vivre. Une vie oisive et heureuse était à leur portée. Il se trouverait bien dans l'équipage un drôle mieux renseigné que les autres pour les mettre au courant. Ils n'y attacheraient pas d'importance dans l'instant ; mais plus tard, privés de leur satané grog de midi, les hommes seraient prêts à l'écouter. Depuis que l'équipage du *Bounty* s'était mutiné, séduit par les charmes du Pacifique, le capitaine de tout navire de Sa Majesté britannique que son devoir amenait dans ces parages était hanté par cette peur.

Hornblower, arpentant le pont, regarda de nouveau attentivement l'équipage. Sept mois en mer, sans toucher terre une seule fois, lui avaient offert une occasion admirable de discipliner les hommes et de faire des marins de cette bande de gibiers de potence et de matelots enrôlés de force ; mais ils avaient été trop longtemps sans distractions. Plus vite ils atteindraient la côte du Nicaragua, mieux cela vaudrait. Un petit tour à terre distrairait les hommes et ils auraient de l'eau et de la nourriture fraîche, et du tabac, et de l'alcool. L'esprit de Hornblower se mit à réexaminer les calculs qu'il venait de faire au sujet de la position du navire. Il était certain de la latitude ; et les observations lunaires faites la nuit précédente avaient paru confirmer les indications de longitude données par les chronomètres, bien qu'il semblât incroyable que l'on pût encore compter sur les chronomètres après un voyage de sept mois. Probablement à moins de cent milles, et au maximum à trois cents, se trouvait la côte Pacifique de l'Amérique centrale. Crystal, le maître de navigation, avait hoché la tête d'un air de doute devant l'assurance de Hornblower ; mais Crystal était un vieux sot, bon à rien en tant que navigateur. Quoi qu'il en fût, on saurait dans deux ou trois jours qui avait raison.

Aussitôt l'esprit de Hornblower en vint à un autre problème : comment passer les deux ou trois jours suivants ? Il fallait tenir les hommes en haleine. Rien de tel que de longues journées de désœuvrement pour faire naître la mutinerie. Hornblower n'avait jamais redouté la mutinerie pendant les dix semaines de tempêtes qu'il avait essuyées en contournant le cap Horn. Pendant le quart de huit heures à midi, il ferait le branle-bas de combat ; il exercerait les hommes au canon, cinq coups par canon. Le déplacement d'air ferait peut-être tomber le vent pendant un certain temps, mais tant pis. Ce serait sans doute la dernière occasion avant que les canons n'entrent en action pour de bon.

Un autre calcul se fit dans l'esprit de Hornblower. Cinq coups par canon, cela représentait plus d'une tonne de poudre et de boulets. La *Lydia* était déjà bien légère, avec presque toutes ses provisions épuisées. Hornblower essaya de se représenter la cale de la frégate et la situation des soutes. Il était temps qu'il s'occupât à nouveau de l'arrimage. Après le dîner des hommes, il mettrait le canot de portemanteau à la mer, et ferait le tour du navire. La *Lydia* devait être un peu sur cul, pensait-il. On pourrait remédier à cela demain en remettant les deux caronades numéro un à leur place d'origine sur le gaillard d'avant. Et comme il faudrait diminuer de voile pendant qu'il serait dans le canot, pourquoi ne pas faire les choses jusqu'au bout et donner à Bush carte blanche pour exercer l'équipage dans la mâture ? Bush avait une passion pour cette sorte de matelotage, comme il sied très bien à un premier lieutenant. L'équipage pourrait battre aujourd'hui son record précédent : onze minutes cinquante et une secondes pour guinder les mâts de hune et vingt-quatre minutes sept secondes pour hisser toutes les voiles, mâts de hune calés.

Ni l'un ni l'autre de ces temps – Hornblower en cela était d'accord avec Bush – n'étaient aussi bons qu'ils auraient pu l'être, à beaucoup près ; bien des navires avaient établi de meilleurs temps – du moins leurs capitaines le prétendaient-ils.

Hornblower s'aperçut que le vent avait légèrement fraîchi, assez pour que le gréement murmurât. À sentir la brise sur son cou et sa joue, il conclut qu'elle s'était déplacée vers l'arrière d'un quart, ou peut-être de deux. Au moment où son esprit enregistrait ces observations, et alors qu'il se demandait combien de temps Bush mettrait à s'apercevoir du changement, il entendit l'appel du quart. Clay, le jeune aspirant du gaillard d'arrière, hurlait comme un possédé. Sa voix avait mué depuis qu'ils avaient quitté l'Angleterre ; il commençait à apprendre à s'en servir convenablement, au lieu de pousser alternativement des petits cris aigus et des croassements. Toujours sans regarder ce qui se passait, et sans cesser d'arpenter le gaillard, Hornblower écoutait la succession de bruits familiers que faisaient les hommes de quart en se précipitant à l'arrière vers les bras. Un claquement et un cri lui apprirent que Harrison, le maître de manœuvres, avait appliqué un coup de canne sur la croupe d'un marin malchanceux ou traînard. Harrison était un bon marin, mais il avait tendance à abuser de la canne sur les croupes rebondies. Tout homme dont le pantalon était bien plein se trouvait exposé à se faire zébrer le derrière pour cette seule raison ; surtout si son travail l'obligeait malencontreusement à se pencher en avant lorsque Harrison passait près de lui.

La méditation du capitaine au sujet de cette faiblesse de Harrison avait duré presque tout le temps nécessaire à l'orientation des voiles ; comme cette manœuvre se terminait, Harrison hurla : « Amarrez ! » et les hommes de quart s'en retournèrent en groupe à leurs occupations précédentes. La cloche piqua sept heures trente. Hornblower avait prolongé sa promenade bien au-delà de l'heure habituelle, et il s'aperçut que la sueur lui picotait agréablement la peau. Il se dirigea vers l'endroit où Bush se tenait, près de la barre.

— Bonjour, monsieur Bush !

— Bonjour Monsieur, répondit Bush, exactement comme s'il n'avait pas vu Hornblower se promener de long en large à quatre mètres de lui pendant une heure et quart.

Hornblower regarda l'ardoise qui portait les indications du loch pour les dernières vingt-quatre heures ; il n'y avait rien de particulier ; le lancement du loch, d'heure en heure, avait donné des vitesses de trois nœuds ; quatre nœuds, etc., tandis que le renard indiquait que le navire avait réussi à maintenir sa route au nord-est pendant toute la journée. Le capitaine sentit que son premier lieutenant le regardait longuement et avec insistance ; il savait que Bush brûlait de lui poser des questions. Il n'y avait qu'une seule personne à bord qui connût la destination du navire ; c'était le capitaine. Il avait quitté l'Angleterre avec des instructions secrètes. Quand il avait ouvert l'enveloppe par trente degrés de longitude ouest et vingt degrés de latitude nord, conformément aux instructions reçues, et qu'il avait pris connaissance des ordres, il n'avait pas cru bon d'en faire part même au premier lieutenant. Pendant sept mois le lieutenant Bush était parvenu à s'abstenir de poser des questions, mais il était clair que l'effort commençait à lui peser.

— Hum, hum, fit Hornblower sans se compromettre.

Sans un mot, il accrocha l'ardoise, descendit l'échelle et regagna sa cabine.

Il était regrettable que Bush fût ainsi tenu à l'écart, mais Hornblower s'était abstenu de discuter de ses ordres avec lui non parce qu'il avait peur que Bush parlât trop, mais parce qu'il craignait de trop parler lui-même. Lorsqu'il s'était embarqué comme capitaine pour la première fois, cinq ans auparavant, il avait donné libre cours à sa loquacité naturelle, et son premier lieutenant à l'époque en était arrivé à abuser de la licence qui lui était accordée, au point que Hornblower ne pouvait plus donner un ordre sans le voir discuté. Pendant sa mission précédente, il avait tenté de maintenir ses discussions avec son premier lieutenant dans les limites ordinaires de la politesse, et il s'était aperçu que lui-même était incapable de rester dans ces limites : il ne cessait d'ouvrir la bouche et de parler plus qu'il ne fallait, ce qu'il regrettait par la suite. Il avait commencé ce voyage-ci fermement résolu (tel un buveur qui n'ose se risquer à boire de peur de boire trop) à ne rien dire de plus à ses officiers que ce qu'exigeait le service courant ; et sa résolution avait été renforcée par le fait que les ordres insistaient sur la nécessité du secret absolu. Il avait tenu bon pendant sept mois, devenant chaque jour un peu plus silencieux à mesure qu'il prenait davantage conscience de ce que la situation avait d'anormal. Dans l'Atlantique, il avait quelquefois parlé du temps avec Bush. Maintenant, dans le Pacifique, il consentait seulement à s'éclaircir la voix.

La cabine où se trouvait sa couchette était une toute petite pièce séparée de la cabine principale par une cloison. Un canon de dix-huit en occupait la moitié ; la place restante était presque remplie par le cadre du lit, son bureau et son coffre. Son garçon, Polwheal, installait son rasoir et son plat à barbe sur une console, au-dessous d'un petit bout de miroir fixé dans la cloison ; il y avait tout juste assez de place pour eux deux. Polwheal s'aplatit contre le bureau pour permettre à son capitaine d'entrer. Il ne dit rien, car Dieu merci, Polwheal était un homme de peu de mots. C'est pourquoi Hornblower l'avait choisi – il devait lui-même se méfier de son péché mignon, le bavardage, même vis-à-vis des domestiques.

Hornblower enleva sa chemise et son pantalon mouillés de sueur, et se rasa nu devant son miroir. Le visage qu'il y voyait n'était ni beau ni laid, ni vieux ni jeune. Deux yeux bruns mélancoliques, un front suffisamment haut, un nez suffisamment droit ; une bouche à laquelle vingt ans de mer avaient donné un dessin ferme. Les cheveux bruns aux boucles ébouriffées commençaient à s'éclaircir, et faisaient paraître le front encore un peu plus haut, ce qui était pour Hornblower une source d'irritation, car la perspective de devenir chauve lui déplaisait beaucoup. Cela lui rappela son autre souci, et il regarda son corps nu. Il était mince et bien musclé ; un corps bien sympathique, en somme, quand il se redressait pour ne pas perdre un pouce de ses six pieds. Mais vers l'endroit où se terminaient ses côtes, on ne pouvait nier la présence d'un petit ventre arrondi qui commençait à dépasser la ligne des côtes et des os iliaques. Hornblower détestait, avec une violence rare chez les gens de sa génération, l'idée de grossir ; il haïssait la pensée que son corps mince à la peau si douce pourrait être déformé en son milieu par ce renflement disgracieux ; voilà pourquoi cet homme naturellement indolent et qui avait la routine en horreur se contraignait à faire chaque matin cette promenade sur le gaillard d'arrière.

Sa barbe faite, il posa le rasoir et le blaireau – que Polwheal nettoierait et rangerait – et Polwheal lui mit sur les épaules une vieille robe de chambre en serge déchirée. Le steward le suivit le long du pont jusqu'à la pompe d'étrave, le débarrassa de sa robe de chambre et se mit à pomper, pendant que son capitaine pivotait lentement et solennellement sous ce flot d'eau de mer. Quand la douche fut terminée, Polwheal remit la robe de chambre sur ses épaules dégouttantes d'eau et le suivit jusqu'à la cabine. Une chemise de toile propre, usée mais soigneusement raccommodée, et un pantalon blanc étaient préparés sur la couchette. Hornblower s'habilla et Polwheal l'aida à passer sa tunique bleue, usée elle aussi, aux galons décolorés, et lui tendit son chapeau. Tout cela sans qu'une parole fût prononcée, tant Hornblower était bien parvenu à s'imposer cette discipline de silence. Et lui qui haïssait la routine y avait tant fait appel, pour se sauver du bavardage, qu'au moment où il mit le pied sur le pont, huit heures sonnaient, comme cela se produisait tous les matins.

— Faut-il appeler les hommes pour qu'ils assistent à la punition, Monsieur ? demanda Bush la main au chapeau.

Hornblower fit un signe d'acquiescement. Les sifflets des seconds maîtres entrèrent en action. « Tous les hommes sur le pont pour assister à la punition », hurla Harrison sur le pont principal ; et des hommes émergèrent des mille recoins du bateau pour se mettre en ligne à l'endroit habituel.

Rigide, Hornblower se plaça près de la lisse du gaillard d'arrière, avec un visage de pierre. Le fait qu'il considérait les châtiments corporels comme une besogne répugnante, qu'il détestait les ordonner et redoutait d'en être témoin le remplissait de honte. Les deux ou trois mille fustigations auxquelles il avait assisté pendant les vingt dernières années n'étaient pas parvenues à l'endurcir ; il avait douloureusement conscience d'être beaucoup plus mou aujourd'hui qu'à dix-sept ans, lorsqu'il était aspirant. Mais il n'y avait pas eu moyen d'éviter que l'on châtiât la victime de ce matin. C'était un Gallois appelé Owen qui n'avait jamais pu s'empêcher de cracher sur les ponts. Bush, sans en parler à son capitaine, avait juré qu'il le ferait fouetter à chaque faute, et Hornblower devait nécessairement confirmer cette décision, et soutenir son officier au nom de la discipline, bien qu'il doutât fortement qu'un homme que la crainte d'être fouetté n'empêchait pas de cracher sur les ponts pût tirer bénéfice de la fustigation même.

Heureusement, l'affaire fut vite réglée. Les contremaîtres attachèrent Owen, nu jusqu'à la ceinture, aux haubans de grand mât et tapèrent ferme pendant que le tambour battait. Owen, contrairement au commun des matelots, hurlait de douleur lorsque le chat à neuf queues mordait dans ses épaules ; il dansait de façon grotesque, ses pieds nus battant le pont. Jusqu'à ce qu'à la fin des deux douzaines de coups, il restât suspendu par les poignets, immobile et muet. Quelqu'un versa un seau d'eau sur lui, et on le descendit rapidement.

— Faites déjeuner les hommes, monsieur Bush, dit Hornblower d'un ton sec.

Il espérait que le hâle des tropiques le faisait paraître moins pâle qu'il ne se sentait l'être. En fait de distraction avant le déjeuner, fouetter un simple d'esprit n'était pas de son goût, et il était malade d'indignation de n'être ni assez énergique pour empêcher cela ni assez ingénieux pour sortir du dilemme dans lequel la décision de Bush l'avait enfermé.

Sur le gaillard d'arrière, la ligne des officiers se rompit. Gerard, deuxième lieutenant, releva Bush. Le bateau ressemblait à une mosaïque magique : il formait un dessin géométrique ; quelqu'un brouillait tout, et à l'instant un nouveau dessin ordonné se recomposait.

Hornblower descendit dans sa cabine où Polwheal avait préparé son déjeuner.

— Café, Monsieur, dit Polwheal, et burgoo.

Hornblower se mit à table ; après sept mois en mer, toutes les bonnes choses étaient mangées depuis longtemps. Le café était de l'extrait de pain brûlé, et tout ce que l'on pouvait dire en sa faveur, c'est qu'il était sucré et chaud. Le burgoo était une pâtée salée d'apparence innommable, composée de miettes de biscuits écrasés et de bœuf salé et haché. Hornblower mangeait distraitement. De sa main gauche, il tapait un biscuit sur la table afin de persuader les charançons de l'abandonner avant l'instant où il aurait fini son burgoo.

Tandis qu'il mangeait, les bruits du bateau l'environnaient. Chaque fois que la *Lydia* roulait ou tanguait légèrement en atteignant la crête de la houle qui la soulevait, la charpente tout entière craquait doucement à l'unisson. Au-dessus de sa tête, Hornblower entendait le bruit des pieds chaussés de Gerard arpentant le gaillard d'arrière, et quelquefois un bruit de pieds nus et calleux, lorsqu'un membre de l'équipage passait rapidement. De l'avant parvenait le grincement métallique, régulier et monotone, des pompes vidant l'eau de la cale. Mais tous ces bruits étaient passagers et momentanés ; il y en avait un autre, constant et si régulier que l'oreille s'y accoutumait et ne le remarquait que lorsque l'attention s'y portait particulièrement, le bruit de la brise dans les innombrables cordages du gréement. C'était un chant d'une extrême légèreté, fait de mille notes aiguës et de leurs harmoniques, mais on pouvait l'entendre de tous les points du navire, transmis des porte-haubans aux poutres en même temps que le craquement lent et régulier de la charpente.

Hornblower termina son burgoo et se prépara à manger le biscuit qu'il avait tapé sur la table. Il le regarda sans bienveillance, mais sans colère ; c'était une nourriture bien maigre pour un homme, et en l'absence de beurre – le dernier tonneau avait ranci le mois précédent – il lui faudrait arroser chaque bouchée si sèche d'une petite gorgée de café de pain brûlé. Mais avant qu'il ait pu y mettre la dent, un cri frénétique le fit rester immobile, le biscuit à mi-chemin de la bouche.

— Terre ! entendit-il. Holà du pont ! Terre à deux quarts par bâbord !

C'était la vigie dans la hune de misaine hélant le pont. Hornblower, assis là, le biscuit en l'air, écoutait le remue-ménage et l'agitation sur le pont ; chacun allait être follement excité à la vue de la terre, la première terre depuis trois mois, à l'issue d'un voyage dont la destination n'était pas connue. Lui-même était en alerte. Ce n'était pas seulement l'émotion toute proche de découvrir s'il avait fait un bon atterrissage, c'était aussi la pensée que dans moins de vingt-quatre heures, peut-être, il serait engagé à fond dans la mission que lui avaient confiée les lords de l'Amirauté. Il s'aperçut que son cœur battait plus vite. Il avait une folle envie de suivre son premier mouvement et de se précipiter sur le pont, mais il se retint. Il avait encore plus envie de paraître parfaitement sûr de lui et imperturbable aux yeux des officiers et de son équipage – et ce n'était pas uniquement pour satisfaire sa vanité. Plus on avait de considération pour le capitaine, mieux cela valait pour le bateau. Il s'obligea à adopter une attitude de calme parfait, et lorsque l'aspirant Savage frappa à la porte et bondit dans la cabine, Hornblower, les jambes croisées, sirotait son café d'un air indifférent.

— Le lieutenant Gerard m'a envoyé vous dire que la terre est en vue par bâbord avant, Monsieur, lâcha Savage, presque incapable de rester immobile, tant il subissait la contagion de l'excitation générale.

Hornblower se força à boire une petite gorgée de café avant de répondre, lentement et posément.

— Dites à M. Gerard que je vais monter sur le pont dans quelques minutes, quand j'aurai terminé mon déjeuner.

— Bien… Bien, Monsieur.

Savage sortit de la cabine comme une flèche ; ses grands pieds maladroits firent un vacarme épouvantable dans l'escalier.

— Monsieur Savage ! Monsieur Savage ! hurla le capitaine.

La bonne grosse figure, ronde comme une lune, réapparut dans l'encadrement de la porte.

— Vous avez oublié de fermer la porte, dit Hornblower froidement, et je vous prie de ne pas faire tant de bruit dans l'escalier.

— Bien, Monsieur, répondit Savage, décontenancé.

Hornblower était content de lui. Satisfait, il se caressa le menton et se remit à siroter son café, mais fut incapable de manger son biscuit. Il tambourina la table de ses doigts pour essayer de faire passer le temps plus vite. Il entendit le jeune Clay hurler du haut du mât, où probablement Gerard l'avait envoyé avec une longue-vue :

— On dirait une montagne de feu, Monsieur ; deux montagnes de feu, des volcans, Monsieur !…

Aussitôt Hornblower se représenta mentalement

la carte marine qu'il avait si souvent étudiée dans l'intimité de sa cabine. Il y avait des volcans tout le long de cette côte, la présence de deux volcans par bâbord avant n'était pas une indication certaine de la position du navire. Et pourtant – et pourtant – l'entrée du golfe de Fonseca serait indiscutablement marquée par deux volcans à bâbord. Il était très possible qu'il eût fait un atterrissage parfait, après onze semaines sans voir la terre ! Hornblower ne put rester assis plus longtemps. Il se leva de table, et se souvenant juste à temps qu'il devait marcher lentement et d'un air de complète indifférence, il monta sur le pont.

2

Terre

Le gaillard d'arrière était encombré d'officiers : les quatre lieutenants, ainsi que Crystal, le maître de navigation, Simmonds, de l'infanterie de marine, Ward, le commissaire aux vivres, et les aspirants de quart. Les manœuvres étaient pleines de gradés et de matelots, et toutes les longues-vues du navire semblaient être en service. Hornblower se dit qu'un capitaine sévère, attaché à la discipline et de sang-froid, s'offusquerait de cette conduite parfaitement naturelle, et il s'en offusqua.

— Qu'est-ce que c'est ? fit-il d'un ton sec. Personne sur ce navire n'a-t-il donc rien à faire ?

Monsieur Ward, je vous serais reconnaissant d'envoyer chercher le tonnelier et de prévoir avec lui le remplissage des tonneaux d'eau. Monsieur Gerard, faites serrer les cacatois et les bonnettes.

Le navire reprit son activité au bruit des sifflets, à la voix de Harrison hurlant pour appeler tout le monde à la manœuvre des voiles, et aux ordres que Gerard lançait du gaillard d'arrière. Avec sa voilure réduite, la *Lydia* roulait légèrement sur la houle grand-largue.

— Il me semble que j'aperçois la fumée d'ici, maintenant, Monsieur, dit Gerard, reparlant de la terre du ton de quelqu'un qui s'excuse.

Il tendit sa longue-vue et désigna un point du doigt. Bas sur l'horizon, Hornblower put voir dans la lunette quelque chose de grisâtre sous une vapeur de nuage blanc, qui pouvait être de la fumée.

— Hum, hum, fit-il, suivant l'habitude qu'il s'était imposée d'employer cette interjection en guise de conversation.

Il se dirigea vers l'avant et commença d'escalader les haubans du mât de misaine du côté du vent. Il n'avait rien d'un athlète, et il éprouvait une certaine aversion pour ce genre d'exercice, mais il fallait le faire. Sentir fixés sur lui les yeux de tous ceux qui étaient oisifs le mettait mal à l'aise. À cause de tous ces regards, il se sentit obligé – bien que la lunette le gênât – de s'abstenir de passer par le trou de chat et de risquer, de l'extérieur, la difficile escalade jusqu'aux gambes de revers. Il ne put pas non plus s'arrêter pour souffler, puisqu'il avait sous ses ordres des aspirants qui, dans leurs parties de « suivez-moi, je vous emmène », couraient en se jouant de la cale à la pomme du cacatois.

Grimper ainsi, une main par-dessus l'autre, sans arrêt, jusqu'aux haubans du petit mât de perroquet, le mit à rude épreuve ; la respiration bruyante, il en atteignit le sommet et s'installa pour pointer le télescope aussi fixement que le lui permettaient sa poitrine haletante et sa soudaine nervosité. Clay était assis nonchalamment à califourchon sur le bout de vergue à cinq mètres de lui, mais Hornblower fit semblant de ne pas le voir. Le léger roulis du bateau lui imprimait un vaste mouvement circulaire qui l'entraînait successivement vers le haut, vers l'avant, sur le côté et vers le bas. Tout d'abord il ne put fixer les montagnes éloignées, que d'une façon intermittente, mais au bout d'un moment il lui fut possible de les observer sans trop d'interruptions. C'était un paysage étrange que le télescope lui révélait. Il y avait les sommets pointus de plusieurs volcans ; deux très hauts à bâbord et une multitude de plus petits, tant à tribord qu'à bâbord. Pendant qu'il regardait, il vit une bouffée de fumée sortir de l'un des pics – non du sommet, mais d'un trou sur le côté – et monter paresseusement rejoindre le lambeau de nuage blanc suspendu au-dessus de lui. Outre ces cônes, il y avait une longue chaîne de montagnes, dont les premiers pics semblaient les contreforts ; mais la chaîne elle-même paraissait formée d'une série de volcans anciens, tronqués et usés par les siècles. Cette partie de la côte avait dû être la forge de l'enfer, quand tous ces volcans s'étaient trouvés en éruption à la fois. La partie supérieure des pics et des montagnes était d'un gris chaud – un gris teinté de rose – et plus bas, il pouvait distinguer quelque chose qui ressemblait à des cataractes vertes, et qui devait être la végétation s'étendant le long des ravins, au flanc de la montagne. Hornblower nota les hauteurs et les positions relatives des volcans ; il en dressa la carte dans son esprit et la compara avec la portion de carte marine qu'il avait également dans la tête. On ne pouvait mettre en doute leur similitude.

— Il m'a semblé voir des brisants à l'instant, Monsieur, dit Clay.

Le regard de Hornblower descendit du sommet des pics à leur base.

Il y avait là une épaisse ceinture verte, ininterrompue, sauf aux endroits où des volcans de moindre importance jaillissaient. Hornblower promena son télescope tout le long de cette ceinture, au bord même de l'horizon, d'un côté, puis de l'autre... Il crut voir un minuscule jet blanc, rechercha l'endroit, eut un moment de doute, puis le revit, tache blanche qui apparaissait et disparaissait sous son regard.

— Tout à fait exact. Ce sont assurément des brisants, dit-il ; et il le regretta aussitôt.

Il n'avait pas besoin de répondre du tout à Clay. Sa réputation d'imperturbabilité en était diminuée d'autant.

La *Lydia* se dirigeait vers la côte avec une régularité constante. En baissant les yeux, Hornblower pouvait voir les formes curieusement raccourcies des hommes sur le gaillard d'avant, à cent quarante pieds sous lui ; et autour de la proue, un soupçon de lame d'étrave qui lui indiqua que le bateau devait filer quatre nœuds ou presque. Ils atteindraient le rivage bien avant la tombée de la nuit, d'autant que la brise fraîchirait à mesure que la journée s'avancerait. Il essaya de trouver une position un peu moins incommode et fixa de nouveau le rivage. À mesure que le temps s'écoulait, il pouvait voir d'autres brisants de chaque côté de l'endroit où il en avait vu d'abord. Ce devait être un point où la houle montante se brisait sur une paroi de roc verticale et lançait très haut son écume blanche. Sa conviction d'avoir fait un atterrissage parfait s'affirmait. De chaque côté des brisants s'étalaient deux nappes d'eau paisibles, l'une et l'autre surveillées par un volcan de dimension moyenne. Une vaste baie, une île au milieu de l'entrée flanquée de deux volcans... C'était exactement ainsi que le golfe de Fonseca apparaissait sur la carte, mais Hornblower avait douloureusement conscience qu'une erreur de navigation même légère de sa part aurait suffi à les amener à deux cents milles peut-être de l'endroit où il croyait être ; et il se rendait compte qu'une portion quelconque de cette côte littéralement jonchée de volcans devait beaucoup ressembler à telle autre. Il était même possible qu'une certaine disposition de la côte donnât l'illusion d'une baie et d'une île. En outre, il ne pouvait pas se fier à ses cartes. Elles avaient été établies d'après celles dont Anson s'était emparé dans ces eaux mêmes, voilà soixante ans, et chacun savait à quoi s'en tenir au sujet de ces cartes hispano-américaines ; et des cartes hispano-américaines revues par les dessinateurs

– par les propres à rien – de l'Amirauté pouvaient très bien n'avoir aucune valeur.

Mais à mesure qu'il regardait, ses doutes peu à peu disparaissaient. La baie qui s'ouvrait devant lui était immense ; il ne pouvait y en avoir d'autres de la même dimension le long de cette côte qui eussent pu échapper à des cartographes, même hispano-américains. Hornblower estima la largeur de l'entrée à plus de dix milles, en comprenant les îles. Plus loin, à l'intérieur de la baie, se dressait une grande île dont la forme était tout à fait dans le caractère du paysage : un cône aux pentes à pic sortant abruptement de l'eau. Il ne pouvait pas encore voir le fond de la baie, bien que le bateau en fût maintenant de dix milles plus proche qu'au moment où il en avait aperçu l'entrée pour la première fois.

— Monsieur Clay, dit-il sans consentir à enlever son œil du télescope, vous pouvez descendre maintenant. Présentez mes compliments à M. Gerard et priez-le de faire manger les hommes.

— Bien, Monsieur, fit Clay.

Le repas avancé d'une demi-heure, tout le monde saurait à bord que quelque chose d'inhabituel était imminent. Sur les bateaux anglais, les officiers veillaient toujours à ce que les hommes eussent le ventre plein avant de leur demander un effort particulier.

Hornblower reprit son observation en haut du mât. Il ne pouvait maintenant y avoir le moindre doute ; la *Lydia* se dirigeait bien vers le golfe de Fonseca. Il avait accompli un exploit remarquable en matière de navigation, dont n'importe quel marin aurait eu le droit de s'enorgueillir, en amenant son bateau directement ici, après onze semaines sans venir en vue de la terre. Mais il n'en éprouvait pas d'exaltation. Il n'était pas dans la nature de Hornblower d'éprouver du plaisir à accomplir des choses somme toute réalisables ; son ambition aspirait toujours à l'impossible : donner l'impression d'être un homme fort, silencieux, capable, imperméable à l'émotion.

Pour l'instant, il n'y avait pas le moindre signe de vie dans le golfe ; pas de bateaux, pas de fumée. Ce rivage dont il approchait – second Colomb – aurait pu être inhabité. Il avait encore une bonne heure devant lui avant que quoi que ce soit pût être entrepris. Il referma son télescope, descendit sur le pont, et se dirigea avec une lenteur calculée vers le gaillard d'arrière.

Crystal et Gerard parlaient avec animation près de la lisse. De toute évidence, ils s'étaient écartés de façon à n'être pas entendus de l'homme de barre, et ils avaient éloigné le plus possible l'aspirant ; de toute évidence aussi, comme en témoignait le regard qu'ils lancèrent vers Hornblower à son approche, c'était de lui qu'ils parlaient. Il était tout naturel qu'ils fussent excités, car la *Lydia* était le premier vaisseau de guerre britannique qui eût atteint la côte Pacifique de l'Amérique espagnole depuis l'époque d'Anson. Ils étaient dans les eaux sillonnées par le célèbre galion d'Acapulco qui transportait un trésor d'un million de livres sterling à chacun de ses voyages annuels ; le long de cette côte passaient les caboteurs portant à Panama l'argent de Potosi. Il semblait que la fortune de tous les hommes du bord pût être assurée, si seulement ces fameux ordres secrets du capitaine le permettaient. Les intentions immédiates du capitaine avaient pour eux tous la plus grande importance.

— Envoyez un homme de confiance en haut du petit mât de perroquet avec une bonne lunette, monsieur Gerard.

Ce fut là tout ce que dit Hornblower en descendant l'escalier de sa cabine.

3

Les ordres

Polwheal, ayant apprêté le dîner du capitaine, attendait ce dernier dans la cabine. Hornblower se demanda un instant s'il était bien indiqué de manger du porc salé et gras à midi, sous les tropiques. Il n'avait nullement faim ; mais son désir de paraître un héros aux yeux de son steward l'emporta sur son manque d'appétit provoqué par l'énervement. Il s'assit et mangea rapidement pendant dix minutes, se contraignant à avaler, sans presque les mâcher, les bouchées désagréables. Polwheal surveillait chacun des mouvements du capitaine avec un intérêt éperdu. Sous ce regard avide, Hornblower se leva, et baissant la tête à cause du plafond bas, il traversa la pièce pour se rendre à la cabine où il dormait, et ouvrit son bureau.

— Polwheal, appela-t-il.

— Monsieur ! répondit le garçon, qui apparut immédiatement à la porte.

— Sortez ma plus belle tunique et mettez-y les nouvelles épaulettes ; mon pantalon blanc, ma culotte, mes meilleurs bas de soie blancs et les souliers à boucles. Vous veillerez à ce que les boucles brillent ainsi que l'épée à poignée d'or.

— Bien, Monsieur, fit Polwheal.

De retour dans la cabine principale, Hornblower s'étendit sur le coffre placé sous la fenêtre de poupe et une fois de plus déplia les instructions secrètes de l'Amirauté. Il les avait lues si souvent qu'il les connaissait presque par cœur ; mais la prudence commandait qu'il s'assurât d'en avoir bien compris chaque mot ; en toute conscience, elles étaient assez détaillées. Quelque employé du ministère de la Marine avait, en les rédigeant, donné libre cours à son imagination. Les dix premiers paragraphes traitaient du voyage jusqu'au moment présent : d'abord de la nécessité d'agir dans le plus grand secret de façon que l'Espagne ne se doutât point qu'une frégate anglaise s'approchait de ses possessions de la côte Pacifique. « En conséquence, on vous demande et on vous enjoint de venir en vue de la terre aussi rarement que possible pendant le voyage, et on vous interdit formellement par les présentes de venir en vue de terre dans le Pacifique jusqu'à l'arrivée à l'entrée du golfe de Fonseca. » Il avait suivi ces ordres à la lettre, quoiqu'il y eût bien peu de capitaines de la Marine royale qui eussent su ou voulu accomplir pareille mission. Il avait amené son bateau ici depuis l'Angleterre sans apercevoir aucune terre, sauf un instant le cap Horn, et s'il avait laissé faire Crystal à propos de la route à suivre une semaine auparavant, le bateau s'en serait allé voguer en plein golfe de Panama, ruinant tout espoir de tenir la mission secrète.

Hornblower s'arracha à la question de savoir dans quelle mesure il convenait, arrivé dans ces eaux, de compenser la variation de la boussole et se contraignit à étudier les ordres. « On vous demande et on vous enjoint par les présentes », de former une alliance, aussitôt atteint le golfe de Fonseca, avec don Julian Alvarado, grand propriétaire dont les domaines s'étendent le long du rivage ouest de la baie. Don Julian, avec l'aide des Anglais, avait l'intention d'entrer en rébellion contre la monarchie espagnole. Hornblower devait lui remettre les cinq cents fusils et leurs baïonnettes, les cinq cents cartouchières et le million de cartouches fournis à Portsmouth et il devait faire tout ce que lui dicterait son jugement pour assurer le succès de la révolte. S'il le pensait nécessaire, il pouvait offrir aux rebelles un ou plusieurs des canons du navire ; mais les cinquante mille guinées d'or qui lui étaient également confiées ne devaient être déboursées que si, sans leur secours, la rébellion devait échouer, et cela sous peine pour lui d'être traduit en conseil de guerre. Il devait aider les rebelles de tout son pouvoir ; il pouvait aller jusqu'à reconnaître la souveraineté de don Julian Alvarado sur tous les territoires que ce dernier pourrait conquérir, pourvu qu'en retour don Julian conclût des traités commerciaux avec Sa Majesté britannique.

Cette allusion aux traités commerciaux avait apparemment inspiré le rédacteur du ministère ; car les dix paragraphes suivants examinaient en détail et dans un style pompeux la nécessité pressante d'ouvrir les possessions espagnoles au commerce britannique. Le baume, le bois de Campêche, la cochenille et l'or du Pérou n'attendaient que des marchandises d'échange pour être expédiées aux usines anglaises. D'excitation, la plume du rédacteur en avait fait des bavures en écrivant ces détails en belle ronde. On signalait en particulier une échancrure de la baie de Fonseca appelée, croyait-on, l'Estero Real, qui s'approchait tout près du lac intérieur de Managua que l'on supposait communiquer avec le lac Nicaragua ; or la rivière San Juan drainait les eaux de ce lac vers la mer des Caraïbes… On demandait et on enjoignait au capitaine Hornblower de faire tout son possible pour ouvrir au commerce britannique cette route à travers l'isthme et il devait guider dans cette direction les efforts de don Julian.

Ce n'était qu'une fois tout ceci accompli, et après le succès éventuel de la rébellion, que l'on permettrait au capitaine Hornblower d'attaquer les galions du Pacifique ; et encore, il ne devait s'en prendre à aucun navire marchand, si, ce faisant, il risquait de mécontenter les populations susceptibles de regarder la rébellion avec faveur. On ajoutait, à titre de renseignement, que les Espagnols étaient supposés posséder dans ces eaux un navire à deux ponts, de cinquante canons – la *Natividad* –, chargé d'imposer en ces lieux l'autorité du roi d'Espagne. En conséquence, on demandait et on enjoignait au capitaine de « capturer, couler, brûler ou détruire » ce bâtiment à la première occasion. On lui ordonnait enfin d'entrer en rapport, dès qu'il en verrait la possibilité, avec le contre-amiral commandant le poste des îles Sous-le-vent, en vue de recevoir d'autres ordres.

Hornblower replia le papier crissant et se mit à méditer ; les ordres étaient ceux qu'un capitaine en mission spéciale pouvait s'attendre à recevoir : un mélange de choses juste possibles et d'autres absolument donquichottesques. Il n'y avait qu'un terrien pour donner ces ordres du préambule : parvenir au golfe de Fonseca sans venir en vue de la terre dans le Pacifique ; seule une suite de miracles – Hornblower ne croyait ni à la solidité de son jugement ni à ses qualités de marin – avait permis de les exécuter.

Fomenter une rébellion parmi les colonies espagnoles d'Amérique était depuis longtemps le rêve du gouvernement britannique – un rêve qui, pour les officiers chargés d'en faire une réalité, avait été un cauchemar. L'amiral Popham et l'amiral Sterling, le général Beresford et le général Whitelocke, avaient tous, pendant les trois dernières années, perdu en réputation et en honneur dans leurs efforts répétés pour provoquer une rébellion sur le fleuve Plate.

Les employés du ministère de la Marine, leurs cartes à petite échelle étalées devant eux, dépourvus d'expérience pratique, chérissaient depuis longtemps un autre rêve : ouvrir une voie d'accès au commerce britannique à travers l'isthme de Darien. Trente ans auparavant, Nelson lui-même, alors jeune capitaine, avait failli perdre la vie alors qu'il commandait une expédition qui remontait cette même rivière San Juan qu'on ordonnait à Hornblower de reconnaître depuis sa source.

Et pour couronner le tout, il y avait cette allusion désinvolte à la présence d'un bâtiment ennemi de cinquante canons. C'était tout à fait caractéristique des procédés de l'Amirauté que d'envoyer si légèrement une frégate de trente-six canons attaquer un ennemi presque deux fois plus fort. La marine britannique avait remporté tant de succès dans des duels de vaisseau à vaisseau pendant ces dernières guerres, qu'on en venait désormais à escompter la victoire de ses navires quel que soit le handicap. Si par hasard la *Natividad* écrasait la *Lydia,* on n'accepterait aucune excuse. La carrière de Hornblower serait brisée. Même si l'inévitable conseil de guerre ne l'accablait pas, on le laisserait languir à demi-solde pour le restant de ses jours. Qu'il ne réussît pas à s'emparer de la *Natividad,* ou à faire naître une révolte couronnée de succès, ou à ouvrir l'isthme au commerce, l'un quelconque de ces très probables échecs lui ferait perdre sa réputation et son emploi et l'obligerait, à son retour, à se présenter devant sa femme comme un homme inférieur à ses semblables.

Ayant contemplé ces sombres éventualités, Hornblower les rejeta avec un optimisme résolu. D'abord et avant tout, il lui fallait entrer en contact avec ce don Julian Alvarado, ce qui semblait à première vue présenter un certain intérêt et peu de difficultés. Plus tard, il y aurait les galions à capturer, des parts de prise à gagner. Il ne voulait pas se laisser aller à se faire du souci pour un avenir plus lointain encore. Il se leva du coffre avec effort et se dirigea à grands pas vers la cabine qui lui servait de chambre.

Dix minutes plus tard, il mettait le pied sur le pont ; il remarqua avec une joie sardonique que ses officiers essayaient sans succès de paraître ne pas prendre garde à sa tunique splendide, à ses épaulettes, à ses bas de soie, à ses souliers aux boucles de métal ouvragé, à son bicorne et à son épée à la poignée d'or. Il jeta un coup d'œil vers le rivage qui se rapprochait rapidement.

— Chacun à son poste ! Monsieur Bush, lança-t-il, branle-bas de combat !

Le roulement du tambour mit le navire en fol émoi et la bordée se précipita sur le pont. Aiguillonné par les cris et les coups des seconds maîtres, l'équipage se lança dans la tâche : préparer le navire au combat. Les ponts furent arrosés d'eau de mer et recouverts de sable, les cloisons abattues ; les piquets d'incendie se placèrent aux pompes ; les mousses s'essoufflèrent à apporter des gargousses pour les canons ; à l'intérieur du navire, dans le poste des blessés, le cambusier, que l'on avait désigné pour faire fonction de chirurgien, mettait côte à côte les coffres des aspirants pour en faire une table d'opération.

— Nous allons charger les pièces et les mettre en batterie si vous voulez bien, monsieur Bush, dit Hornblower.

C'était là une sage précaution puisque le navire allait pénétrer, vent arrière, en plein territoire espagnol. Les servants enlevèrent les bridages des culasses, s'acharnèrent aux palans d'affût, pour amener les pièces en position, refoulèrent la poudre et les projectiles, baissèrent la gueule des canons, halèrent comme des fous sur les palans, ouvrirent les sabords et mirent en batterie.

— Branle-bas de combat terminé – dix minutes vingt et une secondes, Monsieur, fit Bush comme les derniers grondements s'éteignaient.

Sur sa vie, il n'aurait pu dire encore si c'était là un exercice ou si c'était sérieux. Le laisser ainsi dans le doute satisfaisait la vanité de Hornblower.

— Très bien, monsieur Bush. Envoyez un homme sérieux dans les porte-haubans du grand mât avec la sonde et préparez-vous à mouiller.

La brise de mer fraîchissait maintenant de minute en minute, et la vitesse de la *Lydia* augmentait régulièrement. Du gaillard d'arrière, Hornblower voyait de sa lunette tous les détails de l'entrée de la baie ainsi que le large chenal ouest, entre l'île de Conchaquita et la terre ferme ; la carte lui assurait que ce chenal avait une profondeur de vingt brasses pendant cinq milles. Mais on ne pouvait pas se fier à ces cartes espagnoles.

— Hé là-bas, quel fond avez-vous ? demanda Hornblower.

— Pas de fond avec cette ligne, Monsieur.

— À combien de brasses êtes-vous ? Faites-lui passer la ligne de grande sonde.

— Bien, Monsieur.

Un silence de mort s'abattit sur le navire ; on n'entendait plus que le chant de harpe du gréement et le babil de l'eau sous la poupe.

— Pas de fond à cent brasses, Monsieur !...

Le rivage devait être bien escarpé dans ce cas,

car ils étaient maintenant à moins de deux milles de la terre. Mais il était inutile de courir le risque de s'échouer avec toutes les voiles dehors.

— Serrez les basses voiles ! ordonna Hornblower et vous, là-bas, continuez de sonder.

Avec les seules voiles de hune, la *Lydia* continua lentement sa route vers la terre. Bientôt un cri, parti des porte-haubans, annonça que le fond était atteint à cent brasses, et la profondeur diminua rapidement à chaque jet de la sonde. Hornblower aurait aimé connaître l'état de la marée – si par hasard il allait s'échouer, il vaudrait beaucoup mieux que ce fût sur le flux que sur le reflux – mais il n'y avait aucun moyen de calculer cela. Il grimpa à mi-chemin des haubans du mât d'artimon pour avoir une meilleure vue ; chacun sur le navire, à l'exception de l'homme de sonde, se tenait au garde-à-vous dans le soleil aveuglant. Maintenant, ils étaient presque dans le goulet. Hornblower aperçut un morceau de bois à la dérive sur bâbord, et réglant sa lunette dessus, il vit qu'il se dirigeait vers l'intérieur de la baie. La mer montait, par conséquent ; de mieux en mieux !

— Neuf brasses ! psalmodia l'homme de sonde.

Et voilà pour la carte espagnole qui indiquait dix brasses.

— Huit brasses et demie.

Le chenal diminuait rapidement de profondeur. Il faudrait jeter l'ancre bientôt.

— Et huit et demie !

Encore bien assez de fond pour l'instant. Hornblower donna un ordre à l'homme de barre, et la *Lydia* fit un crochet sur tribord.

— Huit brasses et demie toujours !

— Bon.

La *Lydia* retrouva son équilibre.

— Sept brasses.

Hornblower scruta le chenal pour tenter de découvrir la ligne de plus grande profondeur.

— Sept brasses !

Sur un ordre du capitaine, la *Lydia* se rapprocha de l'autre rive. Calmement, Bush envoya les hommes dans les bras de vergue pour orienter les voiles conformément à la nouvelle route.

— Huit brasses et demie !

Cela était mieux.

— Neuf brasses !

De mieux en mieux ! La *Lydia* était à présent profondément engagée dans la baie, et Hornblower pouvait voir que la mer montait toujours. Ils continuèrent à glisser lentement sur l'eau transparente, au chant monotone du sondeur ; le cône abrupt de la montagne, au milieu de la baie, se rapprochait.

— Sept brasses trois quarts ! annonça l'homme de sonde.

— Est-ce que les ancres sont parées ? demanda Hornblower.

— Parées, Monsieur.

— Sept brasses !

Il ne servait à rien de s'avancer davantage.

— Mouillez !

La chaîne rugit dans les écubiers tandis que les hommes de quart se précipitaient dans la mâture pour ferler les huniers ; et la *Lydia* évita au vent et à la marée pendant que Hornblower redescendait sur le gaillard d'arrière.

Bush le regarda en clignant des yeux, comme s'il était un faiseur de miracles. Sept semaines après avoir reconnu le cap Horn, Hornblower avait amené la *Lydia* directement à sa destination ; il était arrivé l'après-midi, avec la marée montante et la brise de mer pour le pousser dans la baie ; et s'il survenait un danger, la marée descendante et la brise de terre viendraient avec la nuit pour les en faire sortir ! Quelle était la part de chance dans tout cela et quelle était la part du calcul ? Bush ne pouvait le deviner ; mais comme l'opinion qu'il avait des qualités professionnelles de son capitaine était bien meilleure que celle que Hornblower avait de lui-même, il était porté à lui attribuer plus de mérite qu'il ne lui en était vraiment dû.

— Maintenez la bordée de quart aux postes de combat, monsieur Bush, dit Hornblower. Renvoyez la bordée qui n'est pas de service.

Le navire se trouvant à un mille de toute possibilité de danger, et prêt au combat, il n'y avait pas besoin de maintenir chaque homme à son poste. La frégate se mit à bourdonner joyeusement lorsque les hommes au repos vinrent garnir les lisses et regarder cette contrée aux roches grises et à la jungle verte. Hornblower cependant était perplexe, se demandant ce qu'il allait faire dans l'instant. L'exaltation qu'il avait éprouvée à amener le navire jusqu'à ce mouillage inconnu l'avait empêché de prévoir soigneusement la suite des opérations comme il avait l'habitude de le faire.

La décision fut imposée par un appel de la vigie.

— Holà du pont ! Un bateau quitte le rivage. Deux quarts sur l'arrière du travers tribord.

Un double point blanc s'avançait vers eux ; avec son télescope, Hornblower vit qu'il s'agissait d'une barque portant deux voiles latines minuscules ; lorsqu'elle fut proche, il vit qu'elle était montée par une demi-douzaine d'hommes basanés portant de grands chapeaux de paille. La barque mit en panne à cinquante mètres ; quelqu'un se leva à l'arrière et cria, les mains en porte-voix. Il parlait espagnol.

— Est-ce là un bateau anglais ? demanda-t-il.

— Oui, montez à mon bord ! répondit Hornblower.

Deux années passées en Espagne comme prisonnier lui avaient donné l'occasion d'apprendre la langue ; il en était arrivé depuis longtemps à la conclusion que c'était uniquement à cause de cela qu'on l'avait choisi pour cette mission si spéciale.

La barque se rangea le long de la frégate ; l'homme qui avait parlé sauta légèrement sur l'échelle et grimpa sur le pont. Il s'arrêta à la coupée, et promenant son regard autour de lui avec une certaine curiosité, il remarqua l'extrême propreté des ponts et l'ordre rigoureux qui régnait partout. Il portait un gilet noir sans manches, tout flamboyant de broderies d'or, une chemise blanche, sale, et un pantalon également blanc et sale dont le bord déchiré s'arrêtait juste au-dessous du genou ; il était pieds nus ; la ceinture rouge qui lui entourait la taille soutenait deux pistolets et une épée courte et pesante. L'espagnol était visiblement sa langue maternelle ; pourtant il n'avait pas l'air d'un Espagnol ; ses cheveux noirs, qui lui tombaient sur les oreilles, étaient longs, raides et sans éclat ; on pouvait déceler une pointe de rose dans son teint mat et une touche de jaune dans le blanc de ses yeux ; une longue et maigre moustache pendait sur sa lèvre supérieure. Son regard découvrit aussitôt Hornblower, resplendissant dans sa plus belle tunique et son bicorne, et il s'avança vers lui.

C'était parce qu'il prévoyait une rencontre de ce genre que le capitaine s'était mis en grande tenue, et il se félicitait maintenant de sa prévoyance.

— Vous êtes le capitaine, Monsieur ? s'enquit le visiteur.

— Oui, capitaine Horatio Hornblower, commandant la frégate la *Lydia* de Sa Majesté britannique, à votre service. Qui ai-je le plaisir de saluer ?

— Manuel Hernandez, lieutenant-général d'El Supremo.

— El Supremo ? demanda Hornblower embarrassé.

Le nom était un peu délicat à traduire. Le « Tout-Puissant » était peut-être le terme qui s'en approchait le plus.

— Oui, El Supremo. Il y a quatre mois, six mois qu'on vous attend !

Hornblower réfléchit rapidement. Il n'osait pas dévoiler la raison de sa venue à une personne non autorisée mais le fait que cet homme sût qu'il était attendu semblait indiquer qu'il était membre de la conspiration d'Alvarado.

— Ce n'est pas à El Supremo que j'ai l'ordre de m'adresser, hasarda-t-il pour gagner du temps.

Hernandez eut un geste d'impatience.

— Notre maître El Supremo était connu des hommes jusqu'à ces temps derniers sous le nom de Son Excellence don Julian Maria de Jesus de Alvarado y Moctezuma, déclara-t-il.

— Ah ! fit Hornblower, c'est don Julian que je veux voir.

Hernandez était évidemment ennuyé d'entendre le nom de don Julian prononcé avec cette désinvolture.

— El Supremo, dit-il, appuyant sur le nom, avec solennité, m'a envoyé vers vous pour que je vous amène en sa présence.

— Et où est-il ?

— Il est dans sa maison.

— Et où est sa maison ?

— Il suffit, je pense, capitaine, que vous sachiez qu'El Supremo réclame votre présence.

— Vous croyez ? Permettez-moi de vous apprendre, *señor*, que le capitaine d'un des vaisseaux de Sa Majesté britannique n'a pas l'habitude d'être aux ordres de qui que ce soit. Vous pouvez si vous voulez aller dire cela à don Julian !

L'attitude de Hornblower indiquait que l'entrevue était terminée. Hernandez lutta intérieurement ; mais la perspective de devoir affronter El Supremo sans avoir, ramené le capitaine n'était pas séduisante.

— La maison est là, dit-il enfin de mauvaise grâce, en désignant du doigt un point au fond de la baie. Au flanc de la montagne. Nous devons pour y arriver traverser la ville qui est cachée derrière ce promontoire.

— Dans ce cas, je vais y aller. Excusez-moi un instant, général.

Hornblower se tourna vers Bush, lequel se tenait

près d'eux avec sur le visage cet air mi-perplexe, mi-admiratif que l'on voit si souvent à un homme qui écoute un compatriote parler couramment dans une langue inconnue.

— Monsieur Bush, dit-il, je vais à terre et j'espère revenir bientôt. Sinon, si je ne suis pas revenu à minuit, si je ne vous ai pas écrit, vous prendrez les mesures nécessaires pour assurer la sécurité du navire. Voici la clef de mon bureau. À minuit, vous lirez les instructions secrètes que le gouvernement m'a adressées ; et vous agirez comme bon vous semblera. Tels sont mes ordres.

— Bien, Monsieur, fit Bush – il y avait de l'anxiété sur son visage, et Hornblower comprit avec un frisson de plaisir que Bush était vraiment inquiet sur son sort. Croyez-vous que… est-il bien prudent d'aller seul à terre, Monsieur ?

— Je ne sais pas, dit Hornblower avec une indifférence sincère. Je dois y aller, voilà tout.

— Nous vous ramènerons, Monsieur, sain et sauf, si jamais ils veulent jouer aux petits soldats.

— Vous veillerez d'abord à la sécurité du navire, dit sèchement Hornblower, qui voyait déjà Bush à la tête d'un détachement important chercher maladroitement son chemin dans la jungle insalubre de l'Amérique centrale… puis, se tournant vers Hernandez : Je suis à vos ordres, *señor*.

4

El Supremo

La barque s'échoua sur une plage au sable d'or, derrière le promontoire ; son équipage basané sauta dans l'eau et hala l'embarcation, si bien que Hornblower et Hernandez purent atteindre le rivage à pied sec. Hornblower regarda autour de lui avec une attention soutenue. La ville descendait jusqu'à la grève ; c'était une collection de quelques centaines de maisons en feuilles de palmier ; quelques-unes seulement avaient un toit de tuiles. Hernandez se dirigea de ce côté.

— *Agua, agua,* gémit une voix à leur approche. De l'eau pour l'amour de Dieu, de l'eau !

Un homme était attaché, debout, à un poteau de six pieds à côté du sentier ; ses mains étaient libres, et ses bras battaient l'air frénétiquement. Les yeux lui sortaient de la tête, et on aurait dit que sa langue était trop grosse pour sa bouche, comme celle d'un idiot. Les vautours l'entouraient, tapis ou voletants.

— Qui est cet homme ? demanda Hornblower rempli d'horreur.

— Un homme qu'El Supremo a condamné à mourir de soif, fit Hernandez. C'est l'un des non-éclairés.

— On le torture à mort ?

— C'est son second jour. Il mourra demain sous le soleil de midi, conclut Hernandez avec désinvolture. C'est toujours comme ça.

— Mais quel est son crime ?

— Comme je vous l'ai dit, capitaine, c'est l'un des non-éclairés.

Hornblower résista à la tentation de demander en quoi consistait la lumière ; à seulement entendre Hernandez prononcer le nom d'El Supremo, il pouvait assez bien le deviner. Il fut assez faible pour permettre à Hernandez de le faire passer à côté de ce malheureux sans émettre une protestation. Il supposait bien qu'aucune remontrance de sa part ne pourrait modifier les ordres donnés par El Supremo et une protestation inutile ne ferait que diminuer son propre prestige. Il ne ferait rien tant qu'il ne se trouverait pas en présence du chef.

De petits sentiers bourbeux, sales et malodorants, serpentaient entre les huttes de palmiers. Des vautours, perchés sur les arêtes des toits, narguaient les chiens bâtards errant ici et là. La population d'Indiens vaquait à ses occupations habituelles sans s'occuper de l'homme qui mourait de soif à cinquante pas de là. Ils avaient tous le teint mat, avec un soupçon de rose, comme Hernandez lui-même ; les enfants étaient nus, les femmes habillées de noir ou de blanc sale ; les rares hommes que l'on rencontrait étaient nus jusqu'à la ceinture et portaient un petit pantalon blanc qui s'arrêtait aux genoux. La moitié des maisons, ouvertes d'un côté, semblaient être des boutiques où étaient exposés quelques poignées de fruits ou trois ou quatre œufs. Dans une de ces boutiques, une femme en robe noire était en train de marchander.

Attachés sur la petite place, au centre du bourg, quelques petits chevaux se battaient contre les mouches. Les hommes de l'escorte se hâtèrent d'en détacher deux, et les maintinrent par le mors pour que Hernandez et le capitaine puissent les monter commodément. Ce fut un moment difficile pour Hornblower ; il n'était pas bon cavalier – il le savait –, il portait ses plus beaux bas de soie, et il sentait bien qu'il n'aurait pas l'air très digne en selle, avec son bicorne et son épée. Cependant, il n'y avait pas moyen de faire autrement. Il était tellement évident qu'on s'attendait à le voir enfourcher sa bête, qu'il ne pouvait pas reculer. Il mit le pied à l'étrier et sauta en selle : il fut soulagé en constatant que le petit cheval était soumis et tranquille. Il chevaucha au côté de Hernandez, tout son corps gauchement secoué par le trot. La sueur ruisselait le long de son visage ; à chaque instant, il devait porter précipitamment la main à son bicorne pour le remettre en place. Un sentier raide et sinueux escaladait la colline à la sortie de la ville ; sa largeur ne permettait le passage que d'un cavalier à la fois ; Hernandez, avec un geste poli, le précéda. L'escorte suivit bruyamment à cinquante pas en arrière.

Dans ce sentier étroit, bordé de chaque côté d'arbres et de buissons, la chaleur était étouffante. Des insectes bourdonnaient autour d'eux et les piquaient méchamment. Un kilomètre après le début du sentier, des sentinelles nonchalantes se mirent gauchement au garde-à-vous ; au-delà de ce point, ils virent d'autres hommes, tout semblables à celui que Hornblower avait aperçu en débarquant, attachés à des poteaux et mourant de soif pareillement. D'autres, déjà morts, n'étaient plus qu'une masse puante de chair en putréfaction, couverts d'un nuage de mouches dont le bourdonnement doublait d'intensité au passage des chevaux. La puanteur était épouvantable ; des vautours rassasiés, hideux avec leur cou nu, battaient lourdement des ailes en fuyant devant les cavaliers, incapables de voler, et cherchaient refuge dans la forêt.

Hornblower était sur le point de lancer : « Encore des non-éclairés, général ? » lorsqu'il comprit l'inutilité des commentaires. Il valait mieux ne rien dire que de parler en vain. Il affronta en silence la puanteur et le nuage de mouches, tentant d'apprécier la mentalité d'un homme qui acceptait qu'on laissât des cadavres pourrir à sa porte, pour ainsi dire.

Le sentier escaladait l'un des sommets arrondis de la montagne ; pendant un instant, Hornblower aperçut la baie au-dessous, bleu argent et or sous le soleil couchant et, au milieu, la *Lydia* au mouillage. Tout à coup, comme par magie, la forêt se transforma en champs cultivés. Des bosquets d'orangers chargés de fruits bordaient le sentier ; à travers les arbres, Hornblower aperçut des champs en culture. Le soleil qui s'enfonçait rapidement à l'horizon illuminait les fruits dorés et nimbait de lumière un grand bâtiment blanc et trapu, que le capitaine découvrit devant lui à un tournant du sentier, et qui s'étendait loin à droite et à gauche.

— La maison d'El Supremo, fit Hernandez.

Dans le patio, des domestiques s'empressèrent vers les chevaux, tandis que Hornblower descendait avec raideur et considérait les dégâts faits à ses meilleurs bas de soie par la cavalcade imprévue.

Les vêtements des domestiques d'un grade plus élevé qui les introduisirent dans la maison présentaient le même mélange d'élégance et de délabrement que ceux de Hernandez : or et écarlate d'une part, pieds nus et haillons de l'autre. Le plus somptueux de tous – dont les traits semblaient indiquer un lignage au sang indien fortement teinté de sang nègre, avec une légère trace de sang européen – vint vers eux le visage soucieux.

— Vous avez fait attendre El Supremo, dit-il. Venez par ici, aussi vite que possible, je vous prie.

Presque courant, il les précéda dans un couloir jusqu'à une porte ornée de gros clous de cuivre. Il frappa vigoureusement, attendit un instant, frappa de nouveau et ouvrit la porte toute grande, en se courbant jusqu'à terre. Sur un geste de Hernandez, Hornblower s'avança à grands pas dans la pièce, suivi du général, et le majordome ferma la porte. C'était une pièce longue, blanchie à la chaux au point que les murs en étaient éblouissants, et dont le plafond était supporté par d'épaisses poutres de bois, peintes et sculptées. À l'extrémité de la salle se trouvait une triple estrade, seul ornement de cette pièce nue et désolée. Sur cette estrade, assis dans un fauteuil à baldaquin, se tenait l'homme que Hornblower venait voir de l'autre bout du monde.

Il ne paraissait pas très impressionnant, ni imposant ; c'était un homme au teint hâlé, petit, inquiet et agité, aux yeux noirs perçants et aux cheveux sombres déjà grisonnants. À en juger sur l'apparence, il ne devait y avoir que peu de sang indien mêlé à celui de ses ancêtres de race blanche ; il était vêtu à l'européenne, tunique rouge aux broderies d'or, col blanc, culottes et bas blancs, boucles d'or aux souliers. Hernandez s'inclina obséquieusement devant lui.

— Vous avez tardé longtemps, dit sèchement Alvarado. Onze hommes ont été fouettés pendant votre absence.

— Supremo, soupira Hernandez, qui de peur claquait des dents, le capitaine est venu dès qu'il a connu votre pressante invitation.

Alvarado tourna ses yeux aigus vers Hornblower qui salua avec raideur. Le capitaine soupçonnait que les onze malheureux qui avaient été fouettés avaient souffert sans raison, vu le temps nécessaire pour venir à cheval de la plage jusqu'à la maison.

— Capitaine Horatio Hornblower, de la frégate *Lydia*, de la Marine royale britannique ; à votre service, monsieur, dit-il.

— Vous m'avez apporté des armes et de la poudre ?

— Elles sont à bord.

— C'est bien, vous vous entendrez avec le général Hernandez pour leur débarquement.

Hornblower pensa aux chambres à provisions du bateau, presque vides, et il avait trois cent quatre-vingts hommes à nourrir ! De plus, comme tous les capitaines de navires, il éprouvait déjà de l'irritation à dépendre ainsi de la terre. Il serait inquiet et mal à l'aise tant que la *Lydia* n'aurait pas refait son plein de vivres, d'eau, de bois et de tout ce qui lui était nécessaire pour contourner à nouveau le cap Horn et gagner les Antilles, ou Sainte-Hélène, sinon l'Angleterre.

— Je ne puis rien vous remettre avant que les besoins de mon navire ne soient satisfaits, dit-il.

Il entendit Hernandez respirer vivement devant cette volonté de temporisation sacrilège exprimée en dépit des ordres d'El Supremo. Les sourcils de ce dernier se rapprochèrent ; pendant un instant, il parut probable qu'il allait tenter d'imposer au capitaine sa volonté impérieuse, mais bientôt son visage s'éclaira ; il comprenait la folie qu'il y aurait à se quereller avec son nouvel allié.

— Certainement, dit-il. Faites connaître vos besoins au général Hernandez, je vous prie. Il les satisfera.

Hornblower avait déjà eu affaire aux officiers de l'armée espagnole et il savait de quoi ils étaient capables en fait de belles promesses jamais tenues, de lenteur, d'expédients et de fourberie. Il devinait que les officiers rebelles hispano-américains seraient encore moins dignes de confiance. Il décida de faire connaître ses besoins dès maintenant, afin qu'il y ait une petite chance de les voir satisfaits au moins en partie, dans un avenir prochain.

— Mes tonneaux à eau doivent être remplis demain, déclara-t-il.

Hernandez fit un signe d'approbation :

— Il y a une source tout près de l'endroit où nous avons débarqué. Si vous le désirez, je vous donnerai des hommes pour vous aider.

— Merci, cela ne sera pas nécessaire. Mon équipage s'en occupera. En plus de l'eau, il me faut...

Son esprit se mit à faire la somme des multiples besoins d'une frégate qui va tenir la mer pendant sept mois.

— Oui, *señor* ?

— Il me faut : deux cents bœufs, deux cent cinquante s'ils sont maigres et de petite taille. Cinq cents cochons, cent quintaux de sel, quarante tonnes de pain, et si je ne peux pas avoir de biscuits de mer, il me faudra une quantité équivalente de farine, avec des fours et du combustible pour la cuisson. Le jus de quarante mille citrons, oranges ou limons ; je puis vous fournir les tonneaux nécessaires ; dix tonnes de sucre, cinq tonnes de tabac, une tonne de café. Vous cultivez des pommes de terre le long de cette côte, n'est-ce pas ? Vingt tonnes suffiront.

Le visage de Hernandez s'était allongé à cette impressionnante énumération.

— Mais, capitaine… tenta-t-il de protester.

Hornblower lui coupa la parole :

— Ensuite, pour nos besoins courants, tant que nous serons dans la baie, il me faudra cinq bœufs par jour, deux douzaines de poulets, autant d'œufs que vous en pourrez fournir, et assez de légumes verts pour la consommation journalière de mon équipage.

Par nature, Hornblower était le plus doux des hommes ; mais pour tout ce qui concernait son bateau, la crainte de passer pour un incapable l'amenait à montrer une dureté et une témérité inattendues.

— Deux cents bœufs ! s'écria le malheureux Hernandez, cinq cents cochons !

— C'est bien ce que j'ai dit, répondit Hornblower inexorable. Deux cents bœufs gras.

À ce moment, El Supremo intervint.

— Veillez à ce que les besoins du capitaine soient satisfaits, dit-il avec un geste impatient de la main. Commencez sans plus attendre !

Hernandez n'hésita qu'un dixième de seconde et se retira. La grande porte aux clous de cuivre se referma sans bruit derrière lui.

— C'est la seule façon de traiter ces gens, commenta El Supremo légèrement. Ils ne valent pas mieux que des bêtes. Ils sont imperméables à toute espèce de délicatesse. Vous avez sans doute vu en venant ici différents criminels subissant leur châtiment ?

— Je les ai vus.

— Ceux de mes ancêtres qui m'ont précédé sur cette terre, poursuivit El Supremo, se sont donné bien du mal pour inventer des châtiments compliqués. Ils faisaient périr les gens par le feu, avec un cérémonial raffiné. Ils leur arrachaient le cœur avec accompagnement de musique et de danses ; ou bien, ils les enveloppaient de cuir vert et les exposaient au soleil jusqu'à ce qu'ils meurent d'étouffement. Tout cela me paraît absolument inutile. L'ordre d'attacher l'homme à un poteau pour qu'il y meure de soif suffit. Il meurt et l'affaire est réglée.

— En effet, observa Hornblower.

— Ils sont incapables de comprendre les idées les plus élémentaires. Il y en a qui n'ont pas encore compris, à ce jour, cette notion cependant évidente que le sang des Alvarado et des Moctezuma est nécessairement divin. Ils s'en tiennent toujours à leurs sottises de Christ et de Vierge Marie !

— Vraiment ? fit Hornblower.

— L'un de mes premiers lieutenants ne put pas se débarrasser de l'influence de son éducation. Quand j'annonçai ma divinité, il alla jusqu'à suggérer qu'on envoyât des missionnaires convertir les tribus voisines, comme si je voulais établir une nouvelle religion. Il ne put jamais comprendre que ce n'était pas une question d'opinion, mais une question de fait. Il fut l'un des premiers à mourir de soif, bien entendu.

— Bien entendu.

Hornblower était complètement ahuri ; mais il se cramponnait à l'idée qu'il lui fallait s'allier avec ce fou. Sans parler du reste, le réapprovisionnement de la *Lydia* dépendait de sa bonne entente avec lui ; c'était là un point d'une importance absolument essentielle, vitale.

— Votre roi George a dû être ravi d'apprendre que j'avais décidé d'agir en accord avec lui, continua El Supremo.

— Il m'a chargé de messages vous assurant de son amitié, hasarda Hornblower, prudemment.

— Bien sûr, commenta son hôte, il n'a pas voulu se risquer à en dire davantage. Le sang de la famille des Guelph ne peut évidemment être comparé à celui des Alvarado.

— Hum, hum, fit Hornblower.

Il s'aperçut que cette interjection peu compromettante lui était aussi utile avec El Supremo qu'avec Bush.

Les sourcils d'El Supremo se rapprochèrent imperceptiblement.

— Je suppose que vous êtes au fait, dit-il un peu sévèrement, de l'histoire de la famille Alvarado ?

Vous savez qui fut le premier de ce nom à atteindre cette région ?

— Il était lieutenant de Cortez... risqua Hornblower.

— Lieutenant ? En aucune façon. Je suis surpris que vous puissiez croire de tels mensonges. C'était le chef des Conquistadores ; ce n'est que par une falsification de l'histoire que Cortez est représenté comme étant le chef de ces gens. Alvarado conquit le Mexique ; et du Mexique, il descendit vers cette côte et la conquit à son tour, jusqu'à l'isthme. Il épousa la fille de Moctezuma, le dernier des empereurs ; voilà pourquoi en ma qualité de descendant direct de cette union, il m'a plu de choisir parmi les noms de ma famille ceux d'Alvarado et de Moctezuma. Mais en Europe, bien avant que le chef de la famille vînt aux Amériques, on pouvait suivre dans l'histoire ce nom d'Alvarado mieux que celui des Habsbourg et des Wisigoths, des Romains et de l'empereur Alexandre, depuis l'origine même des temps ! Il est donc tout à fait naturel qu'avec la génération actuelle la famille soit parvenue à l'état divin en ma personne. Il me plaît que vous soyez de mon avis, capitaine. Capitaine... ?

— Hornblower.

— Merci. Et maintenant, il me semble, capitaine Hornblower, que nous ferions bien de discuter des plans relatifs à l'extension de mon empire.

— Comme vous voudrez, dit Hornblower.

Il comprenait qu'il lui fallait s'entendre avec ce fou, jusqu'à ce que la *Lydia* soit réapprovisionnée, bien que son espoir, déjà mince, de mener à bien une insurrection dans cette région devînt à chaque minute plus mince encore.

— Le Bourbon qui s'intitule roi d'Espagne, poursuivit El Supremo, maintient dans ce pays un fonctionnaire qui se donne le titre de capitaine général du Nicaragua. Il y a quelque temps, j'ai envoyé un message à ce gentilhomme, en lui ordonnant de se reconnaître mon vassal. Il s'y refusa et fut même assez mal inspiré pour faire pendre publiquement mon messager à Managua. Des insolents qu'il envoya, par la suite, pour s'assurer de ma personne divine, les uns furent tués en chemin, d'autres moururent attachés aux poteaux, tandis que quelques-uns eurent la chance de voir la Lumière et font maintenant partie de mon armée. J'apprends que le capitaine général est en ce moment dans la cité de San Salvador, à la tête d'une armée de trois cents hommes. Quand vous aurez débarqué les armes qui me sont destinées, j'ai l'intention de marcher sur cette ville, que je brûlerai, en même temps que le capitaine général et que ceux de ses hommes qui n'ont pas encore vu la Lumière… Peut-être, capitaine, voudrez-vous m'accompagner ? Une ville qui brûle, cela vaut la peine d'être vu.

— Il me faut d'abord réapprovisionner mon navire, fit Hornblower avec fermeté.

— J'ai donné des ordres pour cela, répondit El Supremo, avec une nuance d'impatience.

— En outre, continua Hornblower, mon devoir est de m'assurer d'abord de la position d'un navire de guerre espagnol, la *Natividad,* que je crois être dans cette région. Avant que je puisse prendre part à aucune opération sur terre, il me faut être sûr qu'il ne peut pas mettre mon navire en danger. Je dois ou bien le capturer, ou bien savoir avec certitude qu'il est trop loin pour intervenir.

— Alors, vous ferez bien de le capturer, capitaine. D'après les renseignements que j'ai reçus, je m'attends à le voir entrer dans la baie d'un jour à l'autre.

— En ce cas, je dois retourner à bord immédiatement, observa Hornblower, tout inquiet.

La possibilité que sa frégate fût attaquée en son absence par un vaisseau de cinquante canons le remplissait d'une agitation panique. Que diraient les lords de l'Amirauté si la *Lydia* était perdue pendant que son capitaine se trouvait à terre ?

— Voilà qu'on apporte à manger. Voyez donc ! lança El Supremo.

La porte à l'extrémité de la salle s'ouvrit tandis qu'il parlait. Une foule de domestiques entra lentement, escortant une grande table couverte de plats en argent, éclairée de quatre immenses candélabres, en argent également, portant chacun cinq bougies allumées.

— Je m'excuse, mais je ne puis prendre le temps de manger, je ne dois pas…

— Comme vous voudrez, fit El Supremo avec indifférence. Alfonso !

Le majordome négroïde s'avança, courbant l'échine.

— Faites le nécessaire pour que le capitaine Hornblower puisse rejoindre son bateau.

El Supremo n'eut pas plutôt prononcé ces paroles, qu'il reprit son attitude de méditation.

Il ne se laissait nullement troubler par le bruit que faisaient les domestiques affairés à préparer le festin. Il n'accorda pas un autre regard à Hornblower qui restait là devant lui, regrettant déjà la décision hâtive qu'il avait prise de rejoindre son navire ; il était très désireux de ne pas déplaire à El Supremo par un manque de savoir-vivre, très ennuyé par la nécessité de réapprovisionner au plus tôt la *Lydia*, et douloureusement conscient du peu de dignité de son attitude hésitante en présence d'un homme qui ne faisait plus attention à lui le moins du monde.

— Par ici, *señor*, murmura Alfonso, à son côté.

Le regard d'El Supremo était toujours perdu dans le vague, il ne paraissait pas le voir. Hornblower céda et suivit le majordome qui le reconduisit au patio.

Deux hommes et trois chevaux l'y attendaient dans le crépuscule. Sans un mot, encore désorienté par le cours soudain des événements, Hornblower posa son pied dans les mains jointes d'un esclave à demi nu, agenouillé près du cheval, et sauta en selle. Devant lui, son escorte franchit les portes à grand bruit ; il la suivit. La nuit tombait déjà.

Au tournant du sentier, la vaste baie s'ouvrit devant eux. La lune nouvelle descendait rapidement à l'horizon. Une tache sombre au centre de l'eau argentée indiquait l'endroit où la *Lydia* rappelait sur son ancre : elle, au moins, représentait quelque chose de solide et de positif dans ce monde en folie. À l'est, le sommet d'une montagne rougit tout à coup, illuminant les nuages au-dessus de lui, puis disparut dans l'obscurité.

Ils descendirent le sentier abrupt à un trot vif, dépassèrent les hommes gémissants attachés aux poteaux, dépassèrent les cadavres puants et pénétrèrent dans la ville. Là, il n'y avait ni lumière ni mouvement ; Hornblower dut laisser à son cheval le soin de suivre l'escorte. Le bruit des sabots cessa dès qu'ils atteignirent le sable tendre de la plage ; il pouvait entendre les gémissements pitoyables du premier supplicié, tout proche, en même temps qu'il notait la légère phosphorescence qui signalait la rive.

Dans l'obscurité, il s'approcha à tâtons du bateau qui l'attendait et s'assit sur un banc, tandis que l'équipage invisible poussait l'embarcation vers le large et que retentissait un feu roulant d'ordres divers. Il n'y avait pas un souffle de vent, la brise de mer était tombée avec le coucher du soleil, et la brise de terre ne s'était pas encore levée. L'équipage invisible tira sur les six avirons et l'eau jaillit ; chaque coup de rame provoquait une brève phosphorescence qui rendait l'écume visible. Ils avançaient lentement dans la baie, au son rythmé des avirons. Hornblower distingua enfin, dans le lointain, la silhouette estompée de la *Lydia ;* une minute plus tard, il entendit avec joie la voix de Bush qui le hélait :

— Ohé du bateau !

Hornblower mit ses mains en porte-voix et cria à son tour : *Lydia* ! Le capitaine d'un navire de Sa Majesté prend le nom de ce navire quand il est à bord d'un petit bateau.

Hornblower entendait maintenant tous les bruits familiers, retrouvait un spectacle connu :

le mouvement et le bruit que faisaient les quartiers-maîtres et les mousses se précipitant à la coupée, le pas rythmé des soldats d'infanterie de marine, la lueur tremblotante des lanternes. Le bateau se rangea le long de la *Lydia* et Hornblower sauta sur l'échelle. Il était bon de sentir à nouveau du vrai chêne sous ses pieds. Les sifflets des seconds maîtres retentirent ; les fusiliers marins présentèrent leurs mousquets, et Bush vint l'accueillir à la coupée avec toute la pompe et tout le cérémonial dus à un commandant arrivant à bord.

À la lumière de la lanterne, le capitaine vit le soulagement sur l'honnête visage de Bush. Il jeta un coup d'œil sur les ponts ; une des bordées, enveloppée de couvertures, était couchée contre le bordage, tandis que l'autre était accroupie près des canons, prête à l'action. Le navire était à l'ancre dans un mouillage qu'on pouvait supposer hostile. Bush avait eu tout à fait raison de n'abandonner aucune des précautions prises.

— Très bien, monsieur Bush, fit Hornblower.

Puis il pensa à son pantalon blanc que la selle avait taché et à ses bas de soie déchirés au niveau des mollets. Il était mécontent de son apparence et honteux d'être retourné à bord dans une tenue aussi peu digne ; et sans avoir rien fixé pour l'avenir, pour autant qu'il en pouvait juger. Il était en colère contre lui-même ; il craignait que Bush n'eût encore une plus mauvaise opinion de lui s'il venait à apprendre ce qui s'était passé. Il se sentit rougir et se réfugia, comme toujours, dans le silence.

— Hum, hum, fit-il. S'il se passe quoi que ce soit d'anormal, appelez-moi.

Là-dessus, et sans ajouter un mot, il fit demi-tour et descendit dans sa cabine, où une toile remplaçait la cloison enlevée.

Bush le regarda partir, les yeux ronds. Tout autour de la baie, la lueur vacillante des volcans rougeoyait. L'équipage, énervé par cette arrivée en pays étranger et avide de savoir ce qui allait se passer, ne manquerait pas d'être déçu, tout comme les officiers dont la figure s'allongea lorsqu'ils virent leur capitaine descendre l'escalier des cabines.

Pendant un court instant, Hornblower eut l'impression que son apparition et sa disparition dramatiques compensaient le sentiment d'échec qu'il éprouvait, mais cela ne dura qu'un instant. Assis sur sa couchette, après avoir renvoyé Polwheal, il se sentit à nouveau déprimé. Esprit pratique, il s'interrogeait avant tout sur la question de savoir s'il aurait ou non des provisions le lendemain. Il s'énervait en pensant au peu de chances qu'il avait de fomenter une rébellion qui satisfasse l'Amirauté : il s'énervait surtout en pensant à l'approche de son duel avec la *Natividad.*

Tout en réfléchissant, il ne cessait de rougir au souvenir du congé brutal que lui avait signifié El Supremo. Il avait l'impression que bien peu de capitaines au service de Sa Majesté auraient accepté avec autant de résignation un traitement aussi cavalier.

« Mais que diable aurais-je pu faire ? » se demanda-t-il pathétiquement. Sans éteindre la lanterne, il s'allongea sur sa couchette. La chaleur de cette nuit tropicale l'avait mis en sueur. Son esprit cependant galopait dans le passé et dans le futur.

Puis l'écran de toile se mit à battre. Un léger souffle de vent rampa sur les ponts. Son instinct de marin lui fit sentir aussitôt la façon dont la *Lydia* rappelait sur son ancre. Il perçut le léger frémissement qui parcourut le navire lorsqu'il fit tête dans une nouvelle direction. La brise de terre s'était enfin levée ; aussitôt, l'air se fit plus frais. Hornblower se tourna sur le côté et s'endormit.

5

Réapprovisionnement

Les doutes et les craintes qui avaient assailli Hornblower pendant qu'il tentait de s'endormir la nuit précédente s'évanouirent avec le jour. Il sentit un sang nouveau lui parcourir les veines lorsqu'il s'éveilla. Son cerveau fourmillait de plans tandis qu'il buvait le café que Polwheal lui avait apporté à l'aube ; pour la première fois depuis des semaines, il ne fit pas sa promenade du matin sur le gaillard. Il avait décidé en montant sur le pont qu'il pouvait au moins refaire de l'eau et du combustible, et les premiers ordres qu'il donna précipitèrent les hommes vers les palans pour sortir la chaloupe et amener les canots de portemanteau. Ils furent bientôt en route vers le rivage avec un chargement de tonneaux vides et un équipage excité et volubile ; à l'arrière de chacun des bateaux étaient assis deux soldats de l'infanterie de marine en tunique rouge, fusils chargés et baïonnette au canon ; à leurs oreilles résonnaient encore les dernières instructions de leurs sergents, à savoir que si un seul marin réussissait à déserter pendant qu'il serait à terre, le chat à neuf queues leur chatouillerait le dos à tous.

Une heure plus tard, la chaloupe revenait à la voile, lourdement chargée de tonneaux d'eau ; tandis que l'on hissait les fûts à bord et qu'on les déposait dans la cale, l'aspirant Hooker courut vers Hornblower et le salua :

— Un troupeau de bœufs descend vers le rivage, Monsieur.

Hornblower dut faire un gros effort pour conserver un visage impassible et accueillir cette nouvelle comme s'il l'attendait.

— Combien y en a-t-il ?

Il posait cette question pour se donner le temps de la réflexion, mais la réponse fut encore plus surprenante.

— Des centaines, Monsieur. Il y a un Dago[1] qui dirige les opérations et qui semble avoir beaucoup de choses à dire, mais personne ne comprend sa langue.

— Envoyez-le-moi quand vous retournerez au rivage, fit Hornblower.

Il passa le temps de répit qui lui était accordé à prendre une décision. Il héla la vigie du grand mât de cacatois pour s'assurer que l'on surveillait attentivement la mer. D'un côté, il y avait le risque que la *Natividad* surgisse tout à coup du Pacifique ; dans ce cas la *Lydia*, surprise avec la moitié de son

1. Espagnol d'Amérique. *(N.d.T.)*

équipage à terre, n'aurait pas le temps de sortir de la baie et devrait livrer bataille en eaux fermées, dans des conditions nécessairement défavorables. D'un autre côté, l'occasion était belle de terminer son réapprovisionnement et de regagner son entière indépendance par rapport au rivage. L'impression que Hornblower avait rapportée de son voyage à terre lui donnait à penser que tout retard apporté à se libérer pouvait être extrêmement dangereux ; et la rébellion de don Julian Alvarado risquait fort d'être brutalement réprimée dans le sang…

Ce fut Hernandez qui vint à lui dans le même bateau aux deux voiles latines qui l'avait transporté la nuit précédente. Ils se saluèrent sur le gaillard.

— Quatre cents têtes de bétail sont à votre disposition, capitaine, annonça Hernandez. Mes hommes sont en train de les amener au rivage.

— Bien, fit Hornblower qui n'avait pas encore pris de décision.

— Je crains qu'il ne faille plus longtemps pour réunir les cochons, continua Hernandez. Mes hommes battent le pays pour les trouver mais un troupeau de cochons ne marche pas vite.

— Je vois, dit Hornblower.

— En ce qui concerne le sel, il ne sera pas facile de mettre la main sur les cent quintaux que vous avez demandés. Jusqu'à ce que notre Seigneur ait proclamé sa divinité, le sel était un monopole du roi, et rare par conséquent ; mais j'ai envoyé une corvée aux salines de Jiquilisio, et j'espère qu'ils en trouveront assez là-bas.

— Bien, dit Hornblower.

Il se souvenait qu'il avait parlé de sel, mais il n'aurait su dire la quantité qu'il avait demandée.

— Les femmes sont en train de cueillir les citrons, oranges et limons, continua Hernandez, mais je crois qu'il faudra bien deux jours pour que tout soit prêt.

— Hum, hum, fit Hornblower.

— Par contre, le sucre est prêt à la sucrerie d'El Supremo. Et pour ce qui est du tabac, *señor*, nous en avons beaucoup en réserve. Quelle sorte préférez-vous ? Depuis un certain temps nous ne faisons plus que des cigares pour notre consommation, mais je puis employer les femmes à préparer d'autre tabac dès que la cueillette des fruits sera terminée.

— Hum, hum, fit de nouveau Hornblower, réprimant juste à temps un cri de joie involontaire à la mention des cigares.

Il y avait trois mois qu'il n'en avait fumé un. Les hommes préféraient le tabac de Virginie en carottes ; mais bien entendu on ne pourrait pas s'en procurer sur cette côte. Quoi qu'il en soit, il avait souvent vu des marins anglais chiquer avec plaisir la feuille indigène à demi séchée.

— Envoyez-moi autant de cigares que vous le pourrez, dit-il légèrement. Pour le reste, envoyez ce que vous voulez, ça n'a pas d'importance.

Hernandez s'inclina.

— Merci, *señor*. Le café, les légumes et les œufs seront faciles à trouver, bien entendu. Mais en ce qui concerne le pain…

— Eh bien ?

Hernandez était évidemment inquiet à la pensée de ce qu'il avait à dire maintenant.

— Votre Excellence me pardonnera, mais dans cette contrée nous n'avons guère que du maïs. On cultive bien un peu de blé dans la Tierra Templeda, mais cette région est encore aux mains des non-éclairés. La farine de maïs pourra-t-elle faire l'affaire ?

L'angoisse crispait le visage de Hernandez pendant qu'il observait Hornblower. Ce fut seulement alors que ce dernier comprit que Hernandez tremblait pour sa vie et que la légèreté avec laquelle El Supremo avait confirmé ses demandes avait bien plus de force que tous les ordres scellés et cachetés adressés aux fonctionnaires espagnols.

— C'est très ennuyeux, observa-t-il sévèrement, mes marins anglais ne sont pas habitués à la farine de maïs…

— Je le sais, insista Hernandez dont les doigts entrelacés s'agitaient fiévreusement. Mais j'assure Votre Excellence que je ne pourrai leur procurer de la farine de blé qu'au prix d'un combat, et je sais qu'El Supremo n'aimerait pas que l'on se battît maintenant. El Supremo sera en colère…

Hornblower se souvint de la terreur abjecte qu'il avait lue la veille dans les yeux de Hernandez lorsqu'il regardait son maître. Le pauvre diable avait mortellement peur qu'on le dénonçât comme ayant failli à exécuter ses ordres. Tout à coup Hornblower se souvint d'un point qu'il avait inexplicablement oublié de soulever ; une affaire vraisemblablement plus importante que la question du tabac et des fruits – en tout cas beaucoup plus préoccupante que cette histoire de farine de maïs en lieu et place de farine de froment…

— Très bien, dit-il, j'accepterai la farine de maïs, mais en compensation il y a autre chose que je dois vous demander.

— Certainement, capitaine. Je vous fournirai tout ce que vous voudrez. Vous n'avez qu'à dire.

— Je voudrais de quoi boire pour mes hommes. Peut-on se procurer du vin ici ? de l'alcool ?

— On trouve un peu de vin, Votre Excellence. Un peu seulement. Les gens par ici boivent un alcool que vous ne connaissez peut-être pas. Il est bon quand il est de bonne qualité. Il provient de la distillation de la mélasse, du résidu des sucreries, Votre Excellence.

— Du rhum, par Dieu ! s'exclama Hornblower.

— Oui, *señor,* du rhum. Est-ce que cela peut faire l'affaire de Votre Excellence ?

— J'accepterai le rhum à défaut d'autre chose, bougonna Hornblower.

Son cœur bondissait de joie. Ses officiers crieraient au miracle en le voyant tirer du rhum et du tabac de cette côte criblée de volcans !

— Merci, capitaine. Devons-nous commencer à abattre le bétail maintenant ?

C'était la question à laquelle Hornblower avait remis de répondre depuis qu'on lui avait annoncé l'arrivée du bétail sur la plage. Il leva les yeux vers la vigie, éprouva la force du vent et regarda vers le large avant de faire le plongeon.

— Très bien, fit-il enfin. Nous allons commencer tout de suite.

La brise de mer était beaucoup moins forte que la veille, et plus la brise serait faible, moins il y aurait de chances que la *Natividad* vînt interrompre le ravitaillement de la *Lydia.* Les événements lui donnèrent raison et la *Lydia* put terminer sans être dérangée. Pendant deux jours, les bateaux firent l'aller-retour entre le navire et le rivage. Ils revenaient avec un haut chargement de quartiers de viande saignants ; le sable du rivage était rouge du sang des animaux abattus, tandis que les vautours à demi apprivoisés se gorgeaient d'entrailles au point d'en tomber en léthargie. À bord du navire, le commissaire aux vivres et ses aides peinaient comme des esclaves dans la chaleur infernale, entassant la viande dans des tonneaux de saumure qu'ils mettaient en place à grand effort dans les soutes. Le tonnelier et ses compagnons travaillèrent pendant deux jours, sans presque s'interrompre, à réparer ou à fabriquer des fûts. Sacs de farine, quartauts de rhum, balles de tabac, les hommes, occupés aux palans, suaient sang et eau à hisser tout cela à bord. La *Lydia* se gorgeait de nourriture.

Les bonnes intentions des habitants de la côte étaient si évidentes que Hornblower put donner l'ordre de livrer la cargaison qui leur était destinée, et les bateaux qui amenaient la viande et la farine au navire retournèrent chargés de caisses de fusils, de barils de poudre et de balles. Pendant ce temps, ayant ordonné qu'on mît sa yole à la mer, il faisait périodiquement le tour du navire pour s'assurer de son assiette, dans la crainte d'avoir tout à coup à lever l'ancre et à gagner le large pour combattre la *Natividad.*

Le travail continuait la nuit comme le jour ; au cours de ses quinze années en mer – dont chacune était une année de guerre – Hornblower avait vu perdre bien des occasions par suite d'un manque d'énergie apparemment sans importance, ou parce qu'on avait négligé de faire rendre à l'équipage tout ce qu'il pouvait donner. Lui-même, d'ailleurs, avait perdu de semblables occasions. Un frisson de honte le parcourait encore en pensant à la façon dont il avait laissé échapper ce corsaire au large des Açores, par exemple. Par crainte de se sentir encore coupable à ses propres yeux, il faisait travailler ses hommes jusqu'à ce qu'ils tombent.

On n'avait pas le temps, pour le moment, de jouir des plaisirs de la terre. Sans doute ceux qui étaient sur le rivage faisaient-ils cuire leurs rations sur un grand feu de joie et se régalaient-ils de viande fraîche rôtie, après sept mois de viande salée et bouillie ; mais avec l'esprit de contradiction propre aux marins anglais, ils repoussaient d'un air dégoûté les fruits délicieux qu'on leur offrait : bananes, ananas, goyaves, et se considéraient comme les victimes de procédés indélicats parce qu'on substituait ces fruits à leur ration réglementaire de pois secs.

Le soir du deuxième jour, comme Hornblower arpentait le gaillard et jouissait de la brise de mer dans sa fraîcheur ; comme il se complaisait à l'idée qu'il était de nouveau indépendant de la terre pour six mois, et pensait avec une joie enfantine à la volaille rôtie qui l'attendait en guise de souper, un bruit de coups de feu lui parvint de la plage. D'abord une volée irrégulière ; puis quelques coups isolés, puis une autre salve dispersée. Hornblower oublia son repas, oublia la douceur de l'instant, oublia tout. Des ennuis à terre, quels qu'ils fussent, signifiaient que le succès de sa mission était compromis. En toute hâte, il commanda sa yole et fut emmené vers le rivage par un équipage qui répondait si vigoureusement aux exhortations blasphématoires du patron Brown que les solides avirons ployaient sous leurs efforts.

La scène qu'il aperçut, lorsqu'il eut contourné la pointe, augmenta ses pires appréhensions. Tous les marins étaient groupés sur la plage ; les dix ou douze fusiliers étaient alignés d'un côté et rechargeaient leurs mousquets ; les matelots avaient pris position à leurs côtés, en un bloc compact, armés de tout ce qui leur était tombé sous la main. Tout autour, en un vaste demi-cercle, les habitants du lieu se tenaient menaçants : dans l'espace qui séparait les deux groupes gisaient un ou deux cadavres. Au bord de l'eau, derrière les marins, était étendu l'un des leurs ; deux de ses camarades étaient penchés sur le malheureux qui, appuyé sur le coude, vomissait des flots de sang.

Hornblower bondit dans l'eau peu profonde ; il ne s'occupa pas du blessé, mais se fraya un chemin parmi le groupe des matelots. Lorsqu'il émergea dans le no man's land, une bouffée de fumée s'éleva du demi-cercle en haut de la plage et une balle siffla au-dessus de sa tête. Il ne s'occupa pas de cela non plus.

— Posez-moi ces fusils ! hurla-t-il aux soldats.

Et se tournant vers les habitants qui gesticulaient, il leva la main, la paume en avant, en un geste de paix instinctif et universel. Il n'y avait pas de place dans son esprit pour des pensées de danger personnel, tant il bouillait de colère à l'idée que quelqu'un était en train de lui gâcher ses chances de réussite.

— ... Que signifie tout ceci ? s'écria-t-il.

C'était Galbraith qui commandait. Il allait parler, mais il n'en eut pas le temps. L'un des marins qui s'était occupé du mourant s'avança en écartant les autres ; l'indignation sentimentale et aveugle qui le bouleversait, et que Hornblower reconnut aussitôt comme caractéristique de la mentalité du matelot, lui faisait oublier la discipline ; Hornblower méprisait cette indignation et s'en défiait.

— Ils sont en train de torturer un pauvre diable par là, Monsieur, dit-il. Ils l'ont attaché à un espar et ils le laissent mourir de soif.

— Silence ! rugit Hornblower, éperdu de rage, non seulement à cause de ce manquement à la discipline, mais parce qu'il comprenait les difficultés qui l'attendaient. Galbraith !

Galbraith pensait et parlait avec lenteur.

— Je ne sais pas du tout comment c'est venu, Monsieur, commença-t-il... (Bien qu'il eût vécu en mer depuis son enfance, il lui restait encore une pointe d'accent écossais.) Plusieurs hommes sont revenus de là-bas en courant. Smith était avec eux, blessé...

— Il est mort, maintenant, interrompit quelqu'un.

— Silence ! hurla de nouveau Hornblower.

— J'ai vu qu'on allait nous attaquer, alors j'ai fait tirer les soldats, Monsieur, continua Galbraith.

— Je vous parlerai tout à l'heure, monsieur

Galbraith, fit sèchement Hornblower. Vous, Jenkins, et vous Poole, qu'est-ce que vous faisiez là-bas ?

— Ben, Monsieur, voilà comment que... commença Jenkins.

Il était à présent soumis et déconcerté ; Hornblower avait éteint l'ardeur de son indignation, et était en train de le convaincre publiquement d'infraction aux ordres.

— Vous saviez qu'il était formellement interdit de dépasser la crique.

— Oui, Monsieur.

— Demain je vous ferai voir ce que c'est qu'un ordre. À vous aussi, Poole. Où est le sergent d'infanterie de marine ?

— Ici, Monsieur.

— Vous appelez cela monter la garde, sergent, de laisser ainsi partir ces marins ? Que faisaient donc vos hommes ?

Le sergent n'avait rien à répondre ; il avait été pris en défaut, la preuve était irréfutable et il ne pouvait que rester là, tout raide, au garde-à-vous.

— Le lieutenant Simmonds vous dira deux mots demain matin, continua Hornblower. Je ne crois pas que vous conserviez encore longtemps ces galons sur votre manche.

Hornblower regarda ses hommes d'un air menaçant. Ses violents reproches les avaient tous rendus soumis et serviles ; sa colère l'abandonnait à mesure qu'il se rendait compte qu'il avait atteint ce résultat sans avoir eu besoin d'excuser les méthodes de justice des Dagos. Il se tourna pour saluer Hernandez venu aussi vite que le permettait le galop de son petit cheval, qu'il arrêta net dans un nuage de sable.

— Est-ce El Supremo qui a donné l'ordre d'attaquer ainsi mes hommes ? demanda Hornblower, lançant la première bordée.

— Non, Monsieur, dit Hernandez ; et Hornblower se réjouit de voir comme il tressaillait en entendant prononcer le nom d'El Supremo.

— Je ne crois pas qu'il soit très content de vous quand je lui raconterai cela, continua Hornblower.

— Vos hommes ont essayé de délivrer un condamné à mort, expliqua Hernandez, mi-grognant, mi-s'excusant.

De toute évidence, il n'était pas très sûr de son terrain et se demandait avec inquiétude ce que serait l'attitude d'Alvarado en apprenant l'incident. Hornblower conserva une certaine aigreur dans la voix en poursuivant la conversation ; aucun des Anglais qui l'entouraient ne savait l'espagnol, à sa connaissance ; maintenant que la discipline était rétablie, il tenait absolument à ce que son équipage le crût de tout cœur avec lui.

— Cela n'autorise pas vos hommes à tuer les miens, déclara-t-il.

— Ils sont mécontents et en colère, dit Hernandez. On a fouillé tout le pays pour vous trouver de la nourriture. L'homme que vos marins ont essayé de sauver a été condamné pour avoir caché ses cochons dans les fourrés afin qu'on ne les lui prenne pas.

Hernandez avait dit cela d'un ton de reproche, avec une nuance de colère ; Hornblower tenait à se montrer conciliant, s'il le pouvait, sans exaspérer ses propres hommes. Son plan était d'entraîner Hernandez hors de portée de voix des Anglais et d'adoucir son ton ; mais avant qu'il pût mettre ce plan à exécution, son attention fut attirée par le spectacle d'un cavalier arrivant au grand galop sur la plage et agitant son immense chapeau de paille. Tous les yeux se tournèrent vers ce nouvel arrivant (un pâtre du type indien ordinaire). Hors d'haleine, il annonça :

— Un navire, un navire arrive !

Il était tellement excité qu'il continua dans son dialecte indien et Hornblower ne put comprendre ses autres explications. Hernandez dut traduire pour lui. Il était de garde au sommet de la montagne là-bas, dit-il. De là-haut, il avait pu voir les voiles d'un navire se dirigeant vers la baie.

Hernandez lui posa rapidement plusieurs questions, l'une après l'autre, auxquelles le guetteur répondit avec force gestes et signes de tête, et un torrent de mots indiens.

— Il dit, reprit Hernandez, qu'il a souvent vu la *Natividad* auparavant et il est sûr que c'est elle, et qu'il est hors de doute qu'elle se dirige par ici.

— À quelle distance ? demanda Hornblower, et Hernandez traduisit la réponse.

— Elle est loin, sept lieues, peut-être plus. Elle vient du sud-est de Panama…

Hornblower se caressa le menton, absorbé dans ses pensées.

— Elle va bénéficier de la brise de mer jusqu'au coucher du soleil, se murmura-t-il à lui-même ; et il jeta un coup d'œil vers le soleil. Cela fait une heure. Une heure après cela, elle aura la brise de terre. Elle pourra maintenir sa route en marchant au plus près. Elle devrait être dans la baie à minuit.

Des flots d'idées et de plans se présentaient à son esprit. À la possibilité de l'arrivée du navire dans l'obscurité, il fallait opposer ce qu'il savait des habitudes des marins espagnols : ils s'installaient confortablement pour la nuit et ne tentaient aucune manœuvre un peu compliquée sinon dans les meilleures conditions. Il aurait bien voulu avoir quelques détails concernant ce capitaine espagnol...

— Est-ce que la *Natividad* est souvent venue dans cette baie ? demanda-t-il.

— Oui, Monsieur, souvent.

— Est-ce que son capitaine est un bon marin ?

— Oh oui, Monsieur, très bon.

— Hum, hum, fit Hornblower.

L'opinion d'un terrien relative aux qualités de manœuvrier d'un capitaine de frégate pouvait n'avoir pas grande valeur ; mais tout de même, c'était une indication.

Il se caressa de nouveau le menton. Il avait pris part à dix duels de navire à navire. S'il emmenait la *Lydia* vers le large et attaquait la *Natividad* en pleine mer, les deux navires pouvaient très bien se canonner jusqu'à ne plus être que des épaves. Gréements, espars et voiles seraient réduits en morceaux. La *Lydia* aurait beaucoup de morts et de blessés, et ses pertes en hommes seraient irréparables dans le Pacifique. Elle dépenserait des munitions inestimables. D'un autre côté, s'il demeurait dans la baie et que le plan qu'il avait dans l'esprit échouât – si la *Natividad* attendait loin du rivage jusqu'au matin –, il lui faudrait louvoyer pour sortir de la baie contre la brise de mer et donner aux Espagnols tous les avantages possibles au moment où il quitterait la baie pour les combattre. La supériorité de la *Natividad* était déjà telle qu'il était imprudent de lui opposer la *Lydia.* Oserait-il courir le risque d'augmenter encore le désavantage ? Mais les gains possibles étaient tellement énormes qu'il décida de courir ce risque.

6

La « Natividad »

Tel un fantôme dans le clair de lune, la *Lydia* glissa sur la baie aux premières bouffées de la brise de terre. Hornblower n'avait pas osé hisser les voiles de peur que leur tache claire ne fût aperçue du bateau éloigné. Jetant constamment la sonde, la chaloupe et le canot remorquaient le navire dans les eaux profondes de l'île à l'entrée de la baie – l'île Manguera, avait dit Hernandez lorsque Hornblower lui avait prudemment esquissé son plan. Pendant une heure, les hommes peinèrent aux avirons, bien que Hornblower fît de son mieux pour les aider en se tenant près du gouvernail et en utilisant au maximum la dérive due à la poussée du vent sur le gréement de la *Lydia.* Ils atteignirent enfin leur nouveau mouillage et l'ancre fut jetée dans un jaillissement d'eau.

— Frappez-moi cette amarre de façon à pouvoir

la filer par le bout, monsieur Bush, ordonna Hornblower.

— Bien, Monsieur.

— Rappelez les canots, je veux que les hommes se reposent.

— Bien, Monsieur.

— Monsieur Gerard, je vous confie le pont. Veillez à ce que les vigies ouvrent l'œil. M. Bush et M. Galbraith vont descendre avec moi dans ma cabine.

— Bien, Monsieur.

Tout le bateau était en effervescence, une sorte d'excitation tranquille. Chacun à bord avait deviné le plan du capitaine, bien que les détails d'exécution – qu'il était maintenant en train d'expliquer à ses lieutenants – fussent encore inconnus. Pendant les deux heures qui s'étaient écoulées depuis l'annonce de l'approche de la *Natividad*, l'esprit de Hornblower avait travaillé activement à perfectionner son plan. Il ne fallait pas d'accroc. Il devait mettre en œuvre tout ce qui pouvait en quoi que ce fût contribuer au succès.

— Tout est bien compris ? demanda-t-il enfin.

Il était là, dans cette partie de sa cabine séparée du reste par l'écran de toile, baissant la tête à cause des poutres du pont, tandis que ses lieutenants jouaient gauchement avec leur chapeau.

— Oui, Monsieur.

— Très bien, conclut Hornblower, les congédiant.

Mais moins de cinq minutes après, l'impatience et l'inquiétude le ramenèrent sur le pont.

— Ohé ! du mât ? Que voyez-vous de l'ennemi ?

— Je commence seulement à l'apercevoir pardessus l'île, Monsieur. Toute la coque et une partie des mâts disparaissent sous l'horizon. Je ne peux encore voir que ses huniers sous ses perroquets.

— Quelle est sa route ?

— Elle serre le vent, Monsieur. Elle devrait atteindre la baie sous cette amure.

— Hum, hum, fit-il, et il redescendit.

Quatre heures au moins se passeraient avant que la *Natividad* n'atteignît l'entrée, avant qu'il pût prendre d'autres mesures. Il s'aperçut qu'il faisait les cent pas, épaules baissées, dans l'espace restreint de sa cabine, et s'arrêta, fort en colère. Le capitaine de ses rêves, dont les nerfs étaient d'acier, ne se laisserait pas aller à cette sorte de fièvre, même si sa réputation professionnelle devait être en jeu dans quatre heures. Il devait montrer aux hommes que lui aussi savait supporter l'incertitude avec indifférence.

— Appelez-moi Polwheal, dit-il, écartant le rideau de toile et s'adressant à un groupe de marins qui se trouvait près d'un des canons du pont principal.

Et lorsque Polwheal apparut, il continua :

— Présentez mes compliments à M. Bush et dites-lui que s'il n'a pas besoin de M. Galbraith, de M. Clay et de M. Savage, je serais heureux qu'ils soupent et fassent une partie de cartes avec moi.

Galbraith était nerveux, lui aussi. Non seulement parce qu'il prévoyait une bataille, mais parce que sur sa tête planait toujours la réprimande promise pour son rôle dans l'escarmouche de l'après-midi. Tout son corps décharné d'Écossais s'agitait sans cesse et son visage aux pommettes saillantes était rouge. Même les deux aspirants, fort réservés, trahissaient leur impatience.

Hornblower se força à jouer le rôle de l'hôte courtois, tandis que chaque mot qu'il prononçait était destiné à augmenter sa réputation d'impassibilité. Il s'excusa de l'imperfection du repas ; le fait que le bateau fût prêt au combat entraînait l'extinction de tous les feux ; d'où la nécessité d'un souper froid. Mais la vue des poulets, du porc froid, des gâteaux de maïs dorés et des assiettes de fruits excita l'appétit de l'aspirant Savage – un appétit de seize ans ! – et lui fit oublier sa gêne.

— C'est meilleur que des rats, Monsieur, dit-il en se frottant les mains.

— Des rats ? demanda Hornblower d'un ton vague.

Malgré son semblant d'attention, ses pensées étaient sur le pont et non dans la cabine.

— Oui, Monsieur, avant que nous ayons atteint ce mouillage, les rats étaient devenus le plat favori du carré des aspirants.

— Ça c'est vrai ! reprit Clay – et il se coupa des tranches substantielles de porc frais bien rissolé et les ajouta au demi-poulet qui trônait sur son assiette. Je payais à ce voleur de Bailey trois pence pièce pour des rats de premier choix !

Hornblower faisait un effort désespéré pour distraire son esprit de l'approche de la *Natividad* et fouillait dans son passé, jusqu'à cette époque où il était aspirant à demi affamé, souffrant du mal de mer et du mal du pays. Ses aînés d'alors avaient mangé des rats avec goût et prétendu qu'un rat nourri au biscuit de mer était un plat plus délicat que du bœuf en tonneau depuis deux ans. Lui-même n'avait jamais pu digérer le rat, mais il ne voulait pas l'avouer à ces jeunes gens.

— Trois pence pour un rat, cela me paraît un peu cher, dit-il. Je ne me rappelle pas avoir payé tant que cela quand j'étais aspirant.

— Mais, Monsieur… vous en avez donc mangé aussi ? s'étonna Savage.

En réponse à cette question directe, Hornblower ne pouvait que mentir.

— Bien entendu, dit-il, les aspirants d'il y a vingt ans ressemblaient beaucoup aux aspirants d'aujourd'hui. J'ai toujours prétendu qu'un rat qui avait eu la soute au pain à son entière disposition pendant toute sa vie était un plat digne d'un roi, sans même parler d'un aspirant.

— Dieu me bénisse ! s'exclama Clay, posant son couteau et sa fourchette.

Il n'avait jamais supposé un instant que ce capitaine sévère et inflexible ait pu avoir été un jour un aspirant mangeur de rats.

Les deux jeunes gens regardèrent leur hôte en écarquillant les yeux d'admiration. Cette petite touche d'humanité avait entièrement conquis leur cœur, comme Hornblower l'avait prévu. Au bout de la table, Galbraith soupira profondément. Il avait mangé des rats lui aussi, trois jours plus tôt, mais il savait fort bien que l'avouer n'augmenterait pas le respect des jeunes gens pour lui et le diminuerait plutôt. Il était comme ça. Hornblower comprit qu'il fallait que Galbraith se sentît à son aise, lui aussi…

— Trinquons tous les deux, Galbraith, dit-il, levant son verre. Je m'excuse que ceci ne soit pas mon meilleur madère, mais je conserve les deux dernières bouteilles pour le jour où je recevrai notre prisonnier, le capitaine espagnol. À nos victoires à venir !

On vida les verres et la gêne diminua. Hornblower avait parlé de « notre prisonnier », alors que la plupart des capitaines auraient dit « mon prisonnier ». Et il avait dit « nos victoires ». Le capitaine strict et froid, à la discipline inflexible, avait pendant un instant montré un visage humain et traité ses inférieurs en camarades. À ce moment, chacun des trois subalternes aurait donné sa vie pour son capitaine, et Hornblower en eut conscience en voyant leur visage empourpré. Cela lui fit plaisir, en même temps que cela l'irrita ; mais avec la perspective toute proche d'une bataille qui pouvait bien être une affaire de vie ou de mort, il savait qu'il lui fallait derrière lui un équipage non seulement loyal mais enthousiaste.

Un autre aspirant, le jeune Knyvett, entra dans la cabine.

— M. Bush vous présente ses respects, Monsieur, toute la coque de l'ennemi est maintenant visible du haut du mât.

— Fait-il toujours route vers la baie ?

— Oui, Monsieur. M. Bush dit qu'il devrait être à portée de canon dans deux heures.

— Merci, monsieur Knyvett, dit Hornblower ; et il le renvoya.

Le rappel du fait que dans deux heures il serait aux prises avec un vaisseau de cinquante canons fit à nouveau battre son cœur plus vite. Il lui fallut faire un effort convulsif pour conserver un visage impassible.

— Nous avons encore largement le temps de faire notre robre, Messieurs, dit-il.

La partie de whist hebdomadaire que le capitaine Hornblower faisait avec ses officiers était pour ces derniers – surtout pour les aspirants – une épreuve pénible. Hornblower était un très fin joueur ; son observation attentive et son étude pénétrante de la psychologie de ses subordonnés l'aidaient considérablement. Mais pour certains de ses officiers qui n'avaient pas le sens des cartes et qui pataugeaient désespérément sans pouvoir se rappeler les cartes jouées, les soirées de whist du capitaine étaient un supplice.

Polwheal desservit, étendit le tapis vert, et apporta les cartes. Sitôt la partie engagée, Hornblower put oublier quelque peu la bataille qui menaçait. Le whist était chez lui une passion assez forte pour accaparer la plus grande partie de son attention, quelle que fût sa distraction. Ce n'était que pendant les intervalles de jeu, quand on donnait les cartes et que l'on marquait les points, qu'il sentait son cœur battre plus vite et le sang lui monter à la gorge. Il faisait très attention aux cartes tombées, en tenant compte du fait que Savage avait tendance à jouer d'abord tous les as, comme un écolier, et que Galbraith oubliait invariablement d'indiquer une couleur courte avant qu'il ne fût trop tard. Le premier robre se termina rapidement ; il y eut presque de la consternation sur le visage des trois subalternes lorsque Hornblower présenta les cartes à couper pour le second robre. Son visage ne trahissait aucune expression.

— Il faut absolument vous rappeler, monsieur Clay, dit-il, que vous devez attaquer du roi dans une séquence roi, dame, valet. Tout l'art de l'attaque repose sur ce principe.

— Bien, Monsieur, fit Clay en roulant de drôles d'yeux à Savage ; mais Hornblower leva vivement la tête, et Clay se hâta de composer son visage.

La partie continua et leur parut à tous interminable. Quand on fut à la fin :

— Robre, annonça Hornblower, en marquant les points. Je crois, Messieurs, qu'il est presque temps que nous montions sur le pont.

Il y eut un soupir général de soulagement, et un bruit de pieds sur le plancher. Hornblower sentit qu'il lui fallait à tout prix consolider sa réputation d'impassibilité.

— Le robre ne serait pas terminé, dit-il sèchement, si M. Savage avait fait attention à la marque. Celle-ci étant neuve, il suffisait à M. Galbraith et à M. Savage de faire la treizième levée pour gagner le robre. C'est pourquoi à la huitième levée, M. Savage aurait dû jouer son as de cœur, au lieu de risquer l'impasse. Je reconnais que si elle avait réussi, il aurait fait deux levées de plus, mais…

Hornblower continua d'un ton monotone, tandis que les trois autres se tortillaient sur leur chaise. Lorsqu'il les précéda dans l'escalier, ils échangèrent des regards où perçait leur admiration.

Sur le pont régnait un silence de mort ; les hommes étaient à leur poste. La lune déclinait rapidement, mais on y voyait encore bien, sitôt que l'œil était habitué. Bush salua le capitaine.

— L'ennemi s'avance toujours vers la baie, Monsieur, dit-il d'une voix rauque.

— Renvoyez les hommes dans la chaloupe et le cotre, répondit Hornblower.

Il grimpa aux haubans d'artimon jusqu'à la vergue de perruche. De là, il pouvait tout juste voir au-dessus de l'île ; à un mille environ, éclairées par la lune qui se couchait derrière elles, il apercevait les voiles blanches de la *Natividad* naviguant au plus près, à l'entrée de la baie. Il lutta contre son agitation et essaya de prévoir les mouvements de l'ennemi. Il y avait peu de chances pour qu'il remarquât les mâts de perroquet de la *Lydia*, sur ce ciel sombre. Tous ses plans reposaient sur l'hypothèse qu'il ne les remarquerait pas. La *Natividad* devrait bientôt virer de bord, et sa nouvelle route l'amènerait en plein sur l'île. Peut-être la doublerait-elle, mais c'était peu probable. Il lui faudrait virer de bord à nouveau pour entrer dans la baie, et c'était là l'occasion qu'il attendait. Pendant qu'il observait l'étranger, il vit ses voiles briller plus clairement pendant un instant, puis s'assombrir à mesure qu'elles venaient au vent. L'espagnol mettait le cap sur le milieu de la passe, mais sa dérive et le début du reflux le ramèneraient vers l'île. Il redescendit sur le pont.

— Monsieur Bush, dit-il, envoyez les hommes dans la mâture, parés à mettre à la voile.

Le bruit doux et ouaté de pieds nus parcourant le pont et grimpant aux manœuvres emplit le bateau. Hornblower sortit de sa poche le sifflet d'argent. Il ne se donna pas la peine de demander si chacun était prêt pour le signal et exactement renseigné sur le rôle qu'il avait à jouer. Bush et Gerard étaient des officiers compétents.

— Je m'en vais à l'avant, monsieur Bush, dit-il. J'essaierai de rejoindre le gaillard d'arrière à temps, mais vous connaissez mes ordres pour le cas où je ne le pourrais pas.

— Bien, Monsieur.

Hornblower se hâta le long du passavant, dépassa les caronades de gaillard d'avant qu'entouraient leurs servants accroupis, et se hissa sur le beaupré. De la vergue de livarde, son regard dépassait le bord du rocher ; la *Natividad* se dirigeait droit sur lui. Il pouvait voir l'écume phosphorescente autour de son étrave. Il l'entendait presque fendre l'eau. Il avala sa salive ; toute son excitation disparut pour faire place à un sang-froid imperturbable. Il ne pensait plus à lui ; son esprit comme une machine calculait le temps et la distance. Il pouvait maintenant entendre la voix de l'homme de sonde à bord de la *Natividad*, bien qu'il ne pût encore distinguer les mots. L'espagnol s'approchait de plus en plus. Il entendait maintenant le bavardage des marins ; ils parlaient tous à qui mieux mieux, en bons Espagnols qu'ils étaient, et aucun n'était assez attentif pour apercevoir les vergues sèches de la *Lydia*. Puis il entendit que l'on lançait des ordres du pont de la *Natividad* ; elle allait virer de bord. Au premier bruit de la manœuvre, il porta le sifflet à ses lèvres ; aussitôt la *Lydia* tout entière vibra d'activité. Les voiles furent détachées de toutes les vergues simultanément, la chaîne d'ancre fut filée, les chaloupes larguées. Hornblower, qui retournait en courant vers l'arrière, se heurta aux marins occupés aux bras, tandis que la *Lydia* abattait sous le vent. Il se redressa rapidement et reprit sa course : la *Lydia* prenait de la vitesse et montait sur la vague.

Il atteignit la barre à temps.

— Droite la barre, dit-il au quartier-maître. Bâbord un peu ! Un peu plus ! Maintenant, tribord toute !

Tout s'était passé si vite que l'espagnol venait à peine de virer de bord et n'avait encore pris aucune vitesse sur sa nouvelle route, lorsque la *Lydia* jaillit des ténèbres de derrière l'île, bondit sur lui et l'accosta... À bord du navire anglais, les mois d'exercice portaient leurs fruits. Dans un fracas de tonnerre, lorsque les navires arrivèrent en contact, les canons tirèrent simultanément une bordée meurtrière et balayèrent de mitraille le pont de l'ennemi. Dans la mâture, les gabiers coururent le long des vergues, arrimant les navires l'un à l'autre. Sur le pont, les marins désignés pour l'abordage se précipitaient vers le passavant de bâbord en poussant des hourra !

À bord du vaisseau espagnol, la surprise était complète. L'instant d'avant, tous les hommes étaient occupés à la manœuvre du navire ; et voilà que tout à coup un ennemi inconnu les accostait dans un vacarme épouvantable ; la flamme de ses canons déchirait la nuit ; de tous côtés les hommes tombaient, fauchés par la mitraille ; et maintenant, une multitude armée, hurlant comme des démons échappés de l'enfer, envahissait le pont. L'équipage le plus discipliné et le plus expérimenté n'aurait pas résisté au choc d'une pareille surprise. Pendant les vingt années où la *Natividad* avait parcouru la côte Pacifique, aucun vaisseau ennemi ne s'était approché d'elle à moins de quatre mille milles.

Et cependant, il y eut quelques vaillants qui essayèrent de résister. Des officiers dégainèrent ; en haut du gaillard d'arrière se trouvait un détachement qui avait reçu des armes à cause des bruits de rébellion à terre ; quelques hommes se saisirent de barres de cabestan et de cabillots, mais le pont supérieur fut immédiatement balayé par la vague des assaillants armés de piques et de sabres d'abordage. Un seul coup de pistolet retentit. Les Espagnols qui offraient de la résistance furent abattus ou chassés vers le pont inférieur ; les autres furent groupés sous bonne garde.

Sur le pont inférieur, les hommes cherchaient aveuglément des chefs et des moyens de résistance. Ils se rassemblaient dans l'obscurité, prêts à s'opposer à l'ennemi au-dessus d'eux et à défendre les écoutilles, lorsque, tout à coup, de nouveaux hurlements éclatèrent derrière eux. Les deux canots de Gerard avaient atteint la *Natividad* à bâbord ; après avoir forcé les sabords du pont inférieur, les intrus déferlèrent en foule, hurlant comme des possédés, conformément aux ordres reçus ; Hornblower avait prévu que l'effet moral d'une attaque surprise serait intensifié – surtout contre des Espagnols indisciplinés – si les assaillants faisaient autant de bruit qu'ils le pouvaient. Ce nouvel assaut fit s'effondrer complètement la résistance du pont inférieur et justifia la prescience de

Hornblower qui avait eu l'idée d'envoyer les deux canots faire diversion.

7

La flotte d'El Supremo met à la voile

Le capitaine de la *Lydia* faisait sa promenade matinale habituelle sur le gaillard d'arrière de son navire. Dès qu'il était apparu, une demi-douzaine d'officiers espagnols avaient essayé de le saluer avec une courtoisie cérémonieuse ; mais les marins de la frégate les avaient écartés sans ménagements, indignés que la promenade de leur capitaine – sacro-sainte après tant de mois – pût être troublée par de simples prisonniers.

Le capitaine avait beaucoup de sujets de réflexion ; en fait, il en avait tant qu'il n'avait pas le loisir de se réjouir de ce que sa frégate, en capturant la nuit précédente un navire à deux ponts sans perdre un seul homme, avait accompli un exploit sans précédent dans les longues annales de la marine britannique. Il préférait réfléchir à ce qu'il allait faire maintenant. Avec la prise de la *Natividad,* il était maître de l'océan Pacifique. Il savait très bien que les communications par terre étaient si difficiles que tout le commerce de la région – toute la vie, pour ainsi dire – dépendait du trafic côtier ; désormais, pas un bateau ne pouvait prendre la mer sans sa permission. Quinze années de guerre lui avaient appris ce qu'était la puissance maritime. Il y avait au moins une chance maintenant qu'avec l'aide d'Alvarado il pût mettre le feu à toute l'Amérique centrale, au point que le gouvernement espagnol regretterait amèrement la décision qu'il avait prise d'unir son sort à celui de Bonaparte.

Hornblower arpentait le pont sablé. Il y avait aussi d'autres possibilités. Le long de la côte, au nord-ouest, était Acapulco, où parvenaient et d'où partaient chaque année des galions portant un trésor d'un million de livres sterling. La prise d'un de ces galions ferait de lui, d'un seul coup, un homme riche ; il pourrait acheter une propriété en Angleterre ; il pourrait acheter tout un village, et être le châtelain du pays ; et les villageois lui tireraient leur chapeau lorsqu'il passerait dans sa voiture. Maria aimerait bien cela, bien qu'il ne pût imaginer Maria jouant le rôle d'une grande dame avec tant soit peu de grâce...

Par un effort violent, Hornblower cessa de se représenter Maria arrachée de son garni de Southsea et installée dans son château à la campagne. À l'est était Panama, avec ses réserves d'argent du Pérou, sa flottille de pêcheurs de perles, son autel d'or blanchi à la chaux qui avait échappé à Morgan, mais ne lui échapperait pas, à lui. Frapper là, à ce nœud des communications transcontinentales, serait peut-être la meilleure des stratégies ; et ce serait en même temps lucratif, au moins virtuellement. Il essaya de penser à Panama.

À l'avant, Sullivan, le vagabond irlandais aux cheveux roux, était monté sur une flasque de caronade avec son violon et, autour de lui, une douzaine de marins dont les pieds calleux battaient le pont faisaient des chassés-croisés. C'était vingt-cinq guinées au moins que chaque homme recevrait comme part de prise pour la *Natividad*, et ils les dépensaient déjà en imagination. Hornblower porta les yeux vers l'endroit où la *Natividad* évitait sur son ancre. Les passavants étaient noirs de monde, l'équipage entassé sur le pont supérieur. Sur la poupe et le gaillard d'une forme archaïque, il apercevait les uniformes et les shakos rouges de ses fantassins de marine, et il pouvait voir aussi les caronades pointées vers les passavants, et près d'elles leurs servants, une mèche allumée à la main. Gerard, qu'il avait laissé à bord pour commander la prise, avait servi en son temps sur un négrier, et il savait fort bien maintenir à l'état de soumission un bateau plein d'éléments hostiles – bien que Hornblower, quant à lui, ne prévît pas d'ennuis de la part d'un équipage privé de ses officiers.

Il savait qu'il devait décider du sort de la *Natividad*, et surtout de ses prisonniers. Il ne pouvait pas les abandonner à la tendresse miséricordieuse d'El Supremo ; son propre équipage ne le tolérerait guère. Il essaya de penser à ce problème. Des pélicans passèrent en longue file, dans une formation plus rigoureuse que la flotte de la Manche pendant les manœuvres. Une frégate superbe, avec sa queue fourchue, tournoya au-dessus d'eux, les ailes immobiles ; puis, ayant apparemment décidé qu'ils n'étaient pas une proie intéressante, elle fondit sur l'île où les cormorans pêchaient avec application.

Le soleil était déjà chaud et l'eau de la baie aussi bleue que le bleu du ciel.

Hornblower maudit le soleil, les pélicans et les frégates qui l'empêchaient de concentrer son attention sur les problèmes qu'il avait à résoudre. Il se remit avec humeur à arpenter le pont ; une demi-douzaine de fois peut-être ; puis l'aspirant Knyvett, la main au chapeau, lui barra la route.

— Qu'est-ce que c'est encore ? lança sèchement Hornblower.

— Un bateau vient d'accoster, Monsieur. M. Hernandez est à bord.

Cela n'avait rien de surprenant.

— Très bien, dit-il, et il s'avança le long du passavant pour accueillir le nouveau venu à la coupée.

Ce dernier ne perdit pas son temps en félicitations sur la victoire récente. Au service d'El Supremo, apparemment, même les Espagnols d'Amérique devenaient énergiques et résolus.

— El Supremo désire vous voir immédiatement, capitaine, annonça Hernandez. Mon bateau vous attend.

— Vraiment ? dit Hornblower.

Il savait bien que des douzaines de ses collègues capitaines de la marine britannique auraient été rendus furieux par un message aussi cavalier. Il pensa un moment renvoyer Hernandez dire à El Supremo de venir lui-même au navire s'il désirait avoir une entrevue avec son capitaine. Mais il savait qu'il serait sot de mettre en péril la cordialité de ses relations avec le rivage, dont dépendait en si grande partie son succès, pour une simple question de dignité. Le vainqueur de la *Natividad* pouvait se permettre d'ignorer la présomption des autres.

Un compromis lui vint à l'esprit ; il pourrait faire attendre Hernandez une heure ou deux pour affirmer un peu sa propre dignité. Mais son bon sens rejeta cette idée. Hornblower détestait les compromis, et celui-ci (comme la plupart des compromis) ne ferait qu'irriter l'une des parties sans servir l'autre. Il valait mieux mettre son orgueil dans sa poche et partir tout de suite.

— Fort bien, dit-il. Mes occupations me laissent libre pour l'instant...

Cette fois, au moins, il n'y avait pas lieu de s'habiller pour la circonstance. Il n'avait pas besoin de mettre ses plus beaux bas de soie et ses souliers à boucles. La prise de la *Natividad* était une preuve plus évidente de sa bonne foi qu'une épée à poignée d'or.

Ce fut seulement au moment où il donnait ses derniers ordres à Bush que Hornblower se souvint que le succès de la nuit dernière lui donnait des raisons suffisantes de ne pas réprimander Galbraith, et de ne pas fouetter les délinquants, Jenkins et Poole. C'était là, en tout cas, un énorme soulagement. Cela contribuait à éclaircir la sorte d'accablement qui toujours avait tendance à peser sur lui après chaque succès. Cette pensée lui donna du courage lorsqu'il enfourcha le petit cheval qui l'attendait au rivage, puis lorsqu'il passa près de la montagne d'intestins puants, le long de l'avenue de cadavres qui conduisait à la demeure d'El Supremo.

L'attitude de ce dernier, assis dans son fauteuil

à baldaquin sur son estrade, semblait tout à fait indiquer qu'il était resté là sans bouger depuis que Hornblower l'avait quitté, quatre jours auparavant ; il lui semblait plutôt qu'il y avait un mois...

— Ainsi, vous avez déjà fait ce que je vous avais demandé de faire, capitaine ? telles furent ses premières paroles.

— J'ai capturé la *Natividad* la nuit dernière, déclara Hornblower.

— Et le réapprovisionnement de la *Lydia* est terminé, à ce que je comprends ?

— En effet.

— Donc, poursuivit El Supremo, vous avez fait ce que je voulais, c'est bien ce que je disais...

En présence d'une sûreté de soi aussi souveraine, la discussion n'avait pas de sens.

— ... Cet après-midi, précisait El Supremo, je poursuivrai l'exécution de mon plan pour la prise de San Salvador, et de l'homme qui se donne le titre de capitaine général du Nicaragua.

— Oui !

— Il y a moins d'obstacles devant moi, maintenant, capitaine. Vous ne savez peut-être pas que l'état des routes, entre ici et San Salvador, n'est pas aussi satisfaisant qu'il pourrait l'être. À un certain endroit, le sentier escalade cent vingt-sept marches taillées dans la lave, entre une paroi abrupte et un précipice. Il est difficile pour un mulet – sans parler d'un cheval – de faire le voyage ; et un homme animé de mauvaises intentions et armé d'un fusil pourrait causer beaucoup d'ennuis.

— Je pense que oui, approuva Hornblower.

— Quoi qu'il en soit, continua El Supremo, San

Salvador est à moins de dix milles de la mer, et une bonne route unit la ville à son port, La Libertad. Cet après-midi, je m'embarquerai avec cinq cents hommes sur les deux navires, à destination de La Libertad. Cette ville n'étant pas à plus de cent milles d'ici, j'y serai demain matin à l'aube. Demain soir, je dînerai à San Salvador !

— Hum, hum ! fit Hornblower.

Il se demandait quelle était la meilleure façon d'aborder la discussion qu'il prévoyait.

— Vous n'avez tué qu'un très petit nombre de marins de la *Natividad*, capitaine ? poursuivit El Supremo, mettant ainsi le doigt sur quelques-unes des questions que Hornblower avait précisément à l'esprit.

— Onze tués, précisa-t-il, et dix-huit blessés, dont quatre ne semblent pas devoir guérir.

— Vous en avez donc laissé suffisamment pour la manœuvre du navire ?

— Bien assez, *señor*, si…

— C'est ce que je voulais savoir. Au fait, capitaine, les êtres humains, lorsqu'ils me parlent, ne se servent pas du mot « *señor* », le terme n'est pas assez respectueux. Je suis El Supremo…

Hornblower ne put que s'incliner en guise de réponse. L'obstination extraordinaire d'El Supremo était comme un mur de pierre.

— Les maîtres de manœuvre sont encore en vie ? insista-t-il.

— Oui, dit Hornblower.

Parce qu'il prévoyait des ennuis tout proches et qu'il était très désireux de les réduire au minimum, il ajouta, la gorge serrée :

— Oui, Supremo…

— Dans ce cas, je prends la *Natividad* à mon service. Je tuerai les officiers du pont, et les remplacerai par des hommes à moi. Les autres officiers, ainsi que les matelots ordinaires, me serviront.

Il n'y avait rien d'impossible en soi dans ce qu'El Supremo proposait ; Hornblower savait par expérience que la marine espagnole, attachée comme toujours à ses traditions, maintenait une distinction rigide (qui était en train de disparaître rapidement dans la marine anglaise) entre les officiers chargés de faire exécuter les ordres et les gentilshommes qui les donnaient. Et Hornblower n'avait pas le moindre doute sur le choix que feraient l'officier de navigation et les matelots, si on leur offrait l'alternative de mourir sous la torture ou de servir El Supremo.

On ne pouvait nier non plus que la suggestion d'El Supremo fût bonne à maints égards : transporter cinq cents hommes dans la seule *Lydia* serait difficile, pour ne pas dire plus, et la *Lydia* serait incapable, à elle seule, de bloquer complètement mille milles de côte ; à cet égard, deux navires créeraient à l'ennemi beaucoup plus du double de difficultés. Et pourtant, livrer la *Natividad*, c'était entamer avec les lords de l'Amirauté une discussion très longue et qui probablement se terminerait mal, quand on en viendrait à parler des parts de prise. Enfin, son honneur lui interdisait de livrer les officiers espagnols à la mort qu'El Supremo leur réservait. Il dut réfléchir rapidement.

— La *Natividad* est maintenant la propriété de mon roi, dit-il. Peut-être ne serait-il pas content si je l'abandonnais.

— Il serait certainement mécontent s'il savait que vous m'avez offensé, moi, dit El Supremo – sur quoi ses sourcils se rapprochèrent, et Hornblower entendit à côté de lui Hernandez respirer plus rapidement. J'ai déjà remarqué, capitaine Hornblower, que votre attitude à mon égard était parfois presque irrespectueuse, et j'ai eu la bonté de l'attribuer à votre éducation étrangère.

Hornblower réfléchissait toujours rapidement. Qu'il opposât un peu plus de résistance et ce fou le ferait sortir et mettre à mort ; et si son capitaine était tué, la *Lydia* ne combattrait sûrement pas pour El Supremo. La situation dans le Pacifique deviendrait certes bien compliquée et la *Lydia*, ne possédant d'amis ni parmi les rebelles ni au gouvernement, n'atteindrait probablement jamais l'Angleterre – surtout sous les ordres d'un homme ayant aussi peu d'imagination que Bush. L'Angleterre perdrait une belle frégate et une belle occasion. Il lui fallait sacrifier sa part de prise, les mille livres environ avec lesquelles il voulait éblouir Maria… Mais il devait à tout prix sauver la vie de ses prisonniers.

— Assurément, c'est mon éducation étrangère qui est à blâmer, Supremo, dit-il. Il m'est difficile de rendre dans une langue étrangère toutes les nuances subtiles qu'il est nécessaire d'exprimer. Comment pourrait-on imaginer que je puisse manquer de respect à El Supremo ?

Son hôte approuva d'un signe de tête. Il était rassurant de constater qu'un fou, qui attribuait la toute-puissance à sa personne, était enclin à accepter la flatterie la plus grossière comme argent comptant.

— … Le navire vous appartient, Supremo, continua Hornblower, il vous appartient depuis l'instant où mes hommes ont pris pied sur le pont la nuit dernière. Et lorsque bientôt une immense Armada parcourra le Pacifique aux ordres d'El Supremo, je demande seulement que l'on veuille bien se souvenir que le premier navire de cette flotte fut enlevé aux Espagnols par le capitaine Hornblower, suivant les ordres d'El Supremo.

Le maître de céans approuva de nouveau, puis se tourna vers Hernandez :

— Général, dit-il, prenez les mesures nécessaires pour que cinq cents hommes s'embarquent à midi sur les navires. Je m'embarquerai avec eux, et vous aussi.

Hernandez s'inclina et sortit ; il était facile de voir qu'il y avait peu de chances qu'El Supremo doutât jamais de sa propre divinité par suite d'un manque de respect ou d'une hésitation de la part de ses subordonnés. Au moindre de ses ordres, qu'il s'agisse de mille porcs ou de cinq cents hommes, on obéissait instantanément.

Hornblower enchaîna aussitôt :

— La *Lydia* aura-t-elle l'honneur d'emmener El Supremo à La Libertad ? Ce serait une distinction que mon équipage apprécierait hautement.

— Je n'en doute pas, lui fut-il répondu.

— J'ose à peine demander, continua Hornblower, si mes officiers et moi-même pourrons aspirer à l'honneur de votre présence au déjeuner, avant notre départ ?

El Supremo réfléchit un instant.

— J'y consens, dit-il ; et Hornblower dut réprimer

le soupir de soulagement qu'il était sur le point de pousser.

Une fois qu'El Supremo serait à bord de la *Lydia*, les rapports avec lui seraient peut-être moins difficiles.

El Supremo frappa dans ses mains, et aussitôt, avec la précision d'une mécanique, un coup frappé à la porte cloutée de cuivre annonça l'arrivée du majordome basané. En une seule phrase, il reçut l'ordre de transférer sur la *Lydia* la maison d'El Supremo.

— Peut-être, dit Hornblower, me permettez-vous maintenant de retourner à mon navire, pour prévoir votre réception, Supremo ?

Une autre inclination de tête lui répondit.

— À quelle heure serai-je à la plage pour vous accueillir ?

— Onze heures.

En arrivant dans le patio, Hornblower pensa avec sympathie à ce vizir oriental qui ne revenait jamais d'une audience royale sans tâter si sa tête était toujours sur ses épaules. Et lorsqu'il fut sur le pont de la *Lydia*, le bruit des sifflets était à peine éteint qu'il donnait ses ordres.

— Faites-moi descendre ces gens-là immédiatement, dit-il à Bush, en désignant les prisonniers espagnols. Mettez-les dans la soute aux filins avec un homme de garde. Appelez l'armurier, et faites-les mettre aux fers.

Bush n'essaya pas de cacher sa surprise ; mais Hornblower ne perdit pas de temps en explications.

— *Señores*, dit-il, lorsque les officiers vinrent vers lui, vous allez être traités durement. Mais croyez-moi, si seulement on vous apercevait pendant les jours prochains, vous seriez tués. Je suis en train de vous sauver la vie.

Puis Hornblower se tourna de nouveau vers son premier lieutenant.

— Rassemblez les hommes, monsieur Bush.

Le bruit de pieds calleux trottant sur les planches emplit à nouveau le navire.

— Marins ! lança Hornblower, à bord de ce navire va venir aujourd'hui un prince de ce pays qui est l'allié de Notre Gracieuse Majesté. Quoi qu'il arrive – écoutez bien ce que je dis : *quoi qu'il arrive* –, je veux qu'on le traite avec respect. Je ferai fouetter celui qui rira ou qui ne se conduira pas envers le *señor* El Supremo comme il se conduirait envers moi. Nous allons mettre à la voile ce soir, ayant à bord les troupes de ce prince. Vous vous occuperez de ces soldats comme si c'étaient des Anglais. Mieux même ; car vous joueriez des tours aux soldats anglais. Le premier qui jouera un tour à l'un quelconque de ces hommes-là, je le ferai fouetter dans l'heure qui suivra. Oubliez leur couleur ; oubliez leurs vêtements ; oubliez qu'ils ne parlent pas votre langue. Et rappelez-vous seulement ce que je vous ai dit ! Monsieur Bush, vous pouvez renvoyer les hommes !

Dans la cabine, Polwheal attendait fidèlement, ayant préparé la robe de chambre et la serviette pour le bain que son capitaine aurait dû prendre deux heures plus tôt, d'après l'emploi du temps habituel.

— Ressortez mon plus bel uniforme, fit Hornblower. Je désire que l'arrière-cabine soit prête à onze heures pour un grand dîner de huit couverts. Allez à l'avant et amenez-moi le cuisinier.

Il y avait beaucoup à faire. Il fallait inviter Bush et Rayner, premier et quatrième lieutenant, Simmonds, commandant l'infanterie de marine, et Crystal, maître de navigation ; et il fallait les prévenir qu'ils avaient à se mettre en grande tenue. Il devait prévoir enfin l'installation de cinq cents hommes à bord des deux frégates.

Hornblower regardait la *Natividad,* avec le White Ensign au-dessus du pavillon espagnol rouge et or, et se demandait quelles mesures il devait prendre en ce qui la concernait, lorsqu'un bateau venant du rivage s'avança vers lui d'un petit air guilleret. Le chef du groupe qui monta à bord était un homme assez jeune, d'une taille inférieure à la moyenne, d'apparence plutôt frêle, et agile comme un singe ; son visage, éclairé de sourires mouvants, exprimait une bonne humeur que rien ne pouvait entamer. Il avait l'air plutôt espagnol qu'américain. Bush l'amena vers Hornblower qui arpentait avec impatience le gaillard d'arrière. Le nouveau venu salua avec cordialité et se présenta.

— Je suis le vice-amiral don Cristobal de Crespo, dit-il.

Hornblower ne put s'empêcher de l'examiner du haut en bas. Le vice-amiral portait des boucles d'oreilles en or et sa veste brodée d'or ne réussissait pas à cacher le délabrement de sa chemise grise. Du moins portait-il des chaussures havane en cuir souple, dans lesquelles rentraient les jambes de son pantalon blanc rapiécé.

— De la flotte d'El Supremo ? s'étonna Hornblower.

— Naturellement. Puis-je vous présenter mes officiers ? Capitaine de vaisseau Andrade, capitaine de frégate Castro, capitaine de corvette Carrera, lieutenants Barrios, Barillas et Cerna, aspirant Diaz.

La douzaine d'officiers, présentés avec ces titres ronflants, étaient des Indiens pieds nus ; la ceinture rouge qui leur entourait la taille était abondamment pourvue de pistolets et de couteaux. Ils saluèrent gauchement Hornblower ; plusieurs d'entre eux arboraient une expression de cruauté bestiale.

— Je suis venu, poursuivit aimablement Crespo, hisser mon pavillon sur mon nouveau navire, la *Natividad*. C'est le désir d'El Supremo que vous vouliez bien le saluer des onze coups de canon qui sont dus à un vice-amiral.

À cette nouvelle, la figure de Hornblower s'allongea un peu. Ses années dans la marine l'avaient imprégné, quoi qu'il en eût, d'un profond respect pour les détails du faste naval, et il était ennuyé à la perspective de saluer ce coquin déguenillé d'autant de coups de canon qu'en avait jamais eu Nelson. Il fit un effort pour avaler son ressentiment. Il lui fallait jouer la comédie jusqu'au bout, s'il voulait glaner quelques succès. Lorsque l'enjeu était un empire, il eût été stupide d'attacher de l'importance à des questions d'étiquette.

— Certainement, amiral, dit-il. J'éprouve une grande joie à être l'un des premiers à vous féliciter de votre nomination.

— Merci, capitaine. Il y aura un ou deux détails à

régler d'abord, fit le vice-amiral. Puis-je vous demander si les officiers de pont de la *Natividad* sont à votre bord ou s'ils sont encore sur la *Natividad* ?

— Je regrette bien, dit Hornblower, de les avoir expédiés par-dessus bord ce matin, après un conseil de guerre.

— Cela est vraiment malheureux, s'inquiéta Crespo. J'ai reçu l'ordre d'El Supremo de les pendre aux bouts de vergue de la *Natividad.* Vous n'en avez même pas laissé un seul ?

— Pas un, amiral. Je regrette de ne pas avoir reçu d'ordres à ce sujet.

— Dans ce cas, on ne peut rien y faire. Il y en aura d'autres, sans aucun doute. Eh bien, je vais monter à bord de mon navire. Peut-être aurez-vous la bonté de m'accompagner pour donner des ordres aux hommes que vous avez laissés à bord.

— Certainement, amiral.

Hornblower était curieux de voir comment les subordonnés d'El Supremo allaient résoudre le problème de faire passer tout l'équipage d'un navire sous un autre commandement. Il donna rapidement ses ordres au canonnier pour le salut du drapeau lorsqu'il serait hissé sur la *Natividad,* et descendit dans la barque avec les nouveaux officiers.

Sitôt à bord de la *Natividad,* Crespo marcha d'un air conquérant vers le gaillard d'arrière. L'officier de navigation espagnol et ses seconds y étaient groupés ; sous leurs regards étonnés, il se dirigea vers une image de la Vierge et de l'Enfant-Jésus installée près du couronnement, et la lança par-dessus bord. Sur un signe de lui, un des aspirants amena de la corne les pavillons espagnol et anglais. Puis

Crespo se tourna vers les officiers de navigation. Ce fut une scène dramatique, sur ce gaillard d'arrière bondé de monde. Sous le brillant soleil, les soldats de l'infanterie de marine en uniforme rouge se tenaient rigoureusement alignés, l'arme au pied. Les marins anglais étaient près de leurs caronades, mèches allumées, car nul ordre ne les avait encore relevés de leur consigne. Gerard s'approcha et se tint près de Hornblower.

— Lequel d'entre vous est l'officier de navigation ? demanda Crespo.

— C'est moi, risqua l'un des Espagnols d'une voix chevrotante.

— Et qui sont ses seconds ? s'enquit Crespo d'un ton rude.

Des signes de tête apeurés lui répondirent.

Toute trace d'humour avait disparu du visage de Crespo. Il semblait se gonfler et se dilater sous l'effet d'une colère froide.

— Vous, dit-il, désignant le plus jeune, vous allez lever la main et jurer votre foi à notre seigneur El Supremo. Levez la main !...

Le jeune homme obéit, comme fasciné.

— Maintenant, répétez après moi : « Je jure ! »

Le visage du jeune homme était blême. Il essaya de regarder son supérieur, mais les yeux brillants de Crespo tenaient son regard.

— « Je jure ! » insista Crespo d'un air plus menaçant.

La bouche de l'enfant s'ouvrit et se ferma sans qu'un son en sortît. Puis il se libéra convulsivement du regard hypnotique. Sa main trembla et s'abaissa, et son regard s'éloigna de l'index droit de Crespo tendu vers lui. Rapide comme l'éclair, la main gauche de ce dernier quitta sa ceinture ; le geste fut si brusque que sur l'instant personne ne vit qu'elle tenait un pistolet. Le coup partit et l'enfant, une balle dans le ventre, tomba sur le pont où il se tordit de douleur. Crespo ne fit pas attention à ses convulsions et se tourna vers le suivant :

— Toi, tu vas jurer maintenant...

L'autre jura aussitôt, répétant en tremblant les paroles de Crespo. Il n'y avait rien de superflu dans cette demi-douzaine de phrases ; elles affirmaient l'omnipotence d'El Supremo, attestaient la foi de la personne qui prêtait serment et, en une seule formule catégorique et blasphématoire, niaient l'existence de Dieu et la virginité de la mère de Dieu. Les autres suivirent l'exemple, chacun répétant à son tour les paroles du serment, tandis qu'aucun d'eux ne faisait attention à l'enfant qui mourait à leurs pieds. Crespo ne condescendit à le remarquer qu'après la conclusion de la cérémonie.

— Jetez-moi ça par-dessus bord, dit-il sèchement.

Les officiers, sous le regard qu'il fixait sur eux, n'hésitèrent qu'un instant ; l'un d'eux se baissa et souleva l'enfant par les épaules, un autre le saisit par les pieds, et ils lancèrent le corps encore vivant par-dessus la rambarde.

Crespo attendit le « floc », puis il s'avança vers la lisse du gaillard d'arrière, dont la dorure s'écaillait. Il força la voix et les matelots entassés sur les passavants l'écoutèrent en silence. Hornblower, abaissant son regard vers eux, vit qu'ils offriraient peu de résistance aux efforts de Crespo pour les convertir. Aucun membre de l'équipage n'avait de sang européen ; vraisemblablement, pendant les nombreuses années que la *Natividad* avait passées en service dans le Pacifique, son équipage européen d'origine avait complètement disparu. Seuls les officiers avaient eu des remplaçants venus d'Espagne ; les marins nouveaux avaient été recrutés sur place parmi les indigènes. Hornblower reconnut parmi eux des Chinois et des nègres, et des hommes dont la physionomie ne lui était pas familière : des Philippins.

En cinq minutes d'une harangue brillante, Crespo les eut tous gagnés à sa cause. Il n'essaya pas de proclamer la divinité de son chef autrement qu'en l'appelant El Supremo. El Supremo, expliquait-il, était à la tête d'un mouvement qui devait balayer les Espagnols de leurs possessions d'Amérique. Dans moins d'un an, tout le Nouveau Monde, du Mexique au Pérou, serait à ses pieds. Ce serait la fin du mauvais gouvernement espagnol, de la domination brutale, de l'esclavage aux champs et dans les mines. Il suffirait de demander des terres pour en avoir ; chacun connaîtrait la liberté et le bonheur, sous l'autorité bienveillante d'El Supremo. Qui voulait le suivre ?

Ils voulaient tous le suivre, apparemment. Des acclamations frénétiques saluèrent la fin du discours de Crespo. Celui-ci revint vers Hornblower.

— Merci, capitaine, dit-il. Je pense que la présence de votre équipage n'est plus nécessaire. Mes officiers et moi-même serons capables de nous occuper de tout cas d'insubordination qui pourrait se présenter.

— Je pense que vous en serez très capables, répondit Hornblower avec un peu d'amertume.

— Il est très possible que certains d'entre eux ne voient pas facilement la lumière quand le moment sera venu, fit Crespo avec un large sourire.

En retournant vers la *Lydia*, Hornblower réfléchit amèrement au meurtre du petit Espagnol. C'était un crime qu'il aurait dû empêcher ; il était allé à bord de la *Natividad* à dessein, pour prévenir la cruauté ; il avait échoué. Pourtant, il comprit que cette sorte de cruauté n'aurait pas sur ses propres hommes le mauvais effet qu'aurait eu la pendaison délibérée des officiers. On obligeait l'équipage de la *Natividad* à servir un nouveau maître contre sa volonté : mais la presse avait fait la même chose pour les trois quarts des hommes de la *Lydia*. Le fouet et la mort étaient les châtiments infligés aux Anglais qui refusaient d'obéir aux ordres d'officiers qui s'étaient arbitrairement arrogé le droit de les commander ; il était donc peu probable que des marins anglais se tourmentassent à l'excès de voir des Dagos dans la même situation ; bien que, avec le manque de logique des classes inférieures, ils eussent été amenés à protester contre la pendaison solennelle des officiers.

Le cours de ses pensées fut interrompu soudain par un coup de canon, parti de la *Natividad*, auquel répondit aussitôt un coup de la *Lydia*. Hornblower bondit presque sur ses pieds dans la chambre arrière de la chaloupe, mais un coup d'œil pardessus son épaule le rassura. Un nouveau pavillon flottait maintenant à la corne de la *Natividad* ; bleu avec une étoile jaune au milieu. Le bruit de la salve se répercuta lentement dans la baie ; les onze coups n'étaient pas encore tirés lorsqu'il escalada le flanc de la *Lydia.* Marsh, le canonnier, faisait les cent pas sur le gaillard d'avant en marmottant ; Hornblower devina plutôt qu'il n'entendit son baragouinage.

— Si je n'avais été un bougre d'imbécile, je ne serais pas ici. Feu pour le septième coup ! J'ai quitté ma femme, j'ai quitté ma maison et tout ce qui m'est cher. Feu pour le huitième coup !

Une demi-heure plus tard, Hornblower était à la plage pour accueillir El Supremo qui arriva à cheval, exact à la minute, accompagné d'une douzaine d'individus déguenillés. El Supremo ne condescendit pas à présenter sa suite au capitaine : il fit un petit salut de la tête et monta dans la chaloupe. Les gens de sa suite se présentèrent eux-mêmes, en une kyrielle de noms et de titres dépourvus de sens, à mesure qu'ils arrivaient. Tous étaient presque de purs Indiens ; tous étaient généraux, à l'exception d'un ou deux colonels, et il était évident que tous étaient attachés à leur maître avec un dévouement total. Toute leur attitude, chacune de leurs moindres actions indiquaient non seulement qu'ils avaient peur de lui, mais qu'ils l'admiraient, qu'ils l'aimaient pourrait-on dire.

À la coupée, seconds maîtres de manœuvre et infanterie de marine étaient prêts à recevoir El Supremo avec tous les honneurs militaires officiels ; mais celui-ci, au moment où il mettait le pied sur l'échelle, étonna grandement Hornblower en lui disant avec désinvolture :

— Le salut qui convient pour moi, capitaine, est une salve de vingt-trois coups.

C'était deux coups de plus qu'on n'en tirait pour Sa Majesté le roi George lui-même. Pendant un instant, Hornblower eut un air ahuri, puis il réfléchit fiévreusement au moyen de refuser, et finalement apaisa sa conscience en se disant qu'une salve de vingt-trois coups n'avait absolument aucun sens. Il envoya précipitamment un messager à Marsh pour ordonner ces vingt-trois saluts sonores ; ce fut curieux de voir comment les réactions du mousse répétèrent presque celles de Hornblower ; il eut l'air ahuri, composa son visage et se sauva, rassuré à la pensée que c'était le capitaine qui était le responsable et non pas lui. Et Hornblower eut de la peine à réprimer un sourire en pensant à l'étonnement certain de Marsh et à la bouillante exaspération que trahirait sa voix lorsqu'il en arriverait à : « Si je n'avais pas été un bougre d'idiot, je ne serais pas ici. Feu pour le vingt-troisième coup ! »

Lorsqu'il mit le pied sur le gaillard d'arrière, El Supremo promena autour de lui un regard perçant ; puis, pendant que Hornblower le regardait, l'intérêt disparut de son visage et il retomba dans cet état de distraction indifférente que le capitaine lui connaissait déjà. Il semblait écouter, mais son regard passait au-dessus de la tête de Gerard, de Bush et des autres officiers que Hornblower lui présenta. Il fit non de la tête lorsque celui-ci lui demanda s'il désirait inspecter le navire. Il y eut un petit silence gêné, que rompit Bush en s'adressant au capitaine.

— La *Natividad* hisse un nouveau pavillon à la grand-vergue, capitaine. Ah ! non, c'est…

C'était le corps d'un homme, noir sur le ciel bleu, qui montait lentement en s'agitant par saccades et en tournant sur lui-même. Une minute plus tard, un autre corps monta à l'autre extrémité de la vergue. Instinctivement, tous les yeux se tournèrent vers El Supremo. Son regard était toujours perdu dans le lointain, ses yeux n'étaient fixés sur rien, et cependant chacun savait qu'il avait vu. Les officiers anglais, incertains de l'attitude à adopter, lancèrent un rapide coup d'œil vers leur capitaine, et prirent comme lui l'air embarrassé de gens qui font semblant de n'avoir rien vu. Les mesures disciplinaires à bord d'un navire d'une autre nation n'étaient pas leur affaire.

— Le dîner va être servi incessamment, Supremo, dit Hornblower la gorge serrée. Vous plairait-il de descendre ?

Toujours silencieux, El Supremo se dirigea vers l'escalier des cabines et descendit le premier. En bas, sa petite taille fut rendue manifeste par le fait qu'il pouvait marcher sans se baisser. Sa tête effleurait tout juste les poutres, mais la proximité immédiate de ces dernières ne l'incitait pas à se courber. Hornblower eut l'impression ridicule qu'El Supremo n'aurait jamais besoin de se baisser ; que les poutres se soulèveraient à son passage plutôt que de commettre le sacrilège de le cogner ; tel était l'effet que le port majestueux et tranquille de son hôte faisait sur lui.

Polwheal et ses aides, vêtus de leurs plus beaux habits, écartèrent les rideaux de toile qui remplaçaient toujours la cloison abattue. ; mais El Supremo s'arrêta un instant, sitôt franchie la porte de la cabine, et prononça les premières paroles qui eussent passé ses lèvres depuis son arrivée à bord.

— Je dînerai seul ici, dit-il, qu'on m'apporte à manger.

Aucun des membres de sa suite ne vit quoi que ce soit d'extraordinaire dans cette requête ; Hornblower, qui observait leur expression, était bien certain que leur indifférence n'était nullement feinte. El Supremo se serait tout simplement mouché qu'ils n'auraient été ni plus ni moins surpris.

Bien entendu, c'était horriblement gênant. Hornblower et ses autres invités durent se contenter de dîner à la bonne franquette dans l'arrière-cabine ; son seul service de table en fil et ses deux dernières bouteilles de Madère demeurèrent dans la première pièce, à l'usage d'El Supremo. L'attrait du repas ne fut guère augmenté par le silence qui régna presque constamment ; les personnages qui formaient la suite d'El Supremo n'étaient nullement bavards, et Hornblower était le seul Anglais connaissant assez d'espagnol pour tenir conversation. Par deux fois, Bush essaya vaillamment de tenir à ses voisins des propos aimables, en mettant des « o » à la fin des mots anglais, dans l'espoir de les transformer en mots espagnols ; mais les regards ahuris des hommes auxquels il s'adressait le réduisirent vite à un balbutiement inarticulé.

Le repas était à peine terminé, chacun venait d'allumer le cigare, brunâtre, aux feuilles peu serrées, qui faisait partie de l'approvisionnement livré à la *Lydia*, lorsqu'un nouveau messager arriva du rivage ; l'officier de quart, que son baragouin inintelligible déconcertait, l'amena dans la cabine. Les troupes étaient prêtes à monter à bord. Avec soulagement, Hornblower mit sa serviette de côté et monta sur le pont ; les autres le suivirent.

Les hommes qu'amenèrent la chaloupe et le canot faisant régulièrement la navette entre le bateau et le rivage étaient de vrais soldats de l'Amérique centrale : pieds nus, déguenillés, le teint olivâtre et les cheveux raides. Chaque homme avait un fusil tout neuf et une cartouchière gonflée ; rien d'autre que ce que Hornblower leur avait apporté. La plupart des soldats en question portaient à la main un sac de coton vraisemblablement rempli de provisions, certains traînaient après eux des melons ou des régimes de bananes. L'équipage les réunit en un troupeau sur le pont principal ; ils regardèrent autour d'eux d'un œil curieux et se mirent à bavarder avec volubilité ; mais ils étaient assez dociles et, sans cesser de bavarder, s'accroupirent par groupes entre les canons où les marins, avec un large sourire, les poussaient. Ils s'assirent sur le bordage et la plupart se mirent à manger sur-le-champ. Hornblower soupçonna qu'ils étaient à demi affamés et qu'ils dévoraient des rations qui auraient dû leur durer plusieurs jours.

Lorsque le dernier soldat fut à bord, le capitaine porta les yeux vers la *Natividad* ; il semblait qu'elle eût embarqué ce qu'elle avait à prendre du corps expéditionnaire. Soudain, le bavardage cessa complètement sur le pont principal et un silence d'une surprenante intensité lui succéda. L'instant d'après, El Supremo apparut sur le gaillard ; ce devait être au moment où les hommes l'avaient vu sortir de la cabine que le bruit s'était éteint.

— Nous partons pour La Libertad, capitaine, dit-il simplement.

— Oui, Supremo, répondit Hornblower, content que son hôte fût apparu à ce moment ; quelques secondes plus tard, ses officiers auraient vu que leur capitaine attendait ses ordres, et ça, ce n'était vraiment pas possible.

— Nous allons lever l'ancre, monsieur Bush, conclut Hornblower.

8

Nouvelles d'Europe

Le voyage vers le nord, le long de la côte, était terminé ; La Libertad était tombée ; El Supremo et ses hommes avaient disparu dans l'enchevêtrement de volcans qui entourent la cité du Sauveur. Une fois de plus, le capitaine Hornblower arpentait de grand matin le gaillard d'arrière de la *Lydia*, frégate de trente-six canons au service de Sa Majesté britannique ; et le lieutenant Bush, officier de quart, se tenait avec raideur auprès de la roue du gouvernail, sans paraître lui prêter attention.

Hornblower regardait autour de lui et, tout en marchant, remplissait à fond ses poumons à chaque inspiration. Il en prit conscience et se sourit à lui-même lorsqu'il comprit qu'il faisait cela pour savourer l'air si doux de la liberté. Il était libéré pour quelque temps de cette atmosphère de cauchemar que créaient El Supremo et ses méthodes sanguinaires ; et le sentiment de soulagement était inexprimable. Il était de nouveau son propre maître ; libre d'arpenter le gaillard sans être dérangé. Le ciel était bleu, la mer bleu et argent ; Hornblower se surprit à faire la comparaison familière avec le blason argent et azur... et il sut qu'il était redevenu lui-même ; il sourit de nouveau, simplement parce qu'il était de bonne humeur ; toutefois il se tourna vers la mer afin que ses subordonnés ne vissent pas leur capitaine arpenter le gaillard en grimaçant comme un vieux singe.

Une brise très douce par le travers donnait à la *Lydia* une vitesse de trois ou quatre nœuds ; à bâbord, au-dessus de l'horizon, pointaient les éternels volcans qui formaient l'armature de ce pays arriéré. Peut-être après tout El Supremo pourrait-il réaliser son rêve insensé de conquérir l'Amérique centrale ; peut-être pourrait-il y avoir un fondement solide à l'espoir d'ouvrir à travers l'isthme une bonne route de communication par Panama, si le projet par le Nicaragua s'avérait impraticable. Cela ferait une différence considérable pour le monde entier. Cette route mettrait la terre de Van Diemen et les îles Moluques en relations plus étroites avec le monde civilisé. Elle ouvrirait le Pacifique à l'Angleterre en supprimant les difficultés du voyage par le cap Horn, ou par le cap de Bonne-Espérance et l'Inde ; et dans ce cas, le Pacifique pourrait voir des escadres de vaisseaux de ligne croiser dans ses eaux où jusqu'ici à peine une frégate avait pénétré. L'empire espagnol du Mexique et de la Californie pourrait acquérir une importance nouvelle.

Hornblower se dit aussitôt que tout ceci n'était encore qu'un rêve extravagant. Pour se punir en quelque sorte d'avoir rêvé, il se mit à se reprocher sa conduite actuelle et à examiner sévèrement les motifs qui l'avaient poussé à se diriger vers le sud, vers Panama. Il savait parfaitement que le motif principal était de se libérer d'El Supremo, mais en présence de cette accusation qu'il portait contre lui-même, il tenta de justifier son action.

Si l'attaque d'El Supremo contre San Salvador échouait, la *Natividad* suffirait à emmener les quelques survivants de son armée. La présence de la *Lydia* ne pouvait en rien influer sur les opérations à terre. Si El Supremo réussissait, il pourrait être intéressant qu'une diversion sur Panama troublât les Espagnols pendant qu'il conquerrait le Nicaragua et les empêchât de concentrer toutes leurs forces contre lui. Il n'était que juste de donner à l'équipage de la *Lydia* une chance de s'assurer des parts de prise parmi les pêcheurs de perles du golfe de Panama ; cela compenserait pour eux la perte probable des parts déjà gagnées, car il n'y aurait pas moyen d'arracher de l'argent à l'Amirauté pour la *Natividad*. La présence de la *Lydia* dans le golfe gênerait par ailleurs le transport des troupes espagnoles venant du Pérou. Enfin les services de l'Amirauté seraient contents d'avoir une étude détaillée du golfe et de l'archipel de las Perlas ; les cartes marines d'Anson laissaient à désirer à cet égard.

Pourtant, en dépit de tous ces arguments plausibles, Hornblower savait très bien que c'était pour s'éloigner d'El Supremo qu'il était venu par ici.

Une raie géante, grande comme le dessus d'une table, bondit soudain hors de l'eau, tout près du navire, retomba à plat avec un claquement retentissant, rebondit et disparut, son corps humide, d'un rose brun, miroitant un instant au soleil avant que l'eau bleue ne se refermât sur lui. Dans toutes les directions, des poissons volants rasaient l'eau, laissant derrière eux pour un instant un sillon sombre. Hornblower regardait tout cela, l'esprit libre de tout souci, ravi de pouvoir laisser folâtrer ses pensées sans se sentir obligé de les concentrer constamment sur un seul objet. Son bateau était plein de provisions, son équipage satisfait par les aventures de ces derniers jours, il n'avait donc plus aucun souci véritable. Les prisonniers espagnols dont il avait sauvé la vie en les protégeant d'El Supremo se chauffaient paresseusement au soleil sur le gaillard d'avant.

— Un navire en vue !

L'écho renvoya depuis la tête de mât l'exclamation de la vigie. Les flâneurs garnirent les pavois et regardèrent par-dessus les toiles de bastingage ; les marins qui briquaient le pont se mirent à travailler plus lentement sans en avoir l'air, afin d'entendre ce qui se passait.

— Dans quelle direction ? demanda Hornblower.

— Par bâbord avant, Monsieur. Un lougre, il me semble, Monsieur, qui vient droit sur nous, mais il est en plein dans le soleil et…

— Un lougre ?

— Oui, un lougre, Monsieur ! cria d'une voix perçante l'aspirant Hooker, du haut du petit mât de perroquet. Deux mâts, il est en plein dans le vent et se dirige vers nous toutes voiles dehors, Monsieur.

— Il se dirige vers nous ! répéta Hornblower perplexe.

Il sauta sur l'affût de la caronade la plus proche et, la main sur les yeux, regarda dans le soleil et dans le vent ; mais pour le moment, de cette position peu élevée, on ne pouvait encore rien découvrir.

— Il maintient toujours sa route, Monsieur ! cria Hooker.

— Monsieur Bush, dit Hornblower, coiffez le perroquet de fougue.

C'était peut-être un pêcheur de perles du golfe de Panama, ignorant encore la présence d'une frégate anglaise dans ces eaux ; d'un autre côté, il se pourrait que ce lougre apportât un message d'El Supremo ; sa route rendait cette éventualité peu probable, mais cela pouvait s'expliquer.

Puis, comme la *Lydia* s'élevait à la lame, Hornblower vit un carré blanc briller faiblement à l'horizon lointain, puis disparaître. À mesure que les minutes s'écoulaient, les voiles furent aperçues de plus en plus fréquemment jusqu'à ce qu'enfin le lougre fût nettement visible du pont, la coque à peine noyée, courant le vent en poupe, son avant dirigé en plein sur la *Lydia*.

— Il bat pavillon espagnol au grand mât, Monsieur, dit Bush, qui avait braqué sa lunette.

Hornblower soupçonnait la chose depuis un moment, mais n'avait pas osé faire confiance à ses yeux.

— Il est en train de l'amener, toutefois, répliqua-t-il, heureux d'être le premier à le remarquer.

— C'est ma foi vrai, Monsieur, dit Bush, un peu perplexe ; puis le voilà qui monte à nouveau. Non ! Qu'est-ce que vous dites de ça, Monsieur ?

— Un drapeau blanc par-dessus les couleurs espagnoles, dit Hornblower. Cela veut dire parlementer. Non, je ne m'y fie pas. Hissez les couleurs, monsieur Bush, et envoyez les hommes à leurs postes. Mettez les canons en batterie et renvoyez les prisonniers en bas, sous bonne garde.

Il n'allait pas se laisser prendre au dépourvu par les ruses de ces Espagnols. Ce lougre pouvait être plein à craquer d'hommes tout prêts à se lancer à l'abordage d'un navire non préparé. Au moment où la *Lydia* ouvrait ses sabords et montrait ses dents, l'étranger lofa, juste hors de portée de canon, et s'immobilisa à la cape.

— Il nous envoie un canot, Monsieur, signala Bush.

— C'est ce que je vois, fit Hornblower.

Un canot à deux avirons avançait par saccades sur l'eau dansante ; un peu plus tard, un homme escalada l'échelle de coupée ; tant de personnages étranges avaient escaladé cette échelle ces temps derniers ! Hornblower vit que le nouvel arrivant portait la grande tenue de la marine royale espagnole ; ses épaulettes brillaient au soleil. Il s'inclina et s'avança.

— Capitaine Hornblower ? demanda-t-il.

— Je suis le capitaine Hornblower.

— Je dois vous saluer comme le nouvel allié de l'Espagne.

Hornblower avala sa salive. Cela pouvait être une ruse ; mais dès qu'il entendit ces paroles, il sut instinctivement que l'homme disait la vérité. Tout l'univers de bonheur qui l'avait entouré jusque-là s'assombrit. Il prévoyait que des ennuis innombrables allaient s'abattre sur lui à la suite d'une décision inconsidérée des politiciens.

— Il y a quatre jours que nous savons la nouvelle, continua l'officier espagnol. Le mois dernier, Bonaparte nous a enlevé notre roi Ferdinand et a nommé son frère Joseph roi d'Espagne. La junte gouvernementale a signé un traité d'alliance et d'amitié perpétuelle avec Sa Majesté le roi d'Angleterre. C'est avec grand plaisir, capitaine, que je dois vous informer que tous les ports des possessions de Sa Majesté Très Catholique vous sont ouverts, après votre très pénible voyage.

Hornblower restait toujours muet. Tout cela pouvait n'être que mensonges, une ruse pour attirer la *Lydia* sous le feu des batteries côtières espagnoles. Hornblower le souhaita presque, mieux valait cela que les complications qui allaient l'entourer de toutes parts si c'était la vérité. L'Espagnol interpréta son expression comme impliquant l'incrédulité.

— J'ai des lettres sur moi, dit-il en les sortant de sa poche intérieure. Une de votre amiral aux Îles-sous-le-vent, amené par terre de Portobello, une de Son Excellence le vice-roi du Pérou et une de la dame anglaise de Panama.

Il tendit les lettres en s'inclinant de nouveau, et Hornblower marmottant une excuse – son espagnol facile l'avait abandonné en même temps que sa présence d'esprit – commença à les ouvrir. Puis il s'arrêta brusquement ; il ne convenait pas d'étudier ces documents sur le pont, sous les yeux de l'officier espagnol. Il bougonna de nouveau une excuse et s'enfuit vers l'intimité de sa cabine.

La toile solide qui enveloppait les ordres de l'amiral était bien authentique. Il examina les deux cachets avec la plus grande attention ; il ne semblait pas qu'on y eût touché ; l'adresse était correcte et l'écriture bien anglaise. Il ouvrit soigneusement l'enveloppe et lut les ordres. Ils ne lui laissèrent pas le moindre doute. Ils étaient signés Thomas Troubridge, contre-amiral, baronnet. Hornblower avait déjà vu la signature de Troubridge et il la reconnut. Les ordres étaient brefs, tout à fait dans la manière de Troubridge : une alliance ayant été conclue entre le gouvernement de Sa Majesté et le gouvernement espagnol, on enjoignait au capitaine Hornblower de cesser toute manifestation d'hostilité envers les possessions espagnoles et de retourner en toute hâte en Angleterre pour y recevoir de nouveaux ordres, après avoir demandé aux autorités espagnoles les approvisionnements nécessaires. C'était là sans aucun doute un document authentique. Il était marqué : « copie numéro deux » ; vraisemblablement, on avait expédié d'autres copies dans d'autres parties des possessions espagnoles, pour être sûr qu'il en recevrait une.

La lettre suivante portait une adresse et des

cachets flamboyants. C'était une lettre de bienvenue du vice-roi du Pérou, assurant Hornblower que toute l'Amérique espagnole était à sa disposition et formulant l'espoir qu'il veuille bien profiter des facilités qui lui étaient offertes, afin d'être prêt au plus vite à aider la nation espagnole dans sa mission sacrée : faire rentrer l'usurpateur français dans sa tanière.

— Hum, hum, fit Hornblower.

Le vice-roi espagnol n'avait pas encore appris le sort de la *Natividad*, ni la nouvelle entreprise d'El Supremo ; il pourrait bien ne plus être aussi cordial lorsqu'il connaîtrait le rôle joué par la *Lydia* en l'occurrence.

La troisième lettre n'était scellée que par un pain à cacheter. L'écriture était celle d'une femme. L'officier espagnol avait parlé d'une Anglaise de Panama ; que diable une Anglaise pouvait-elle faire là ? Hornblower déchira l'enveloppe et lut :

« La Citadelle, Panama,

« Lady Barbara Wellesley présente ses compliments au capitaine de la frégate anglaise. Elle le prie d'avoir la bonté de la ramener en Europe avec sa servante, puisqu'elle constate qu'elle ne peut rentrer en Angleterre par le moyen qui lui plairait, en raison d'une épidémie de fièvre jaune dans la mer des Antilles. »

Hornblower replia la lettre et en donna de petits coups sur l'ongle de son pouce pendant qu'il méditait. Cette femme demandait une chose impossible, évidemment. Une frégate déjà surpeuplée qui allait contourner le cap Horn n'était pas un lieu qui convînt à des dames. Et pourtant, elle semblait ne pas douter qu'il acceptât, elle semblait présumer qu'il serait fait droit immédiatement à sa requête. Évidemment, ce nom de Wellesley expliquait tout. On en parlait beaucoup depuis quelque temps. La dame était probablement une sœur ou une tante des deux Wellesley bien connus ; le très honorable marquis de Wellesley, chevalier de l'Ordre de Saint-Patrice, ex-gouverneur des Indes et maintenant membre du cabinet ; et le général sir Arthur Wellesley[1], chevalier de l'Ordre du Bain, vainqueur d'Assaye, que l'on désignait comme le meilleur général de l'Angleterre après sir John Moore. Hornblower l'avait vu une fois et avait remarqué son nez aquilin, arrogant, et son œil impérieux. Si la femme était de ce sang-là, elle devait considérer que tout lui était dû. À juste titre d'ailleurs. Un capitaine de frégate sans argent, sans influence, serait heureux de rendre service à l'un des membres de cette famille. Maria serait à la fois heureuse et inquiète lorsqu'elle saurait qu'il avait correspondu avec la fille d'un comte, la sœur d'un marquis.

Mais ce n'était pas le moment de se mettre à penser aux femmes. Hornblower mit les lettres sous clef dans son bureau et remonta rapidement sur le pont ; il se força à sourire en s'approchant du capitaine espagnol.

— La bienvenue à nos nouveaux alliés, dit-il.

1. Il s'agit du fameux Wellington, futur vainqueur à Waterloo. *(N.d.T.)*

Señor, je suis fier de servir aux côtés de l'Espagne contre le tyran corse.

L'Espagnol s'inclina.

— Nous avons eu très peur, capitaine, dit-il, que vous ne rencontriez la *Natividad* avant d'avoir appris la nouvelle, parce qu'elle ne la connaît pas encore. Votre belle frégate aurait pu subir de sérieux dommages…

— Hum, hum, fit Hornblower – ceci était plus embarrassant que tout le reste ; il se tourna et lança avec aigreur un ordre à l'aspirant de quart : Faites sortir les prisonniers de la soute aux filins et amenez-les ici ; vite.

Le jeune homme partit en courant, et Hornblower se tourna de nouveau vers l'officier espagnol.

— Je regrette de devoir vous apprendre, *señor*, que par malchance la *Lydia* a rencontré la *Natividad* il y a une semaine.

On put lire la surprise sur le visage du capitaine espagnol. Il regarda partout autour de lui, nota l'ordre méticuleux, les haubans bien ridés. Même un capitaine de frégate espagnol pouvait voir que la *Lydia* n'avait pas été engagée dernièrement dans un combat sérieux.

— Mais… vous n'avez pas livré bataille, capitaine ? dit-il. Peut-être que…

Les mots moururent sur ses lèvres lorsqu'il aperçut la procession mélancolique qui s'avançait le long du passavant. Il reconnut le capitaine et les lieutenants de la *Natividad.* Hornblower se mit fiévreusement à expliquer leur présence à bord ; mais il n'était pas facile de faire entendre à un capitaine espagnol que la *Lydia* avait capturé un vaisseau deux fois plus puissant sans recevoir un coup de canon et sans avoir un seul blessé ; il était encore plus difficile de poursuivre et d'expliquer que le bateau naviguait maintenant sous le pavillon de rebelles qui avaient juré d'anéantir la puissance espagnole dans le Nouveau Monde. Blessé dans sa fierté, l'Espagnol devint blême de rage. Il se tourna vers le capitaine de la *Natividad* et reçut confirmation du récit de Hornblower de la bouche de ce pauvre diable, lequel de chagrin courbait les épaules en racontant l'aventure qui allait inévitablement le mener devant un conseil de guerre et causer sa ruine.

Morceau par morceau, le nouveau venu apprit la vérité concernant les événements récents, la capture de la *Natividad* et le succès de la révolte d'El Supremo. Il comprit que toute la suzeraineté espagnole sur les Amériques était compromise ; et aussitôt un aspect nouveau et accablant de la situation se présenta à son esprit.

— Le galion de Manille est en mer ! dit-il. Il doit arriver à Acapulco le mois prochain. La *Natividad* va l'intercepter !...

Un bateau traversait chaque année l'immense Pacifique, venant des Philippines et portant un trésor jamais inférieur à un million de livres sterling. Sa perte paralyserait irrémédiablement le gouvernement espagnol déjà ruiné. Les trois capitaines échangèrent un regard ; Hornblower se disait que c'était là la raison pour laquelle El Supremo avait laissé partir si facilement la *Lydia* vers le sud ; sans nul doute, il s'était réjoui à la pensée que la *Natividad*, marchant vers le nord, s'emparerait pour lui de cette richesse. Il faudrait aux Espagnols des mois pour amener par le cap Horn un navire capable de se mesurer avec la *Natividad* ; et dans l'intervalle, El Supremo jouirait de tous les avantages que donne la suprématie navale, avantages que Hornblower avait escomptés pour la *Lydia*. La rébellion serait si fermement enracinée que rien ne pourrait l'écraser ; surtout que les Espagnols d'Espagne seraient selon toute apparence engagés dans une lutte à mort avec Bonaparte, et ne pourraient trouver ni les navires ni les hommes nécessaires à l'Amérique. Hornblower pouvait voir où était son devoir.

— Très bien, annonça-t-il tout à coup. Je vais retourner combattre la *Natividad*.

Le soulagement se montra sur le visage de tous les officiers espagnols.

— Merci, capitaine, dit l'officier du lougre. Peut-être ferez-vous d'abord escale à Panama pour consulter le vice-roi ?

— Sans doute, fit sèchement Hornblower.

Dans un monde où les nouvelles mettaient des mois à vous parvenir, où un bouleversement complet des relations internationales était non seulement possible mais probable, une expérience amère lui avait appris à rester en contact aussi étroit que possible avec le rivage ; il savait que ses ennuis actuels avaient pour cause unique son obéissance stricte aux ordres reçus, mais cela ne calmait pas son chagrin ; car il savait aussi que les lords de l'Amirauté ne se laisseraient pas influencer par ce détail ; un capitaine capable de causer de si grands ennuis n'en serait pas moins jugé sévèrement.

— Dans ce cas, continua le capitaine du lougre, je vais vous dire au revoir pour le moment. Si j'arrive le premier à Panama, je pourrai vous organiser une réception. Peut-être permettrez-vous à mes compatriotes de m'accompagner ?

— Non, je ne le permets pas, dit sèchement Hornblower. Et vous, monsieur, vous allez rester sous mon vent jusqu'à ce que nous jetions l'ancre.

L'Espagnol leva les épaules et n'insista pas. En mer, il est difficile de discuter avec un capitaine dont les canons sont en batterie et qui peut d'une bordée anéantir votre bateau ; surtout ces Anglais, tous aussi fous et aussi autoritaires qu'El Supremo… Le capitaine du lougre n'avait pas assez d'intuition pour pouvoir deviner que Hornblower avait toujours la crainte secrète que toute l'affaire ne fût une ruse pour attirer la *Lydia* impuissante sous les canons de Panama.

9

Lady Barbara vient à bord

Ce n'était nullement une ruse. Le matin suivant, lorsque la *Lydia*, par une brise de trois nœuds, entra prudemment dans la rade de Panama, les seuls coups de canon tirés furent ceux qui saluaient son arrivée. Des barques chargées d'Espagnols en liesse vinrent à sa rencontre pour lui souhaiter la bienvenue ; mais la joie fit place à des lamentations lorsqu'on apprit que la *Natividad* battait maintenant le pavillon d'El Supremo, que San Salvador était tombé, et que la rébellion embrasait tout le Nicaragua. Bicorne en tête, épée au côté (une épée de cinquante guinées, à la poignée d'or, don de la Caisse patriotique au lieutenant Hornblower pour la part qu'il avait prise à la capture de la *Castilla* six ans plus tôt), Hornblower était prêt à descendre à terre pour rendre visite au gouverneur et au vice-roi, lorsqu'on lui annonça, une fois de plus, l'arrivée d'un bateau.

— Il y a une dame à bord, Monsieur, précisa Gray, l'un des seconds de l'officier de navigation, qui apportait cette nouvelle.

— Une dame ?

— On dirait une Anglaise, Monsieur, expliqua Gray. Elle paraît vouloir monter à bord.

Hornblower se rendit sur le pont ; tout contre la *Lydia*, un grand canot à six postes de rames dansait et roulait ; les avirons étaient manœuvrés par des Dagos basanés, en chapeaux de paille et les bras nus ; un autre Dago se tenait à l'avant une gaffe à la main, le visage levé, attendant qu'on lui permît d'utiliser son instrument.

À l'arrière était assise une négresse, un mouchoir rouge feu sur les épaules, et à côté d'elle était la dame anglaise dont Gray avait parlé. Au moment où Hornblower regarda, l'homme accrocha sa gaffe et la barque se rangea le long du navire, deux des hommes parant un abordage. Quelqu'un attrapa l'échelle de corde et, l'instant d'après, la dame s'élança, calculant parfaitement son élan ; deux secondes plus tard, elle était sur le pont.

Sans aucun doute, c'était une Anglaise. Au lieu de l'éternelle mantille, un grand chapeau garni de roses ombrageait son visage ; sa robe de soie bleu ardoise était beaucoup plus seyante que le vêtement noir des Espagnoles. Sa peau était claire, malgré son hâle doré, et ses yeux gris ardoise, exactement de la même nuance incertaine que sa robe de soie. Son visage était trop long pour être beau et son nez trop arqué, sans parler de son hâle. À ce moment, elle apparut à Hornblower comme l'une de ces femmes à la figure chevaline et à l'allure garçonnière qu'il détestait particulièrement. Force était de constater qu'il ne se sentait attiré que par les femmes irrémédiablement incapables : une femme qui pouvait de cette façon passer d'une barque sur un navire, dans une rade ouverte, et savait escalader une échelle de corde sans aide, devait être bien trop masculine pour son goût. D'ailleurs il fallait qu'une femme fût singulièrement déféminisée pour se trouver à Panama sans être escortée par un homme ; l'expression « globe-trotter », avec tout ce qu'elle implique de désobligeant, n'avait pas encore été inventée ; elle aurait exprimé exactement l'impression de Hornblower. Il se tint volontairement à l'écart pendant que la visiteuse regardait autour d'elle. Il ne voulait rien faire pour l'aider. Un cri rauque lui apprit que la négresse n'avait pas été aussi habile à saisir l'échelle que sa maîtresse et l'instant d'après, sa venue sur le pont confirma cette impression : elle était mouillée jusqu'à la ceinture et l'eau ruisselait de sa robe noire.

La dame ne fit pas attention à l'infortune de sa servante ; Gray était le plus proche d'elle et elle se tourna vers lui.

— Ayez la bonté, je vous prie, de faire monter mes bagages à bord.

Gray hésita et regarda par-dessus son épaule dans la direction de Hornblower qui restait sur le gaillard d'arrière, raide et figé.

— Le capitaine est là-bas, madame, dit-il.

— Oui, dit la visiteuse. Je vous en prie, faites monter mes bagages pendant que je lui parle.

Hornblower était en proie à une lutte intérieure. Il détestait l'aristocratie ; il souffrait encore aujourd'hui à la pensée que, parce qu'il était le fils du docteur, il lui avait fallu jadis saluer le châtelain. Il se sentait malheureux et gauche face à l'arrogance et à la sûreté de soi des aristocrates et des riches, irrité aussi de penser que, s'il offensait cette femme, il pouvait compromettre sa carrière. Ni l'épée qu'on lui avait offerte, ni même ses passements d'or ne lui donnèrent d'assurance lorsqu'elle vint vers lui. Il se réfugia dans une politesse glaciale.

— Êtes-vous le capitaine de ce navire, monsieur ? demanda-t-elle en arrivant à lui.

Ses yeux regardaient les siens franchement, hardiment, sans trace de timidité ni de réserve.

— Capitaine Hornblower, à votre service, madame, répondit-il avec un mouvement sec du cou que l'on pouvait – si l'on était charitable – considérer comme un salut.

— Lady Barbara Wellesley, dit-elle avec une révérence tout juste assez profonde pour que l'entrevue restât cérémonieuse. Je vous ai adressé un mot, capitaine Hornblower, pour vous demander de me ramener en Angleterre. J'espère que vous l'avez reçu.

— Oui, Votre Grâce. Mais je crois qu'il ne serait pas prudent que vous veniez avec nous.

— Dites-moi pourquoi, monsieur, je vous prie.

— Parce que, Votre Grâce, nous allons bientôt partir à la recherche d'un ennemi pour livrer bataille ; après cela il nous faudra rentrer par le cap Horn ; il serait sage de votre part de faire route par terre à travers l'isthme. De Porto-Bello, vous pourriez facilement atteindre les Jamaïques, et retenir une cabine dans la malle des Antilles, qui reçoit des passagères.

Les sourcils de lady Barbara s'arquèrent un peu plus.

— Dans ma lettre, je vous informais qu'il y avait la fièvre jaune à Porto-Bello. Mille personnes en sont mortes la semaine dernière. Aux premières manifestations de la maladie, j'ai dû quitter Porto-Bello pour Panama. Elle peut se déclarer ici d'un jour à l'autre.

— Dans ce cas, puis-je vous demander, Votre Grâce, pourquoi vous vous trouviez à Porto-Bello ?

— Parce que, monsieur, la malle des Antilles dans laquelle je me trouvais a été capturée par un corsaire espagnol et amenée là. Je regrette, monsieur, de ne pouvoir vous dire le nom du cuisinier de ma grand-mère ; mais je serais ravie de répondre à toutes les questions qu'un homme bien élevé voudrait me poser…

Hornblower tiqua, puis s'aperçut à sa confusion

qu'il rougissait furieusement. Son aversion pour les aristocrates et leur arrogance en fut si possible accrue, mais on ne pouvait nier que les explications de la dame ne fussent satisfaisantes ; n'importe quelle femme pouvait se rendre aux Antilles sans cesser d'être une femme ; et il était évident qu'elle était venue à Porto-Bello et à Panama contre sa volonté. Il était bien plus disposé maintenant à lui accorder ce qu'elle demandait ; en fait, il était sur le point de céder, ayant inexplicablement oublié son duel proche avec la *Natividad* et son retour par le cap Horn. Il se les rappela juste au moment où il allait parler, de sorte qu'il modifia au dernier moment ce qu'il s'apprêtait à dire et, en conséquence, bégaya et bredouilla.

— Votre Grâce… mais… nous allons nous battre, fit-il. La *Natividad* est deux fois plus forte que nous. Ce sera dan-dangereux…

Lady Barbara se mit à rire. Hornblower remarqua le contraste agréable que faisaient ses dents blanches sur son teint doré ; ses dents à lui étaient laides et jaunes.

— Je préfère de beaucoup, dit-elle, être à bord de votre navire – qui que ce soit que vous ayez à combattre – qu'à Panama, avec le *vomito negro.*

— Mais… le cap Horn, Votre Grâce.

— Je ne connais pas votre cap Horn. Mais j'ai contourné deux fois le cap de Bonne-Espérance pendant que mon frère était gouverneur général des Indes, et je vous assure, capitaine, que je n'ai encore jamais eu le mal de mer.

Hornblower continua à hésiter et à bredouiller. La présence d'une femme à bord de son bateau l'irritait. Lady Barbara exprima exactement ce qu'il pensait ; et lorsqu'elle le fit, ses sourcils arqués se froncèrent d'une façon qui lui rappela curieusement El Supremo, bien que les yeux qu'elle fixa sur lui fussent toujours rieurs.

— Bientôt, capitaine, j'en viendrai à penser que ma présence à bord est indésirable. J'ai peine à imaginer qu'un officier de Sa Majesté puisse se montrer discourtois envers une femme, surtout une femme qui porte mon nom.

C'était précisément la difficulté. Aucun capitaine, s'il n'avait grand crédit, ne pouvait se permettre d'offenser une Wellesley. Hornblower savait que, s'il l'offensait, il n'aurait peut-être plus jamais de commandement ; on les laisserait croupir à terre, Maria et lui, à demi-solde jusqu'à la fin de ses jours. À trente-sept ans, il n'avait encore gravi qu'un huitième de l'échelle des capitaines, et les bonnes grâces des Wellesley pouvaient aisément le maintenir en fonction jusqu'à ce qu'il atteignît le grade d'officier général. Il n'avait plus qu'à avaler son ressentiment et à faire tout ce qu'il pourrait pour s'assurer ces bonnes grâces, en tirant parti des difficultés avec diplomatie. Il tâtonna pour trouver les paroles qui convenaient.

— Je ne faisais que mon devoir, Votre Grâce, dit-il, en vous signalant les dangers auxquels vous pourriez être exposée. En ce qui me concerne, rien ne pourrait m'être plus agréable que votre présence à bord de mon navire.

Lady Barbara fit une révérence bien plus profonde que la première ; à ce moment, Gray apparut et salua.

— Vos bagages sont à bord, madame, dit-il.

On les avait hissés au moyen d'un cartahu frappé sur la grand-vergue ; et maintenant ils jonchaient le passavant ; valises de cuir, caisses en bois cerclées de fer, malles au couvercle arrondi.

— Merci, monsieur. (Lady Barbara sortit de sa poche une bourse de cuir plate et y prit une pièce d'or.) Auriez-vous l'obligeance de donner ceci aux rameurs ?

— Grands dieux ! madame, vous n'avez pas besoin de donner de l'or à ces moricauds ! De l'argent, c'est tout ce qu'ils méritent !

— Eh bien ! alors, donnez-leur ceci, et merci pour votre gentillesse.

Gray s'éloigna précipitamment et Hornblower l'entendit marchander en anglais avec un équipage qui ne connaissait que l'espagnol. Il dut les menacer de laisser tomber un boulet dans leur bateau pour qu'ils se décident à partir, sans cesser de manifester leur mécontentement par leurs vociférations. Hornblower éprouva une nouvelle poussée d'irritation. Il n'aimait pas voir ses officiers se précipiter pour exécuter les ordres d'une femme ; ses responsabilités étaient lourdes, et il y avait une demi-heure qu'il était en plein soleil.

— Il n'y aura pas place dans votre cabine pour le dixième de ces bagages, Votre Grâce, dit-il assez sèchement.

Lady Barbara approuva gravement de la tête.

— Ce n'est pas la première fois que je m'installe dans une cabine, monsieur, ce coffre de marin là-bas, contient tout ce dont j'aurai besoin à bord. Vous pouvez faire mettre le reste où vous voudrez, jusqu'à notre arrivée en Angleterre.

Hornblower en aurait presque trépigné de colère. Il n'était pas habitué à voir une femme témoigner d'autant de sens pratique. C'était enrageant de ne pouvoir trouver le moyen de la déconcerter ; puis il la vit sourire ; il devina qu'elle souriait de voir sur son visage le reflet de sa lutte intérieure, et il rougit de nouveau violemment. Il tourna sur ses talons et la conduisit en bas sans ajouter un mot.

Lady Barbara examina la cabine du capitaine en souriant bizarrement, elle ne fit pas de commentaires, pas même lorsqu'elle constata l'inconfort sinistre de la chambre de l'arrière.

— Vous voyez, Votre Grâce, qu'une frégate n'a rien du luxueux confort de la malle des Indes, commenta Hornblower avec amertume.

Il était amer parce que sa pauvreté, à l'époque où il avait pris le commandement de la *Lydia*, ne lui avait permis de s'acheter aucune de ces petites commodités que pouvaient s'offrir d'autres capitaines de frégates.

— J'étais en train de me dire, au moment où vous avez parlé, fit doucement lady Barbara, qu'il était scandaleux qu'un officier du roi fût traité plus mal que ces gros capitaines de la compagnie des Indes. Mais il n'y a qu'une chose que je ne vois pas et que je dois vous demander.

— Et c'est ?

— Une clef pour la serrure de la porte.

— Je vais vous faire faire une clef par l'armurier, Votre Grâce. Mais il y aura une sentinelle à cette porte, jour et nuit.

Les sous-entendus qu'impliquait cette requête

irritèrent à nouveau Hornblower. Lady Barbara calomniait à la fois son navire et lui-même.

— *Quis custodiet ipsos custodes*[1], ironisa-t-elle, ce n'est pas pour moi, capitaine, que j'ai besoin d'une clef. C'est pour Hébé, qu'il me faut enfermer à clef lorsqu'elle n'est pas directement sous mes yeux. Elle est attirée vers les hommes aussi irrésistiblement que le papillon de nuit vers la chandelle.

La petite négresse sourit de toutes ses dents en entendant cela ; elle ne montra point de ressentiment, mais plutôt beaucoup d'orgueil, lorgnant déjà vers Polwheal qui se tenait près d'eux en silence.

— Et où dormira-t-elle alors ? demanda Hornblower, déconcerté une fois de plus.

— Dans ma cabine, sur le parquet. Et écoute bien ce que je te dis, Hébé : la première fois que je me réveille et que je ne te trouve pas là, je te rosserai de telle sorte que tu seras obligée de dormir sur le ventre !

Hébé sourit encore, bien qu'elle sût, de toute évidence, que sa maîtresse mettrait sa menace à exécution.

Ce qui adoucit un peu Hornblower fut la petite erreur que commit lady Barbara en parlant du « parquet » au lieu du « plancher » de sa cabine. Voilà qui montrait qu'après tout, elle n'était qu'une faible femme.

— Très bien, fit Hornblower. Polwheal, transportez mes affaires dans la cabine de M. Bush. Présentez-lui mes excuses et dites-lui qu'il devra

1. Et qui gardera ces gardiens ? *(N.d.T.)*

coucher dans le carré des officiers. Veillez à ce que lady Barbara ait tout ce qu'elle désire et demandez à M. Gray de bien vouloir faire mettre les bagages dans la cambuse. Vous me pardonnez, lady Barbara, mais je suis déjà en retard pour ma visite au vice-roi.

10

L'ancre

Comme à l'accoutumée, les sifflets se firent entendre et la garde d'infanterie de marine présenta les armes, lorsque le capitaine de la *Lydia* revint à bord. Il surveillait sa démarche ; la réception du vice-roi avait été chaleureuse ; de bonnes nouvelles venaient d'arriver d'Europe ; par ailleurs, l'annonce du premier cas de fièvre jaune à Panama l'avait rempli d'appréhension, et Hornblower avait été obligé de boire un verre de vin de trop. Naturellement sobre, il détestait l'impression de n'être pas tout à fait maître de lui.

Suivant son habitude, il examina attentivement le pont, aussitôt qu'il y eut posé le pied. Lady Barbara était assise dans une chaise longue sur le gaillard d'arrière ; quelqu'un avait dû lui faire fabriquer ce siège dans la journée, et quelqu'un avait arrimé pour elle un morceau de tente dans les haubans de misaine, de sorte qu'elle était assise à l'ombre, Hébé accroupie à ses pieds. Elle était bien installée, et ne semblait pas avoir chaud ; elle lui sourit avec empressement lorsqu'il s'approcha d'elle, mais il ne la regarda pas. Il ne voulait pas lui parler avant d'avoir la tête plus dégagée.

— Appelez tous les hommes pour virer l'ancre et amener les voiles, dit-il à Bush. Nous partons !

Il descendit, eut un geste d'impatience en constatant que l'habitude l'avait conduit vers la cabine qui n'était plus la sienne, et se retournant, il se cogna la tête avec violence contre un barrot de pont. Sa nouvelle cabine, dont Bush avait été évincé, était encore plus petite que l'ancienne. Polwheal attendait pour l'aider à changer de vêtement ; en le voyant, Hornblower pensa à de nouveaux ennuis. À l'arrivée de lady Barbara, il portait sa plus belle tunique à passements d'or et sa culotte blanche, mais il ne pouvait pas se permettre de rester dans cette tenue. Elle serait vite trop fatiguée pour qu'il pût encore la mettre quand des circonstances solennelles l'imposeraient. Dorénavant, il lui faudrait paraître devant cette femme avec ses vieilles tuniques rapiécées, ses pantalons de toile bon marché. Elle se gausserait de son apparence miteuse et de sa pauvreté.

Il maudit cette femme en enlevant ses habits trempés de sueur. Puis il pensa à un nouvel ennui ; il lui faudrait mettre Polwheal de garde pendant qu'il prendrait sa douche sous la pompe, de peur qu'elle ne le surprenne tout nu. Il lui faudrait encore donner des ordres à l'équipage pour éviter que son œil délicat ne soit offensé par la tenue négligée que les marins affectaient en général sous les tropiques. Il se peigna et maudit ses cheveux frisés qui soulignaient le fait que ses tempes se dégarnissaient.

Puis, il se hâta de regagner le pont ; il était content que la nécessité où il était de s'occuper du navire l'empêchât de rencontrer les yeux de lady Barbara, et de noter sa réaction à la vue de ces vêtements râpés. Cependant, il sentit son regard sur lui alors qu'il lui tournait le dos pour s'occuper de l'appareillage. La moitié de la bordée de quart était au cabestan ; les hommes pesaient de tout leur poids sur les barres, leurs pieds nus cherchant un appui sur le pont lisse, tandis que Harrison hurlait des encouragements et des menaces et stimulait les traînards à coups de canne. Sullivan, le violoneux simple d'esprit, les deux fifres de l'infanterie de marine et les deux tambours jouaient un air entraînant sur le gaillard d'avant – pour Hornblower, un air en valait un autre.

Le câble rentrait régulièrement ; les mousses avec leurs garcettes le suivaient jusqu'aux surbaux et retournaient à toute allure saisir à nouveau le câble et le tournevire. Les clic-clic rythmés du cabestan devinrent de plus en plus espacés, et s'arrêtèrent tout à fait.

— Virez ! bandes de bâtards ! Virez ! hurlait Harrison. Eh là-bas, vous autres, sur le gaillard d'avant, venez nous aider ! Allons, virez !

Il y avait vingt hommes de plus maintenant au cabestan. Cette force supplémentaire produisit un nouveau « clic » solennel.

— Virez ! Nom de Dieu, virez !

La canne alerte de Harrison s'abattait sur les dos, tantôt ici, tantôt là.

— Virez !

Un frémissement parcourut le bateau, le cabestan tourna si vite et si brusquement que les hommes s'affalèrent sur le pont, les uns les autres.

— Le tournevire s'est rompu, Monsieur, cria Gerard, du gaillard d'avant. L'ancre est engagée, je crois, Monsieur.

« Feu de l'enfer ! » se dit Hornblower en lui-même. Il était sûr que cette femme, dans la chaise longue derrière lui, riait de le voir dans une situation aussi fâcheuse, avec une ancre engagée et les yeux de toute l'Amérique espagnole fixés sur lui. Mais il n'allait pas abandonner aux Espagnols une ancre et un câble.

— Remplacez le tournevire par la petite chaîne de bossoir, cria-t-il.

Cela représentait pour une vingtaine d'hommes un travail pénible dans la chaleur étouffante de la soute aux filins ; il fallait haler à la main la petite chaîne de bossoir et l'amener au cabestan à force de bras. Les ordres et les jurons des seconds maîtres de manœuvre parvinrent jusqu'au gaillard d'arrière ; les seconds maîtres avaient aussi douloureusement conscience de l'indignité de la situation. Hornblower ne pouvait pas arpenter le gaillard comme il aurait souhaité le faire, de peur de rencontrer le regard de lady Barbara. Il ne pouvait que rester là à s'exaspérer, en essuyant avec son mouchoir la sueur qui coulait sur son visage et sur son cou.

— Le tournevire est prêt, Monsieur ! cria Gerard.

— Mettez aux barres tous les hommes qui pourront y trouver place. Harrison, veillez à ce qu'ils virent !

— Bien, Monsieur !

Rata-plan, plan, plan ! Rata-plan, plan, plan ! Les tambours battirent.

— Virez ! fils de garces, virez ! hurlait Harrison dont les coups pleuvaient dru sur les dos tendus.

Clic ! fit le cabestan. Clic, clic, clic.

Hornblower sentit le pont s'incliner légèrement sous ses pieds. La tension faisait s'enfoncer l'avant du navire, mais n'arrachait pas l'ancre.

— Bon D… commença Hornblower, mais il ne termina pas.

Aucun des cinquante-cinq jurons qui lui venaient aux lèvres ne convenait à la circonstance.

— Tiens bon virer ! hurla-t-il – et les marins en sueur redressèrent leur dos douloureux.

Hornblower tourmentait son menton comme s'il voulait l'arracher. Il lui faudrait dégager l'ancre à la voile, manœuvre délicate comportant des risques pour la mâture et le gréement et qui pouvait fort bien se terminer par un fiasco ridicule. Jusqu'à ce moment, seuls quelques initiés à Panama pouvaient avoir deviné la situation fâcheuse du navire ; mais à l'instant même où l'on hisserait les voiles, de tous les murs de la ville des télescopes seraient braqués ; et si l'opération échouait, tout le monde le saurait et s'en amuserait, et la *Lydia* subirait peut-être un retard de plusieurs heures pour réparer les dégâts. Mais il n'allait pas abandonner cette ancre et ce câble !

Hornblower regarda la mer, puis la girouette en haut du mât ; le vent venait par le travers de la marée, ce qui du moins lui donnait une chance. Il donna ses ordres d'une voix calme, mettant le plus grand soin à cacher son agitation violente et tournant constamment le dos à lady Barbara. Les gabiers escaladèrent la mâture pour déferler le petit hunier ; avec le petit hunier et la brigantine, il pourrait aller de l'arrière. Harrison se tenait à côté du cabestan, prêt à laisser filer le câble à toute allure, puis à le faire virer comme l'éclair dès que le navire repartirait de l'avant. Les hommes de Bush étaient placés aux bras de vergues, et tous ceux qui n'avaient rien à faire étaient réunis autour du cabestan.

Le câble s'échappa en ronflant lorsque le bateau se mit à culer. Hornblower restait cloué au gaillard d'arrière ; il aurait donné une semaine de sa vie pour pouvoir faire les cent pas sans rencontrer le regard de lady Barbara. En clignant les yeux, il surveillait la marche du navire. Son esprit jonglait avec une douzaine de facteurs à la fois : la tension du câble sur le bossoir ; la pression du vent sur la brigantine et le petit hunier masqué ; la direction de la marée ; la vitesse croissante de la *Lydia* ; la longueur du câble restant à filer. Il choisit son moment.

— Bâbord toute ! lança-t-il d'une voix rauque à l'homme de barre, puis aux matelots à l'avant. Attention aux bras de vergue, là-bas ! vite !

Avec le gouvernail en travers, le navire vint légèrement dans le vent. Le petit hunier fut orienté. Les focs et les trinquettes furent largués en un clin d'œil. Il y eut un moment d'émotion avant que la *Lydia* n'abattît sous le vent. Elle cessa de culer, hésita, puis joyeusement reprit sa marche en avant, lentement, au plus près serré. Dans la mâture, on hissait toutes les voiles qui pouvaient porter, suivant les ordres que Hornblower donnait d'un ton sec. Le cabestan cliquetait joyeusement tandis que les hommes de Harrison tournaient autour de lui en courant pour rentrer le câble.

Le navire prenait de la vitesse ; Hornblower put réfléchir un instant. La tension du câble placerait la *Lydia* vent debout, s'il lui en donnait la moindre occasion. Il s'aperçut que son cœur battait rapidement pendant qu'il surveillait le grand hunier pour apercevoir les premiers signes de faseyement. Il eut besoin de toute sa force de volonté pour empêcher sa voix de trembler pendant qu'il donnait ses ordres au timonier. Le câble rentrait vite ; le moment décisif approchait qui verrait l'ancre dégagée ou la *Lydia* démâtée. Il rassembla tout son courage, calcula son moment et hurla l'ordre de serrer toutes les voiles.

Tous les exercices longs et pénibles auxquels Bush avait soumis l'équipage portaient maintenant leur fruit. Basses voiles, huniers et perroquets furent cargués pendant les quelques secondes qui restaient ; au moment où le dernier morceau de toile disparaissait, un nouvel ordre de Hornblower fit virer la *Lydia* et l'amena en plein dans le vent, son étrave dirigée vers l'ancre cachée, courant lentement sur la vitesse acquise. Il tendit l'oreille pour écouter le cabestan.

Clic, clic, clic, clic !

Harrison faisait tourner ses hommes comme des fous.

Clic, clic, clic !

Le bateau avançait nettement moins vite. Hornblower ne pouvait pas encore dire si tous ces efforts allaient se terminer par un échec ignominieux.

Clic, clic !

Harrison poussa un cri de joie délirante.

— L'ancre est libre, Monsieur !

— Hissez toutes les voiles, monsieur Bush, dit Hornblower.

Bush n'essaya pas de cacher son admiration pour cette brillante manœuvre, et Hornblower dut faire un violent effort pour conserver à sa voix ce ton machinal, dur, qui cacherait son exaltation et convaincrait tout le monde que, dès le début, il n'avait pas eu de doute sur le succès de l'opération.

Il indiqua la route au compas ; et lorsque la *Lydia* se fut affermie sur sa nouvelle route, il inspecta le pont d'un dernier coup d'œil.

— Hum, hum ! fit-il, et il se précipita vers sa cabine, où il pourrait se détendre et se ressaisir, loin des yeux de Bush et de lady Barbara.

11

Autres nouvelles d'Europe

Couché sur le dos dans sa cabine, Hornblower fumait un des cigares du général Hernandez. Il envoyait d'épaisses volutes de fumée grasse vers le pont juste au-dessus de lui, où était assise lady Barbara. Il se remettait lentement des fatigues d'une bien pénible journée qui avait commencé avec l'arrivée à Panama – où la crainte d'un guet-apens avait exigé une tension de tout son être – et s'était terminée par cette pénible affaire de l'ancre engagée. Dans l'intervalle, il y avait eu l'arrivée de lady Barbara, et l'entrevue avec le vice-roi de la Nouvelle-Grenade…

Le vice-roi lui était apparu comme le type même du gentilhomme espagnol de la vieille école ; Hornblower décida qu'il préférait de beaucoup avoir affaire à El Supremo. Certes, El Supremo avait la fâcheuse habitude de mettre les gens à mort d'une façon barbare, mais il n'éprouvait pas de difficultés à prendre une décision, et l'on pouvait être assuré qu'un ordre donné par lui serait promptement exécuté. Par contre, le vice-roi, tout en approuvant pleinement Hornblower suggérant qu'une action immédiate contre les rebelles était indispensable, ne s'était pas montré disposé à agir. Il était évidemment surpris de la décision qu'avait prise le capitaine de quitter Panama le jour même de son arrivée ; il avait espéré que la *Lydia* passerait au moins une semaine d'oisiveté, à festoyer et faire bombance. Il avait convenu qu'au moins un millier de soldats devaient être transportés au Nicaragua – bien que mille hommes représentassent à peu près la totalité des troupes sous ses ordres – mais il avait eu clairement l'intention de remettre au lendemain l'envoi des ordres nécessaires pour la concentration de ces troupes.

Hornblower avait dû avoir recours à tout son tact pour le convaincre de le faire sur-le-champ, de donner ses instructions de la table même du banquet et d'imposer à ses aides de camp favoris l'ennui de porter des messages à cheval, sous un soleil brûlant, pendant les heures sacrées de la sieste. Le banquet lui-même avait été très pénible, Hornblower avait l'impression de n'avoir plus de peau à son palais, tant les plats avaient été poivrés. À cause des épices et de l'hospitalité pressante du vice-roi, il avait été difficile de ne pas boire trop ; à une époque où l'on buvait sec, Hornblower faisait partie des rares hommes tempérants, non par scrupule de conscience, mais parce qu'il détestait profondément l'impression de n'être pas entièrement maître de son jugement.

Mais il n'avait pu refuser ce dernier verre de vin, étant donné les nouvelles qui venaient d'arriver. Brusquement, il se mit sur son séant. Cette histoire de l'ancre lui avait fait perdre le souvenir de la chose. La bienséance ordonnait qu'il fît part à lady Barbara de ces nouvelles qui la touchaient de si près. Il courut sur le pont, lança son cigare par-dessus bord et s'approcha. Gerard, l'officier de quart, était en étroite conversation avec elle ; Hornblower eut un sourire sardonique en voyant le jeune officier interrompre précipitamment la conversation et s'éloigner.

Elle était toujours assise à l'arrière, près du couronnement, la négresse à ses pieds. Elle semblait boire ce vent frais contre lequel la *Lydia* luttait au plus près serré pour sortir du golfe. À bâbord, le soleil était presque à l'horizon – disque de feu orange dans le bleu clair du ciel – et elle offrait son visage aux rayons horizontaux, sans s'inquiéter le moins du monde de son teint ; ce qui expliquait son hâle et probablement aussi le fait qu'à vingt-sept ans, elle ne fût pas encore mariée, malgré un voyage aux Indes. Pourtant la sérénité de son expression semblait indiquer que, pour le moment du moins, le fait d'être vieille fille ne la tourmentait pas.

Elle répondit à son salut par un sourire.

— C'est le paradis d'être de nouveau en mer, capitaine, dit-elle. Vous ne m'avez pas donné, jusqu'ici, l'occasion de vous dire combien je vous suis reconnaissante de m'éloigner de Panama. Être prisonnière n'était pas gai ; mais être libre et contrainte de rester là à cause des circonstances m'aurait rendue folle. Croyez-moi, capitaine, vous vous êtes assuré ma gratitude éternelle.

Hornblower s'inclina de nouveau.

— J'espère que les Espagnols ont traité Votre Grâce avec tout le respect qui convenait ?

Elle haussa les épaules.

— Oui, mon Dieu ! Mais les façons des Espagnols peuvent devenir lassantes. On m'avait confiée à Son Excellence, la femme du vice-roi, femme admirable, mais intolérablement ennuyeuse. En Amérique espagnole, les femmes sont traitées comme des musulmanes. Et quant à la nourriture…

Ces mots rappelèrent à Hornblower le banquet qu'il venait de subir et l'expression de son visage obligea lady Barbara à laisser sa phrase en suspens et à partir d'un rire si contagieux que Hornblower ne put s'empêcher d'y faire écho.

— Ne voulez-vous pas vous asseoir, capitaine ?

L'offre déplut à Hornblower. Pendant tout le voyage, il ne s'était pas assis une seule fois sur le pont, et il détestait les changements dans ses habitudes.

— Merci, Votre Grâce, je préfère rester debout si vous le permettez. Je suis venu vous annoncer de bonnes nouvelles.

— Vraiment ? En ce cas, votre compagnie est doublement agréable. Je suis impatiente de les entendre.

— Votre frère, sir Arthur, a remporté au Portugal une grande victoire sur les Français. Suivant les termes d'une convention, ces derniers sont en train d'évacuer tout le pays et de remettre Lisbonne à l'armée anglaise.

— Voilà d'excellentes nouvelles. J'ai toujours été fière d'Arthur ; ceci m'en rend plus fière encore.

— J'éprouve grand plaisir à être le premier à féliciter sa sœur.

Lady Barbara accomplit ce miracle de faire une révérence en étant assise dans sa chaise longue. Hornblower eut conscience de la difficulté de la chose et convint lui-même, de mauvaise grâce, que c'était une réussite.

— Comment cette nouvelle vous est-elle parvenue ?

— On est venu l'annoncer au vice-roi pendant que nous étions à table. Un navire de Cadix est arrivé à Porto-Bello, et un messager a fait la route à cheval en toute hâte. Il y avait encore d'autres nouvelles, j'ignore dans quelle mesure elles sont exactes.

— Quel genre de nouvelles, capitaine ?

— Les Espagnols se targuent d'une victoire, eux aussi. Ils assurent que toute une armée de Bonaparte s'est rendue à eux en Andalousie. Ils parlent déjà d'envahir la France en compagnie des forces anglaises.

— Croyez-vous vraiment que ce soit exact ?

— Je ne le crois pas. Ils ont peut-être isolé un détachement par hasard. Mais il faudrait autre chose qu'une armée espagnole pour battre Bonaparte. Je n'entrevois pas d'issue rapide à cette guerre.

Lady Barbara inclina gravement la tête en signe d'approbation. Elle contempla l'horizon à l'endroit où le soleil s'enfonçait dans la mer, et le regard de Hornblower suivit le sien. Chaque soir, la disparition du soleil dans ces eaux calmes était pour lui un miracle de beauté. Maintenant, la ligne de l'horizon coupait le disque. Ils regardèrent en silence, pendant que le soleil s'enfonçait peu à peu. Bientôt, il n'en resta plus qu'un tout petit morceau, qui disparut, puis réapparut un court instant comme un éclair d'or lorsque la *Lydia* se souleva à la lame, et s'évanouit à nouveau. À l'ouest, le ciel rougeoya, mais au-dessus d'eux, il s'assombrissait rapidement avec l'approche de la nuit.

— Magnifique ! Merveilleux ! s'écria lady Barbara. (Ses mains étaient étroitement jointes ; elle fut un instant silencieuse, avant de reprendre le dernier sujet de conversation.) Oui, un seul petit succès et les Espagnols considéreront la guerre comme pratiquement terminée. Et en Angleterre, la populace attendra de mon frère qu'il entre à Paris à la tête de l'armée pour Noël. Et s'il n'y parvient pas, ils oublieront ses victoires et réclameront sa tête…

Le mot « populace » blessa Hornblower – par la naissance et par le sang, il faisait lui-même partie de la populace – mais il n'ignorait pas que la remarque de lady Barbara était profondément juste. Elle avait résumé l'opinion qu'il avait du tempérament national espagnol et du bas peuple britannique. Et puis, il y avait la façon dont elle avait apprécié le coucher du soleil ; et ce qu'elle pensait de la nourriture hispano-américaine. Il se sentit favorablement disposé à son égard.

— J'espère, dit-il avec une certaine lourdeur, que Votre Grâce n'a manqué de rien aujourd'hui, pendant mon absence ? Un navire ne peut offrir à des dames qu'un bien maigre confort, mais j'espère que mes officiers ont fait ce qu'ils ont pu pour Votre Grâce ?

— Je vous remercie, capitaine. Ils ont vraiment fait tout ce qu'ils ont pu. Je ne désire plus qu'une seule chose, que je voudrais vous demander comme une faveur.

— Oui, Votre Grâce !

— C'est que vous ne m'appeliez plus « Votre Grâce ». Appelez-moi lady Barbara, si vous voulez.

— Certainement, Votre… lady Barbara. Hum ! hum !

Des fossettes s'ébauchèrent sur les joues minces de lady Barbara ; ses yeux pétillèrent.

— Et si « lady Barbara » ne vous vient pas facilement aux lèvres, capitaine, et que vous désiriez attirer mon attention, vous pourrez toujours faire « hum, hum ! »…

Hornblower se raidit devant cette impertinence et se sentit sur le point de tourner les talons ; il prit une profonde respiration et, au moment où il allait exhaler ce souffle en s'éclaircissant la voix, il comprit qu'il ne pourrait plus jamais – ou du moins pas avant d'avoir atteint un port où il pourrait se débarrasser de cette femme – faire usage de cette interjection, utile et peu compromettante. Mais lady Barbara l'arrêta, la main tendue ; c'est à ce moment qu'il remarqua ses longs doigts fuselés.

— Je suis désolée, dit-elle, toute contrite. Je vous en prie, acceptez mes excuses. Je me rends compte maintenant que je suis tout à fait impardonnable.

Elle était vraiment belle tandis qu'elle l'implorait. Hornblower hésita, les yeux baissés vers elle. Il comprit que la raison de sa colère n'était pas l'impertinence de cette femme, mais le fait que sa vive intelligence avait déjà deviné qu'il faisait usage de raclements de gorge pour cacher ses sentiments ; là-dessus, sa colère fit place à son habituel mépris de lui-même.

— Il n'y a rien à pardonner, lady Barbara, dit-il d'un ton pesant. Et maintenant, si vous voulez bien à votre tour m'excuser, je vais à mes occupations...

Il la quitta là, dans le soir qui tombait rapidement. Un mousse venait d'allumer la lampe de l'habitacle ; Hornblower s'arrêta et lut sur l'ardoise et sur le renard la marche de l'après-midi. Il écrivit, de son écriture appliquée, des instructions pour qu'on le réveille – la *Lydia* allait doubler le cap Mala pendant la nuit et devrait modifier sa route vers le nord – puis il redescendit dans sa cabine.

Il se sentait étrangement troublé et mal à l'aise ; et pas seulement parce que toutes ses habitudes étaient bouleversées. Certes, il était ennuyeux, par exemple, que l'usage de son cabinet d'aisances personnel lui fût maintenant interdit, mais ce n'était pas uniquement pour cela. Ce n'était pas non plus simplement parce qu'il allait combattre à nouveau la *Natividad*, sachant très bien que sous les ordres du vice-amiral Cristobal de Crespo, elle livrerait une dure bataille. Tout cela n'était qu'une partie de ce qui le chagrinait, et il comprit tout à coup avec stupeur que son inquiétude était due à la responsabilité supplémentaire que lui valait la présence à son bord de lady Barbara. Il savait parfaitement ce que seraient son sort à lui et celui de l'équipage si la *Lydia* succombait devant la *Natividad*. Ils seraient pendus ou noyés, ou ils mourraient sous la torture. El Supremo n'aurait aucune pitié pour l'Anglais qui s'était retourné contre lui. Pour le moment, cette éventualité ne le touchait pas, vu le caractère inévitable de sa rencontre avec la *Natividad*. Mais c'était tout différent dans le cas de lady Barbara. Il devrait veiller à ce qu'elle ne tombât pas vivante entre les mains de Crespo.

Le fait d'avoir ainsi brièvement précisé la cause de son ennui provoqua en lui un soudain accès d'irritation. Il maudit la fièvre jaune qui avait amené cette femme à bord ; il maudit sa propre obéissance servile aux ordres, laquelle avait pour résultat de faire combattre la *Natividad* du côté des rebelles. Il serra les poings et, de rage, grinça des dents. S'il gagnait la bataille, l'opinion publique – toujours ignorante des circonstances – le blâmerait d'avoir risqué la vie d'une femme, d'une Wellesley. S'il la perdait, mais il ne pouvait supporter cette idée… Il maudit sa propre faiblesse qui avait autorisé cette femme à monter à bord ; pendant un instant, il eut l'idée de retourner à Panama pour la débarquer. Mais il rejeta cette éventualité ; la *Natividad*, pendant ce temps, s'emparerait peut-être du galion espagnol ; son propre équipage, déjà troublé par les récents changements de plan, s'agiterait encore davantage s'il rentrait à Panama pour reprendre la mer ensuite ; et lady Barbara refuserait peut-être – la fièvre jaune sévissant à Panama, elle aurait de bonnes raisons pour cela. Il ne pouvait pas exercer brutalement son autorité au point d'obliger une femme à débarquer dans une ville où la fièvre faisait rage. Il jura de nouveau, stupidement, employant les mots les plus dégoûtants, les blasphèmes les plus affreux que sa vie de marin lui eût enseignés.

Du pont lui parvinrent le bruit aigu des sifflets, les clameurs des officiers criant leurs ordres, le martèlement des pieds nus ; apparemment le vent avait tourné avec la tombée de la nuit. Comme le bruit s'éteignait, un sentiment d'oppression l'accabla. Il faisait chaud, étouffant, dans cette minuscule cabine ; la lampe à pétrole qui se balançait au-dessus de sa tête sentait horriblement mauvais. Il grimpa précipitamment sur le pont et entendit, venant du couronnement, le rire joyeux de lady Barbara, immédiatement suivi d'un concert de gros rires bruyants. Le groupe sombre, là-bas, autour de la chaise longue, devait comprendre une bonne demi-douzaine d'officiers. Il n'était pas du tout surprenant qu'après avoir été sept mois – presque huit maintenant – sans voir une Anglaise, ils se pressent autour d'elle comme des abeilles autour d'une ruche.

Son premier mouvement fut de les chasser, mais il s'arrêta. Il ne pouvait régenter la façon dont ses officiers devaient passer leur temps quand ils n'étaient pas de quart ; ils attribueraient son intervention au désir de monopoliser la société de lady Barbara pour lui seul, et ce n'était pas du tout le cas. Il retourna, sans avoir éveillé l'attention du groupe, vers la cabine étouffante et la lampe nauséabonde. C'était pour lui le début d'une nuit sans sommeil et sans repos.

12

Les talents de lady Barbara

Au matin, la *Lydia* montait et descendait légèrement sur une mer grand largue. Par le travers tribord, on voyait pointer, au-dessus de l'horizon, les sommets roses et gris des volcans de cette côte tourmentée ; en naviguant tout juste en vue de la côte, la *Lydia* avait plus de chances de découvrir la *Natividad.* Le capitaine était déjà debout ; de ce fait Brown, le patron de la chaloupe, avait dû en s'excusant sabler le pont pendant que son capitaine faisait les cent pas.

Au loin, à bâbord, la masse sombre d'une baleine apparut en surface dans un jaillissement d'écume – d'un blanc éblouissant sur le bleu de la mer – et un mince panache de vapeur blanche s'éleva lorsque le monstre vida ses poumons. Sans trop savoir pourquoi, Hornblower aimait les baleines ; en fait, la vue de celle-ci fut le premier événement qui le ramena sur la voie de la bonne humeur. Avec la perspective toute proche d'une douche froide, le picotement de la sueur sous sa chemise devenait presque agréable. Deux heures plus tôt, il s'était dit qu'il exécrait cette côte Pacifique, sa mer bleue et ses hideux volcans, qu'il l'exécrait même d'être d'une navigation si facile. Il s'était senti la nostalgie des rochers, des hauts-fonds, des brouillards et des marées de la Manche ; mais maintenant, baigné de soleil, il changea une fois de plus d'opinion. Après tout, il y avait beaucoup à dire en faveur du Pacifique. Peut-être que cette nouvelle alliance entre l'Espagne et l'Angleterre amènerait les Espagnols à relâcher l'application des lois qui interdisaient le commerce avec l'Amérique ; ils pourraient même aller jusqu'à tenter d'exploiter cette idée d'un canal à travers le Nicaragua, chère à l'Amirauté britannique ; et dans ce cas, le Pacifique bleu deviendrait vraiment pacifique. Il faudrait d'abord supprimer El Supremo, bien entendu ; mais par cette agréable matinée, Hornblower trouvait la chose moins difficile.

Gray, le second maître de navigation, vint à l'arrière filer le loch. Hornblower arrêta sa promenade pour surveiller l'opération. Gray lança le petit triangle par-dessus l'arrière du bateau et, la ligne en main, il regarda fixement, avec ses yeux bleus d'enfant, danser le bout de bois.

— Tourne ! cria-t-il vivement au matelot qui tenait le sablier, tandis que la ligne glissait sur le bastingage.

— Halte ! s'écria le matelot.

Gray pinça la ligne entre ses doigts pour l'arrêter,

puis il lut la longueur filée. Une vive secousse à la corde mince qui avait suivi le loch dans sa course libéra la clavette ; le loch se mit à flotter et Gray put le haler, main sur main.

— Combien ? demanda Hornblower à Gray.

— Pas loin de sept et demi, Monsieur.

Il fallait que la *Lydia* fût un bon navire pour faire sept nœuds et demi avec cette brise, bien que ce fût avec le vent grand largue qu'elle montrât le mieux ses qualités.

Si la brise tenait, il ne lui faudrait pas longtemps pour atteindre les eaux où ils pouvaient espérer rencontrer la *Natividad.* La *Natividad* était un mauvais marcheur, comme l'étaient presque tous ces vaisseaux de cinquante canons à deux ponts ; Hornblower l'avait remarqué quand il avait navigué de conserve avec elle, du golfe de Fonseca à La Libertad, dix jours auparavant – dix ans plus tôt, tant cela lui semblait lointain.

S'il la rencontrait en haute mer, il pouvait compter sur la maniabilité de son navire et l'expérience de son équipage pour l'emporter sur elle en tactique et compenser l'infériorité de son propre feu. Mais si les navires se rapprochaient, si les rebelles montaient à l'abordage, son équipage serait écrasé par le nombre. Il lui faudrait rester loin de la *Natividad*, se glisser sur son arrière et la prendre en enfilade cinq ou six fois de suite. Tout en faisant les cent pas, Hornblower commença à se représenter la bataille et à prévoir toutes les éventualités – suivant qu'il aurait ou non l'avantage du vent ; que la mer serait houleuse ou calme ; que la bataille aurait lieu près du rivage ou au large.

Hébé, la petite négresse, traversa le pont en marchant avec précaution, son mouchoir rouge brillant au soleil ; avant que l'équipage scandalisé eût pu l'en empêcher, elle avait interrompu la promenade sacrée du capitaine.

— Milady demande si le capitaine voudrait déjeuner avec elle, annonça-t-elle en zézayant.

— Hein ? Quoi ? fit Hornblower, arraché brutalement à sa rêverie et pris au dépourvu ; puis, lorsqu'il eut compris pour quelle futilité on l'avait interrompu : Non ! non ! non ! s'écria-t-il. Dites à Milady que je ne déjeunerai pas avec elle. Dites-lui que je ne déjeunerai jamais avec elle. Dites-lui qu'il ne faut m'envoyer des messages le matin sous aucun prétexte. Dites-lui que vous n'êtes pas autorisée à venir sur le pont avant midi, ni elle non plus. Sauvez-vous d'ici !

Même alors, la petite négresse ne parut pas saisir l'énormité de sa faute. Elle inclina la tête en souriant et fit demi-tour sans montrer le moindre signe de contrition. Apparemment, elle avait l'habitude de voir les Blancs irascibles avant le déjeuner et y attachait peu d'importance. La claire-voie de l'arrière-cabine était ouverte et toute proche de l'endroit où Hornblower se promenait ; maintenant que sa rêverie était interrompue, il entendait un bruit de vaisselle, puis la voix de Hébé et enfin celle de lady Barbara.

Le remue-ménage des marins briquant le pont, le doux chant du gréement et le craquement de la charpente étaient des bruits auxquels il était habitué. De l'avant lui parvenait le lourd battement du marteau-pilon ; le forgeron et son aide redressaient la patte de l'ancre qui avait été tordue dans la mésaventure de la veille. Il pouvait supporter tous les bruits du navire, mais ce caquetage de femmes qui lui parvenait par la claire-voie le rendait fou. De colère, il frappa du pied et quitta le pont. Sa douche ne lui procura en fin de compte aucun plaisir. Il maudit la maladresse de Polwheal qui lui passait sa robe de chambre ; il déchira la chemise élimée que son garçon avait préparée pour lui ; jura de nouveau. Il était intolérable qu'il fût ainsi chassé de son propre pont. Même le café excellent et sucré (selon son goût), au point d'être épais comme un sirop, ne chassa pas son nouvel accès de mauvaise humeur. Et certes, la nécessité où il était d'expliquer à Bush que la *Lydia* recherchait la *Natividad* pour la capturer – après qu'il s'était donné tant de peine pour la réduire une première fois et la remettre aux rebelles devenus à présent ses ennemis ! – n'était pas faite pour améliorer ses dispositions.

— Bien, Monsieur, dit Bush gravement, après avoir écouté ses explications sur la situation nouvelle.

Il mettait tant d'application à montrer du tact et tant d'affectation à s'abstenir de commentaires que Hornblower l'injuria.

— Bien, Monsieur, répéta Bush.

Il savait parfaitement pourquoi on l'injuriait ; mais il savait aussi qu'on l'injurierait encore bien davantage s'il disait autre chose que « Bien, Monsieur ».

En réalité, il aurait voulu exprimer sa sympathie à Hornblower dans les circonstances présentes ;

mais il savait qu'il n'oserait pas témoigner de tels sentiments à ce capitaine au caractère étrange.

À mesure que la journée s'avançait, Hornblower regretta sa mauvaise humeur. La côte volcanique en lame de scie défilait d'une façon régulière ; quelque part en avant se trouvait la *Natividad*. Un combat acharné les attendait et il serait courtois de sa part, avant la bataille, d'offrir un dîner à ses officiers. Il savait qu'un capitaine soucieux de son avancement aurait eu soin de ne pas traiter une Wellesley de la façon cavalière qui avait été la sienne jusqu'à présent. Et la simple politesse exigeait qu'il profitât de cette occasion – la première – pour présenter officiellement ses lieutenants à son invitée, bien qu'il n'ignorât point qu'avec ses façons émancipées elle eût déjà parlé à la moitié d'entre eux dans l'obscurité du gaillard d'arrière.

Il envoya Polwheal chez lady Barbara pour la prier, en termes courtois, de bien vouloir autoriser le capitaine Hornblower et ses officiers à dîner avec elle dans l'arrière-cabine ; et Polwheal revint porteur d'un message affirmant en termes également courtois que lady Barbara serait ravie. On ne pouvait pas s'asseoir à plus de six à la table de l'arrière-cabine ; et Hornblower, superstitieux, se souvint qu'à la veille de sa première rencontre avec la *Natividad*, Galbraith, Clay et Savage avaient été ses invités. Il n'aurait jamais voulu reconnaître qu'il les invitait à nouveau pour cette raison, dans l'espoir d'avoir encore autant de chance, mais c'était le cas cependant. Il invita Bush comme sixième ; le seul autre invité possible était Gerard, mais Gerard était si beau garçon, il avait acquis on ne sait trop comment une telle connaissance du monde, que Hornblower ne tenait pas à le mettre trop fréquemment en présence de lady Barbara, uniquement (s'affirma-t-il aussitôt à lui-même) dans le but d'avoir la paix et la tranquillité à son bord. Lorsque tout fut réglé, il put remonter sur le pont faire ses observations, à midi, et calmer sa nervosité en faisant les cent pas ; après cet échange de messages polis, il avait l'impression qu'il pouvait soutenir le regard de lady Barbara sans éprouver la gêne qui l'en aurait empêché auparavant, assez inexplicablement.

Le dîner, à trois heures, fut une réussite ; Clay et Savage passèrent par les différentes attitudes qu'on pouvait attendre de jeunes gens de cet âge. Tout d'abord ils se montrèrent brusques et timides en présence de lady Barbara ; puis, lorsque la nouveauté eut un peu disparu et qu'ils eurent bu un verre de vin, ils passèrent d'un extrême à l'autre, et se montrèrent trop familiers. Même Bush, le dur à cuire, montra, chose surprenante, les mêmes symptômes dans le même ordre, tandis que le pauvre Galbraith fut timide d'un bout à l'autre du repas.

Hornblower était stupéfait de l'aisance avec laquelle lady Barbara les traitait. Maria, sa femme, aurait été bien trop gauche pour accorder tous ces hommes – dans un monde où il connaissait peu de femmes, il était enclin à mesurer celles qu'il connaissait à l'aune de Maria. Lady Barbara tourna en plaisanterie la suffisance de Clay, écouta avec une attention élogieuse le récit que lui fit Bush de la bataille de Trafalgar (à laquelle il avait participé comme second lieutenant à bord du *Téméraire*) et gagna tout à fait le cœur de Galbraith en montrant une connaissance approfondie d'un poème remarquable intitulé *le Chant du dernier ménestrel*, œuvre d'un homme de loi d'Édimbourg ; Galbraith en connaissait chaque vers par cœur, et le considérait comme le plus beau poème de la langue anglaise ; ses joues étaient rouges de plaisir pendant qu'il en discutait avec elle.

Hornblower garda pour lui l'opinion qu'il avait de cette œuvre. À son avis, le modèle des écrivains était Gibbon dont on aurait pu trouver le *Déclin et chute de l'Empire romain* dans le coffre même sur lequel il était assis ; et il était surpris qu'une femme capable de citer Juvénal avec aisance montrât autant d'intérêt pour un poème romantique, barbare, dépourvu de tout poli. Il se contenta de se renverser sur sa chaise et de regarder attentivement les visages autour de la table : Galbraith, tendu et content ; Clay, Savage et Bush, intéressés à leur corps défendant, bien qu'ils eussent un peu perdu pied ; et, lady Barbara parfaitement à l'aise, montrant une assurance intrépide, qui cependant – Hornblower l'admit de mauvaise grâce – semblait ne devoir rien à son rang.

Le capitaine se rendit compte également qu'elle ne se servait pas de son charme féminin ; et pourtant, elle réussissait le miracle de n'être ni froide, ni masculine. Elle donnait l'impression d'être la tante de Savage ou la sœur de Galbraith. Elle savait parler aux hommes d'égal à égal, tout en n'étant ni provocante, ni hostile. Elle était toute différente de Maria. Et lorsque le dîner fut terminé et que les officiers se levèrent pour boire à la santé du roi, rentrant la tête à cause des barrots de pont – vingt-cinq ans devaient passer avant qu'un roi, ancien marin, ne permît à la flotte de lui porter un toast en restant assis –, elle lança son « Dieu le bénisse ! » et finit son unique verre de vin de l'air de solennité enjouée qui convenait exactement à la circonstance. Hornblower comprit tout à coup qu'il souhaitait désespérément que la soirée ne se terminât pas.

— Jouez-vous au whist, lady Barbara ? demanda-t-il.

— Mais… oui, fit-elle. Y a-t-il des joueurs de whist à bord ?

— Il y en a quelques-uns, qui ne sont pas très enthousiastes, reprit Hornblower en souriant aux jeunes officiers.

Mais l'affaire cette fois était bien différente et personne ne demandait mieux que de faire une partie avec lady Barbara ; d'autant que sa présence pourrait atténuer la sévérité rigide du capitaine. Le tirage pour les places désigna lady Barbara comme partenaire du capitaine, contre Clay et Galbraith. Clay distribua les cartes et retourna un cœur comme atout. C'était à lady Barbara de jouer. Elle attaqua du roi de cœur et Hornblower s'agita sur sa chaise, mal à l'aise. Ce pouvait fort bien être la façon d'un débutant, et cela le chagrinait, Dieu sait pourquoi, de penser que lady Barbara jouât mal au whist. Mais le roi de cœur fut suivi du roi de carreau, qui lui aussi fit la levée, puis de l'as de cœur et du sept de cœur. Hornblower fit la levée avec la reine – son dernier cœur, ce qui faisait en tout onze cœurs tombés – et renvoya un carreau. Lady Barbara prit de la reine, puis joua l'as de carreau et deux petits. À sa première défausse, Hornblower se sépara du sept de trèfle – il avait quatre trèfles par roi et valet –, et ses adversaires se défaussèrent des petits piques sur cette impitoyable série de carreaux. Aussitôt il passa du doute à la plus entière confiance ; et cette confiance s'avéra tout à fait justifiée. Lady Barbara joua ensuite l'as de trèfle suivi du trois ; Hornblower fit l'impasse à la dame, réussit son valet, joua son roi ; sa partenaire se défaussa de son unique pique, et fit les deux derniers plis avec ses deux atouts restants. Ils avaient réussi un grand schelem, bien que leurs adversaires eussent tous les piques !

Lady Barbara avait montré qu'elle savait tirer parti d'un beau jeu ; par la suite, il s'avéra qu'elle savait, avec le même brio, se défendre jusqu'au bout avec de mauvaises cartes. Elle observait chaque défausse, notait le moindre signe, faisait hardiment l'impasse quand il y avait une chance de profit, renvoyait la couleur demandée par son partenaire, ou au contraire ne tenait résolument aucun compte de ses appels si son propre jeu justifiait le risque ; elle jouait la plus basse carte quand elle avait une séquence et une forte carte lorsqu'elle attaquait. Depuis que la *Lydia* avait quitté l'Angleterre, Hornblower n'avait pas eu d'aussi bon partenaire. Dans la joie de cette découverte, il oublia tout à fait de se sentir mal à l'aise, ce qui était ordinairement le cas lorsqu'il se trouvait en présence d'une femme qui savait bien faire quelque chose.

Le lendemain soir, elle montra un autre de ses

talents lorsqu'elle vint sur le gaillard d'arrière avec une guitare et se mit à chanter en s'accompagnant. Elle avait une douce voix de soprano, si douce que les hommes d'équipage se glissèrent à l'arrière et se blottirent sous les passavants pour l'écouter ; l'émotion les faisait s'agiter et toussoter à la fin de chaque chanson. Galbraith était son esclave, et elle pouvait jouer avec sa sensibilité comme elle jouait de sa guitare. Les aspirants l'adoraient. Même les vieux loups de mer endurcis, comme Bush et Crystal, s'attendrissaient auprès d'elle ; et Gerard lui décochait des sourires étincelants, jouait de ses avantages physiques et lui contait des histoires du temps où il faisait la guerre de course, et les aventures qu'il avait rencontrées en remontant les rivières africaines à la recherche d'esclaves. Hornblower observa Gerard avec anxiété tout au long de ce voyage le long de la côte, et regretta amèrement sa surdité musicale ; non seulement la voix de lady Barbara était sans attrait pour lui, mais elle lui faisait presque mal.

13

Rencontre avec la « Natividad »

La longue ligne de côtes volcaniques défilait jour après jour. Chaque journée ramenait l'éternel panorama : une mer bleue et un ciel bleu, des pics d'un rose ardoisé, et un étroit littoral vert cru.

Tout était mis en ordre pour le combat. Chaque homme se trouvant à son poste, ils entrèrent une seconde fois dans le golfe de Fonseca, et firent le tour de l'île de Manguera à la recherche de l'ennemi, mais ils ne le trouvèrent pas. Nul signe de vie sur les rivages de la baie. Quelqu'un tira un coup de fusil sur le navire du haut des falaises de Manguera – la balle perdue s'enfonça dans le porte-haubans du grand mât – mais ils n'aperçurent pas le tireur. Bush fit sortir la *Lydia* du golfe et la dirigea vers le nord-ouest, à la recherche de sa proie.

Cette dernière ne se trouvait ni dans la rade ouverte de La Libertad, ni dans aucun des petits ports de la côte. Ils aperçurent beaucoup de fumée à Champerico, et Hornblower, braquant sa lunette, constata que pour une fois il ne s'agissait pas d'un volcan. Champerico était en flammes ; il était probable que l'armée d'El Supremo était passée par là pour y porter la Lumière ; mais il n'y avait pas trace de la *Natividad*.

Des tempêtes les attendaient dans le golfe de Tehuantepec, car cette partie du Pacifique, balayée par les vents qui soufflent du golfe du Mexique à travers une ouverture dans les sierras, est toujours fort ventée.

Hornblower s'aperçut du changement au mouvement accru du navire. Il s'élevait et s'enfonçait avec plus de violence que d'habitude, et le vent qui soufflait par rafales lui donnait une forte bande. Il était juste midi et l'on procédait à l'appel du quart ; en montant sur le gaillard d'arrière, Hornblower entendit les cris des quartiers-maîtres :

— Soulagez les toiles ! Soulagez les toiles ! Amarrez et ferlez ! Amarrez et ferlez !

Au-dessus d'eux, le ciel était encore bleu et le soleil chaud, mais la mer maintenant était grise et forte, et la *Lydia* qui était couverte de toile commençait à bourlinguer.

— J'allais justement vous faire demander la permission de diminuer la toile, Monsieur, dit Bush.

Hornblower jeta un coup d'œil à la voilure et aux nuages vers la côte.

— Oui, carguez les basses voiles et les petits perroquets, dit-il.

Tandis qu'il parlait, la *Lydia* plongea lourdement, puis se redressa. Elle fatiguait et l'eau moussait sous son étrave. Le bateau était rempli des craquements de la charpente et du chant du gréement. Avec sa voilure diminuée, son allure était plus aisée ; mais le vent sur son travers devenait plus violent, et il s'inclinait en fendant les lames.

En se retournant, Hornblower vit lady Barbara une main sur la lisse du couronnement. Le vent faisait flotter ses jupes autour d'elle ; de son autre main, elle s'efforçait de retenir les boucles de cheveux qui volaient autour de son visage. Ses joues étaient roses sous leur hâle et ses yeux brillaient.

— Vous devriez être en bas, lady Barbara, dit-il.

— Oh ! non, capitaine ! ceci est vraiment trop agréable après la chaleur que nous avons subie.

Un paquet d'embruns passa par-dessus le bastingage et les mouilla tous deux.

— C'est de votre santé que je me préoccupe, madame.

— Si l'eau de mer faisait tort à la santé, les marins mourraient jeunes.

Ses joues brillaient comme si elle avait usé de cosmétique. Hornblower ne pouvait rien lui refuser, bien qu'il se souvînt avec amertume qu'elle avait passé la soirée de la veille à l'ombre des haubans d'artimon à parler avec Gerard d'une façon si animée que personne d'autre n'avait pu profiter de sa société.

— Eh bien, vous pouvez rester sur le pont, madame, puisque vous le désirez, à moins que ce grand vent n'augmente encore, ce que je crains.

— Merci, capitaine.

Quelque chose dans ses yeux semblait indiquer que sa conduite, au cas où la bourrasque fraîchirait, serait loin d'être celle que le capitaine paraissait souhaiter ; mais comme son célèbre frère, elle ne s'inquiétait pas des difficultés avant d'être aux prises avec elles.

Hornblower s'éloigna ; il aurait évidemment bien voulu rester là, à bavarder, dans le crépitement des embruns ; mais son devoir était de s'occuper de son navire. Au moment où il atteignait le gouvernail, un appel parvint du ton de mât.

— Navire en vue ! Ohé du pont, un navire droit devant ! On dirait la *Natividad*, Monsieur !

Hornblower leva les yeux. La vigie s'agrippait à son perchoir, balancée en cercles étourdissants par le tangage et le roulis.

— Grimpez là-haut, monsieur Knyvett ! Vite ! fit Hornblower à l'aspirant près de lui. Prenez une lunette, et dites-moi ce que vous pouvez voir.

Il savait bien que lui-même ne serait bon à rien

là-haut, par cette tempête ; il en était honteux, mais il lui fallait le reconnaître. Bientôt la voix d'enfant de Knyvett lui parvint à travers la bourrasque.

— C'est la *Natividad*, Monsieur ! Je vois la coupe de ses huniers.

— Quel est son cap ?

— Tribord amures, Monsieur, tout comme nous. Ses mâts sont en ligne. La voilà qui change de route, Monsieur !... Elle embarde. Elle nous a sûrement repérés... Elle est maintenant bâbord amures ; elle vient vers nous en gagnant dans le vent, au plus près serré, Monsieur...

« Tiens, tiens », se dit Hornblower d'un air sombre.

C'était tout à fait extraordinaire de voir un navire espagnol faire demi-tour et provoquer le combat, mais il se rappela que ce n'était plus un navire espagnol. Il n'allait pas lui laisser prendre l'avantage du vent, quoi qu'il arrive.

— Eh là-bas, montez les vergues ! cria-t-il. Puis, à l'homme de barre : À droite la barre ! Et attention, mon garçon, restez aussi près du vent que vous pourrez. Monsieur Bush, faites battre le branle-bas, s'il vous plaît. Tout le monde à son poste !

Comme le tambour battait et que les marins accouraient en foule sur le pont, il se souvint de la femme à l'arrière, près du bastingage, et son flegme fataliste fit place à l'angoisse.

— Votre place est en bas, lady Barbara, dit-il. Vous devez rester dans le poste des blessés jusqu'à ce que la bataille soit terminée ; non, pas le poste des blessés. Allez plutôt dans la soute aux filins.

— Capitaine, commença-t-elle... mais Hornblower

n'était pas d'humeur à discuter, à supposer qu'elle en ait eu l'intention.

— Monsieur Clay ! appela-t-il sèchement. Conduisez lady Barbara et sa domestique dans la soute aux filins. Veillez à ce qu'elle soit en sécurité avant de la quitter. Ce sont mes ordres, monsieur Clay. Hum, hum !

Sans doute c'était se tirer d'affaire lâchement que de rejeter sur Clay la responsabilité d'exécuter ses ordres. Il le savait, mais il était en colère contre cette femme en raison même de ce sentiment d'inquiétude, de ce malaise qu'elle provoquait en lui. Néanmoins elle le quitta avec un sourire et un geste de la main, Clay trottant devant elle.

Pendant quelques minutes, le navire fut plein d'une activité débordante, tandis que les hommes exécutaient toutes les manœuvres auxquelles ils avaient été si bien exercés. On mit les canons en batterie, on sabla les ponts, on fixa les manches à eau aux pompes, on éteignit les feux, on abattit les cloisons. La *Natividad* se voyait maintenant du pont ; elle naviguait à bord opposé vers la *Lydia* et faisait évidemment des efforts désespérés pour serrer la brise au plus près et s'assurer l'avantage du vent. Hornblower regarda les voiles, observant chaque frissonnement de la toile.

— Gouverne au plus près, nom d'un chien ! grommela-t-il au timonier.

La *Lydia* tenait la cape devant la tempête ; tout autour d'eux les vagues s'écrasaient en sifflant ; le gréement jouait une symphonie échevelée. La nuit précédente, la *Lydia* avait glissé paisiblement sur une mer calme, au clair de lune ; et maintenant, douze heures après, elle luttait contre une tempête avec une bataille en perspective. Sans aucun doute, le vent augmentait ; une bourrasque plus violente la prit presque vent dessus, et elle chaloupa et roula jusqu'à ce que le timonier la laissât abattre sous le vent.

— La *Natividad* ne pourra pas ouvrir les sabords de son pont inférieur ! claironna Bush avec une satisfaction méchante.

Hornblower regardait l'ennemi par-delà la mer grise. Il vit un nuage d'embruns par-dessus son étrave.

— Non, sans doute, confirma-t-il d'un ton pesant. (Il ne voulait pas discuter des éventualités du combat imminent, de peur d'être trop bavard.) Monsieur Bush, voudriez-vous faire prendre deux ris dans ces huniers ?

Naviguant à bord opposé, les navires se rapprochaient l'un de l'autre suivant les côtés d'un angle obtus. Si attentivement qu'il regardât, il ne pouvait décider lequel serait au vent, lorsqu'ils se rejoindraient au sommet.

— Monsieur Gerard, cria-t-il au lieutenant qui commandait la batterie de bâbord du pont principal. Veillez à ce que vos mèches soient allumées dans les baquets.

— Bien, Monsieur !

Avec tous ces embruns qui volaient partout, le mécanisme de la détente, avec sa platine à silex, n'était pas sûr, tant que les canons ne seraient pas chauds, et il faudrait peut-être utiliser l'ancienne méthode de mise à feu. Il y avait sur le pont, dans des baquets, des rouleaux de mèche à combustion lente, pour parer à cette éventualité. Il regarda de nouveau vers la *Natividad*. Elle aussi maintenant avait pris des ris et avançait péniblement au plus près, avec ses voiles de cape. Elle battait le pavillon bleu à l'étoile jaune ; Hornblower leva la tête pour regarder flotter à la corne son pavillon d'un blanc terni.

— Elle a ouvert le feu, Monsieur, dit Bush derrière lui.

Hornblower porta de nouveau les yeux vers la *Natividad*, juste à temps pour voir ce qui restait d'une bouffée de fumée dispersée par le vent. Le bruit du coup ne parvint pas jusqu'à eux, et personne ne put dire où tomba le boulet, le jet d'eau qu'il provoqua quelque part étant perdu dans le tumulte des vagues.

— Hum, hum ! fit Hornblower.

C'était une mauvaise politique, même avec un équipage bien entraîné, que d'ouvrir le feu à longue distance. La première bordée tirée de canons chargés à loisir et avec soin, et pointés par des servants qui avaient le temps de réfléchir, était chose trop précieuse pour être gaspillée à la légère. Il fallait la réserver pour le moment où elle ferait le maximum de dégâts, si grande que pût être la tension d'une attente inactive.

— Nous allons passer diablement près, Monsieur, fit Bush.

— Hum, hum ! acquiesça Hornblower.

Il n'y avait toujours pas moyen de dire quel navire aurait l'avantage du vent quand ils se rejoindraient. Il semblait que leurs avants dussent entrer en collision si les deux capitaines maintenaient rigidement leur route actuelle. Hornblower dut faire appel à toute sa volonté pour rester immobile et apparemment impassible, à mesure que la tension augmentait.

Une autre bouffée de fumée apparut sur la *Natividad,* par tribord devant et, cette fois, ils entendirent le sifflement du boulet passant entre les mâts.

— Plus près, cette fois, commenta Bush.

Une autre bouffée, et un craquement venant du passavant indiqua l'endroit où le coup avait porté.

— Deux hommes par terre au canon numéro quatre, annonça Bush qui s'était baissé pour regarder par-dessous le passavant ; puis il ajouta, voyant la distance entre les deux navires : Ça va être sérieux !

C'était une situation que Hornblower s'était représentée plusieurs fois pendant son va-et-vient solitaire sur le gaillard. Il regarda une dernière fois la girouette et les huniers sur le point de ralinguer tandis que le navire dansait sur la mer agitée.

— Attention, monsieur Rayner ! Tirez lorsque vos canons porteront, cria-t-il (Rayner commandait la batterie de tribord du pont principal).

Puis au timonier, du coin des lèvres :

— Mettez la barre au vent ! Bon ! Ne bougez plus !

La *Lydia* vira de bord et fila le long du côté sous le vent de la *Natividad.* Ses canons de tribord firent feu presque simultanément dans un roulement retentissant qui ébranla le navire jusqu'à la quille. Les flots de fumée qui enveloppèrent momentanément la *Lydia* furent rapidement dispersés par le grand vent. Chaque coup avait taillé sa brèche dans le flanc de la *Natividad* ; le vent apporta à leurs oreilles les cris des blessés. La manœuvre avait été si inattendue qu'un coup seulement partit de la *Natividad,* qui ne fit aucun dommage ; les sabords de son pont inférieur de ce côté-ci, le côté sous le vent, étaient fermés à cause de la grosse mer.

— Formidable ! oh ! formidable ! s'exclama Bush.

Il reniflait l'âcre fumée de poudre qui l'enveloppait de tourbillons, comme il eût fait d'un agréable encens.

— Pare à virer ! cria Hornblower.

Un équipage bien entraîné pendant des mois de tempête sous l'œil d'aigle de Bush se tenait prêt aux écoutes et aux bras de vergue. La *Lydia* vira de bord, tournant comme une machine, avant que la *Natividad* pût opposer la moindre riposte à cette attaque inattendue ; et Gerard canonna de toute sa batterie son arrière impuissant. Les mousses poussaient des acclamations confuses, d'une voix aiguë, pendant qu'ils amenaient en courant de nouvelles charges de poudre pour les pièces. À bâbord, les canons étaient déjà chargés ; à tribord, les servants enfonçaient leurs écouvillons mouillés dans les tubes, pour éteindre les fragments de gargousse qui pouvaient encore s'y consumer ; ils refoulaient les charges et le boulet, et remettaient les affûts en batterie. Par-dessus les flots agités, Hornblower regarda longuement la *Natividad* ; il distinguait Crespo debout à la poupe, et le coquin eut bien l'impertinence de lui faire signe de la main, avec désinvolture, tout en hurlant ses ordres à un équipage malhabile.

La *Lydia* avait tiré de sa manœuvre le maximum d'avantages. Elle avait craché ses deux bordées à petite portée et n'avait reçu en échange qu'un seul coup ; mais maintenant, il lui fallait payer. Ayant l'avantage du vent, la *Natividad* pouvait lui imposer, pendant un moment, un combat rapproché, si elle était manœuvrée avec résolution. De l'endroit où il se tenait, Hornblower apercevait tout juste son gouvernail ; il le vit basculer, et l'instant d'après l'espagnol avait viré et fonçait vers eux. Gerard, au milieu de sa batterie, regardait en clignant des yeux dans le vent cette masse impressionnante toute proche. La tension du moment donnait à son visage une expression de farouche concentration qui accentuait la beauté de son teint mat ; mais pour une fois, il n'avait pas conscience de cette beauté.

— Armez vos platines ! ordonna-t-il. Pointez ! Feu !

Le fracas de la bordée coïncida exactement avec celui de la bordée ennemie. Le navire fut enveloppé de fumée, à travers laquelle parvenait le claquement des éclis, le bruit des agrès coupés tombant sur le pont et par-dessus tout, la voix de Gerard lançant les ordres habituels :

— Fermez vos évents !

Plus vite on bouchait les lumières des pièces qui se chargeaient par la gueule, moins grande était l'usure provoquée par les gaz acides qui s'y précipitaient.

Les servants s'affairaient aux palans, car le mouvement du vaisseau n'avait que trop tendance à renvoyer brutalement les canons contre le flanc. Ils passèrent l'éponge dans les tubes et rechargèrent.

— Feu à volonté, mes enfants ! hurla Gerard.

Il était maintenant debout sur les bastingages et il observait à travers les volutes de fumée la *Natividad* qui montait et descendait à la lame, tout près de la *Lydia*. La bordée suivante fut irrégulière et la troisième plus irrégulière encore ; les servants de certaines pièces, plus habiles, tiraient plus vite que d'autres ; bientôt le bruit de la canonnade devint continu, et la *Lydia* vibra sans arrêt. Par instants, à travers le vacarme de ses propres canons, on percevait le bruit de tonnerre de la bordée ennemie. Évidemment Crespo n'était pas assez sûr de l'habileté de ses hommes pour leur permettre de tirer individuellement, et il leur faisait lâcher leur coup au commandement. Il s'en tirait très bien, d'ailleurs ; par moments lorsque la mer le permettait, les sabords inférieurs s'ouvraient avec un ensemble parfait et les gros canons de vingt-quatre vomissaient flamme et fumée.

— La lutte est chaude cette fois, Monsieur ! observa Bush.

La pluie de fer balayait les ponts de la *Lydia*. Il y avait des morts empilés autour des mâts, où on les avait tirés en hâte, pour qu'ils ne gênent pas les servants des canons. On halait les blessés le long du pont, on les descendait par les écoutilles jusqu'au poste des blessés où tant d'horreur les attendait. Pendant qu'il regardait tout cela, Hornblower vit un mousse précipité en travers du pont et transformé en une masse rouge par un boulet de vingt-quatre.

— Hum, hum ! fit-il – mais le bruit fut perdu, dans le rugissement de la caronade du gaillard d'arrière, juste à côté de lui.

La lutte était chaude en vérité. Trop chaude. Ces cinq minutes de combat rapproché avaient suffi à le convaincre que les canons de la *Natividad* étaient trop bien servis pour que la *Lydia* eût la moindre chance de tenir contre sa puissance écrasante, bordée contre bordée, en dépit des dommages causés pendant les cinq premières minutes de l'engagement. À supposer qu'il pût gagner, ce ne pouvait être que par ruse.

— Montez les vergues ! hurla-t-il, sa voix perçant à travers le fracas des canons.

Il regardait, clignant des yeux, la *Natividad* dont les flancs vomissaient la fumée ; il supputa la force du vent et les vitesses respectives des navires. Son esprit, tendu par l'excitation, calculait avec une folle rapidité ; sans tarder il amorça la manœuvre nouvelle. En masquant légèrement le grand hunier, il permit à la *Natividad* de gagner sur lui, tout en laissant à la *Lydia* une vitesse suffisante pour gouverner ; puis, l'instant suivant, il vira de bord, si bien que sa batterie de bâbord en attente put ouvrir le feu sur l'arrière du vaisseau. Celui-ci vint dans le vent et s'efforça de poursuivre son adversaire pour continuer à le canonner par le travers ; mais la frégate était bien plus rapide à virer de bord que le navire à deux ponts, trapu et lourd. Hornblower, surveillant l'ennemi de son regard aigu, vira de bord une fois de plus, rapidement, et franchit l'arrière de la *Natividad* sur les amures opposées, tandis que Gerard, courant d'un canon à l'autre, dirigeait chaque coup dans sa charpente fracassée.

— Splendide ! Sacrebleu ! Sacré nom d'un chien ! Sacré nom de Dieu ! Splendide !

Bush éclatait, frappait sa main gauche de son poing droit et sautait de joie sur le gaillard d'arrière.

Hornblower n'avait pas le temps de s'occuper de Bush ni de ses appréciations, bien que, par la suite, il dût se souvenir de ces mots et en tirer grand réconfort. Comme les navires s'éloignaient l'un de l'autre, il ordonna de virer à nouveau ; mais au moment même où l'on serrait les voiles et changeait la barre, la *Natividad* manœuvra pour passer sous le vent de la *Lydia*. C'était tant mieux. Au prix d'un seul échange de bordées, il pourrait attaquer de nouveau cette poupe vulnérable ; et si la *Natividad* tentait de tourner en cercle, son navire était le plus maniable, et il pourrait espérer porter à son adversaire deux fois plus de coups efficaces qu'il n'en recevrait. Il observa la *Natividad* qui s'approchait dans un jaillissement d'écume ; ses bastingages étaient criblés de coups, et des filets de sang coulaient de ses dalots. Il aperçut Crespo sur la poupe ; il avait espéré l'avoir touché au plus fort des deux dernières bordées, ce qui se traduirait presque certainement par un ralentissement de l'attaque. Mais les canons de l'espagnol étaient en batterie et, de ce côté-ci, son côté au vent, les sabords du pont inférieur étaient ouverts.

— Pour ce que nous allons recevoir, m… ! hurla Bush, citant le blasphème rebattu que l'on pouvait entendre à bord de tout navire attendant une bordée.

Les secondes parurent des minutes, tandis que les vaisseaux se rapprochaient. Ils passèrent à moins d'une douzaine de mètres l'un de l'autre.

L'avant de la *Lydia* croisa celui de la *Natividad*, son mât de misaine passa le mât de misaine ennemi, puis son grand mât. Rayner regardait vers la poupe et dès qu'il vit que son dernier canon portait sur l'objectif, il cria l'ordre de faire feu. La *Lydia* se souleva sous le recul des pièces, les oreilles furent déchirées par le bruit de la décharge, puis, avant même que la bourrasque eût dissipé la fumée, arriva le tonnerre de la réponse espagnole.

Il sembla à Hornblower que le ciel s'effondrait autour de lui. Le vent d'un boulet le fit chanceler ; il aperçut à ses pieds une masse rouge palpitante qui représentait la moitié des servants de la caronade de bâbord ; puis avec un fracas épouvantable le mât d'artimon s'abattit à côté de lui ; les haubans de misaine du côté du vent le cinglèrent et le précipitèrent dans le sang, sur le pont ; pendant qu'il s'efforçait de se dégager, il sentit la *Lydia* abattre sous le vent en dépit des efforts des timoniers.

Il se remit debout, étourdi, ébranlé, pour ne trouver que ruine autour de lui. Le mât d'artimon était par terre ; cassé net à trois mètres du pont, il avait entraîné dans sa chute le mât de grand perroquet ; mâts, vergues, voiles, agrès traînaient partout, le long des flancs et à l'arrière, accrochés aux haubans encore intacts. Privée de l'équilibre que lui donnait la poussée du perroquet de fougue, la *Lydia* n'avait pu maintenir sa direction par rapport au vent, et elle partait maintenant à la dérive, incapable de la moindre réaction devant la tempête. À cet instant précis, il vit la *Natividad* virer de bord pour le passer à poupe, et rendre par une bordée écrasante les différentes salves que précédemment elle avait dû subir sans pouvoir y répondre. Il sembla à Hornblower que son univers tout entier s'écroulait. Sa gorge se serra convulsivement et soudain, il éprouva jusqu'à la nausée, au creux de l'estomac, l'angoisse de la défaite.

14

Démâtés !

Mais il savait, et il se le redit à l'instant où il se remettait sur ses pieds, qu'il fallait sans perdre un instant remettre la *Lydia* en état de combattre.

— Garde de l'arrière ! hurla-t-il (il ne reconnut pas le son de sa propre voix). Monsieur Clay ! Monsieur Benskin ! Des haches ! Enlevez-moi ces débris !

Clay bondit à l'arrière, à la tête d'hommes qui se ruèrent avec haches et coutelas. Tandis qu'ils attaquaient à la hache les haubans d'artimon, le capitaine remarqua Bush, assis sur le pont, la figure dans ses mains ; vraisemblablement, un morceau de bois l'avait atteint et jeté par terre, mais on n'avait pas le temps de s'occuper de Bush. La *Natividad* revenait sur eux sans pitié ; il aperçut sur le pont des personnages exultants qui agitaient leurs chapeaux en signe de triomphe. Dans l'état de tension nerveuse où il se trouvait, il lui sembla que malgré le vacarme à bord de la *Lydia,* il pouvait entendre les craquements du gréement de la *Natividad* et le grondement des canons chargés remis en batterie. Elle gouvernait pour croiser aussi près d'eux que possible : Hornblower vit passer son beaupré, sentit sur lui l'ombre de son hunier où des ris étaient pris, puis entendit le fracas de la bordée dont chaque coup successif atteignit l'arrière de la *Lydia.* Le vent chassa vers lui des tourbillons de fumée qui l'aveuglèrent. Il sentait le pont bondir sous ses pieds à chaque boulet qui atteignait le navire ; puis il entendit l'un des hommes de Clay pousser un hurlement tout auprès de lui, sentit un éclat de bois lui raser la joue, et au moment où il croyait sombrer dans l'anéantissement, l'effroyable succession de coups prit fin, la fumée se dissipa et la *Natividad* s'éloigna. Il se retrouva vivant, et put regarder autour de lui. L'affût de la caronade d'arrière avait été mis en pièces et l'un des hommes de Clay était étendu sur le pont, le canon en travers des cuisses ; il hurlait de douleur et deux ou trois de ses camarades s'efforçaient en vain de soulever le tube avec des leviers.

— Arrêtez ! cria Hornblower. (La nécessité où il était de donner un ordre semblable fit monter sa voix au même diapason que celle du malheureux supplicié.) Enlevez-moi ces satanés débris ! Monsieur Clay, veillez à ce qu'ils travaillent.

À une encablure, la *Natividad* virait lentement sur des vagues au sommet grisâtre, pour revenir porter un nouveau coup à son adversaire impuissant. Il était heureux qu'elle fût si peu maniable, comme tous ces gros bâtiments ; cela donnait à Hornblower plus de temps entre les bordées pour tenter de remettre la *Lydia* en état de faire face à nouveau.

— Ohé de la hune de misaine ! Monsieur Galbraith ! Serrez les focs !

— Bien, Monsieur !

L'absence de trinquette et de tourmentin compenserait, dans une certaine mesure, la perte du perroquet de fougue et de la brigantine. En jouant du gouvernail, il pourrait peut-être amener la *Lydia* à venir légèrement dans le vent et rendre ses coups à son puissant ennemi. Mais il n'y avait aucun espoir d'y parvenir tant que tous ces débris joncheraient l'arrière, telle une immense ancre de cape ; tant que tout cela n'était pas dégagé, la *Lydia* ne pouvait que rester là, sans réagir au vent, subissant en silence les coups de son adversaire. Un coup d'œil vers la *Natividad* lui indiqua qu'elle avait viré et s'apprêtait à passer de nouveau sur son arrière.

— Vite ! cria-t-il aux hommes qui maniaient les haches. Vous, Holroyd, et vous, Tooms, descendez dans les porte-haubans d'artimon.

Il s'aperçut que sa voix suraiguë trahissait sa nervosité. À tout prix il lui fallait conserver sa réputation d'impassibilité aux yeux de Clay et des marins. Il fit un effort convulsif pour regarder d'un air indifférent la *Natividad* qui fonçait de nouveau sur eux, mauvaise, menaçante ; il se força à sourire, à lever les épaules, et à parler d'une voix normale.

— Ne vous occupez pas d'elle, mes enfants. Une chose à la fois. Enlevons d'abord ces débris, et ensuite on leur en donnera pour leur argent, à ces Dagos !

Les hommes s'attaquèrent avec une énergie renouvelée aux enchevêtrements de cordages qui résistaient. Quelque chose céda, et un nouveau plongeon désordonné de la *Lydia*, au moment où une vague immense soulevait son arrière, fit glisser légèrement les débris ; mais ils furent arrêtés de nouveau, cette fois par l'étai d'artimon qui balaya le pont et fit tomber trois hommes. Hornblower saisit l'une des haches abandonnées et s'attaqua avec une vigueur désespérée au câble qui raclait le pont à chaque mouvement du navire. Du coin de l'œil, il vit la *Natividad* apparaître indistinctement, mais il n'avait pas le temps de s'occuper d'elle. Pour le moment, elle n'était qu'une cause exaspérante d'interruption, non une menace pour sa vie.

Puis il fut une fois de plus enveloppé par la fumée et le vacarme de la bordée ennemie. Il sentit le vent des boulets ; il entendit le sifflement des éclis. Les cris du marin écrasé par la caronade cessèrent brusquement ; sous ses pieds, il sentit un craquement lorsqu'un boulet atteignit les œuvres vives de la *Lydia*. Mais il était hypnotisé par la nécessité d'achever sa tâche. L'étai de misaine se rompit sous sa hache ; il vit un autre filin se raidir et le coupa également – le dessin des coutures du bordage à cet endroit arrêta son attention –, il sentit un autre câble sectionné passer près de lui comme une flèche, et sut que la *Lydia* était enfin débarrassée de ses débris. Presque à ses pieds, gisait le jeune Clay, à plat ventre sur le pont ; mais Clay n'avait plus de tête. Il remarqua cela comme un phénomène intéressant, comme il avait noté le dessin des coutures du pont.

Une vague, en se brisant, l'inonda soudain d'embruns ; il s'essuya les yeux et regarda autour de lui.

La plupart des hommes qui s'étaient trouvés à ses côtés sur le gaillard étaient morts, soldats de l'infanterie de marine, officiers, marins. Simmonds avait mis en ligne contre le bastingage ce qui restait de ses hommes, prêts à répondre par un feu de mousqueterie aux canons de vingt-quatre de la *Natividad.* Bush était dans la grande hune, et Hornblower comprit subitement que c'était à lui que l'on devait le sectionnement de l'étai du mât de fougue qui avait finalement libéré le navire. À la roue se tenaient les deux quartiers-maîtres, raides, immobiles, regardant droit devant eux ; ce n'était plus les mêmes qu'au début de la bataille, mais la discipline de fer de la marine et sa routine rigide avaient pourvu le navire de timoniers au milieu des vicissitudes du combat.

Au loin, à bâbord, la *Natividad* une fois de plus virait lof pour lof. Hornblower éprouva une petite émotion lorsqu'il se rendit compte que cette fois, il n'avait plus besoin de se soumettre passivement à la punition qu'elle voulait lui administrer. Il lui fallut faire un effort pour réfléchir au moyen de faire tourner le navire, mais il obligea son esprit à se concentrer sur ce problème ; il compara les poussées proportionnelles du petit et du grand hunier, et se représenta les positions relatives du centre du navire et du grand mât ; heureusement, ce dernier était placé un peu vers l'arrière.

— Hé, là-bas ! Montez les vergues ! appela-t-il. Monsieur Bush, nous allons essayer de lui mettre le nez dans le vent.

— Bien, Monsieur !

Il regarda la *Natividad* qui s'avançait vers eux, montant et descendant à la lame.

— Bâbord, toute ! lança-t-il aux quartiers-maîtres. Canonniers, à vos pièces !

Les servants de la *Natividad* qui regardaient le long de leurs affûts virent tout à courp l'arrière délabré de la *Lydia* tourner lentement et s'éloigner d'eux. Pendant le fugitif instant – une demi-minute – où la frégate put maintenir sa position, les quartiers-maîtres à la roue parvinrent à la maintenir en travers du vent, au moment où la *Natividad* passait près d'eux.

— Feu ! hurla Gerard – sa voix à lui aussi se cassait, tant il était surexcité.

La *Lydia* se souleva de nouveau au recul des canons, et des vagues de fumée envahirent son pont – à travers lesquels éclata la pluie de fer de la bordée espagnole.

— Allez-y les gars ! Tirez dessus ! cria Gerard. Son mât de misaine dégringole ! Bravo, les gars !

Les servants des canons poussèrent de folles acclamations, bien que leurs deux cents voix ne s'entendissent guère dans la tempête. Dans cette attaque soudaine, inattendue, l'ennemi avait été durement touché. À travers la fumée, Hornblower vit les haubans de misaine de l'espagnol mollir, puis se raidir, puis mollir à nouveau, et enfin le mât de misaine tout entier s'inclina vers l'avant. Son grand mât de hune fouetta, puis le suivit et le tout disparut par-dessus bord. Aussitôt, la *Natividad* tourna dans le vent, tandis qu'au même moment la *Lydia* abattait sous le vent, en dépit des efforts des timoniers. La tempête hurla aux oreilles de Hornblower tandis que la bande de mer grise qui séparait les navires s'élargissait de plus en plus. Un dernier coup de canon partit du pont principal, et les deux navires demeurèrent à tanguer sur la mer tourmentée, chacun d'eux désormais incapable de faire du mal à l'autre.

Lentement, Hornblower essuya ses yeux humides d'embruns. Cette bataille ressemblait à une longue fresque de cauchemar, où des situations d'une irréalité fantastique se fondraient l'une dans l'autre. Lui-même avait l'impression de vivre un mauvais rêve ; il pouvait penser clairement, mais seulement par un effort, comme si l'opération ne lui était pas naturelle.

La distance qui séparait les navires était maintenant d'un demi-mille et elle se creusait encore. Avec sa lunette, il voyait l'avant de la *Natividad*, noir d'hommes aux prises avec les débris du grand mât de hune. Celui des navires qui le premier serait en état de combattre à nouveau gagnerait la bataille. D'un geste brusque, il referma le télescope et se retourna pour faire face aux nombreux problèmes qui, il le savait, attendaient une solution immédiate.

15

On répare les avaries

Le capitaine de la *Lydia* était posté sur le gaillard d'arrière ; son navire tenait la cape, portant seulement sa grande voile d'étai et son grand hunier où trois ris étaient pris ; il tanguait et roulait sur une mer extravagante. Il pleuvait maintenant avec une telle violence qu'on ne voyait rien à cent yards ; un déluge d'embruns balayait les ponts, si bien que ses vêtements étaient aussi trempés que s'il avait été en train de nager ; mais il n'y prenait pas garde. Tout le monde venait lui demander des ordres ; le premier lieutenant, le chef canonnier, le maître d'équipage, le charpentier, le commissaire. Il fallait remettre le navire en état de combattre, même s'il était tout à fait douteux qu'il pût survivre à la tempête qui hurlait autour de lui. Pour le moment, c'était celui qui remplissait les fonctions de médecin qui avait recours à lui.

— Mais qu'est-ce que je vais faire, Monsieur ? disait-il, d'un ton pathétique – il était pâle, et se tordait les mains.

C'était Laurie, l'aide du commissaire, que l'on avait désigné pour ces fonctions lorsque Hankey, le médecin du bord, était mort. Il avait cinquante blessés dans le poste obscur et sinistre où il officiait, cinquante hommes fous de douleur, dont quelques-uns avaient un membre arraché et qui tous réclamaient des soins qu'il ne savait comment donner.

— Qu'est-ce que vous allez faire ? répéta Hornblower en l'imitant – il était plein de mépris et d'exaspération devant tant d'incompétence. Alors que vous avez eu deux mois pour vous mettre au courant de vos fonctions, vous venez me demander ce que vous devez faire ?

Laurie blêmit encore un peu plus sous la réprimande, et Hornblower dut faire effort pour être secourable, donner un peu de courage à ce poltron incompétent.

— Écoutez, monsieur Laurie, dit-il plus gentiment. Personne n'attend de vous des miracles. Faites ce que vous pouvez. Il faut empêcher de souffrir ceux qui vont mourir. Vous pouvez considérer comme tels tous ceux qui ont perdu un membre. Je vous couvrirai. Donnez-leur du laudanum, vingt-cinq gouttes à chacun ou davantage, si ça ne les calme pas. Faites semblant de les bander ; Dites-leur qu'ils sont sûrs de s'en tirer ; et d'avoir une pension pendant les cinquante années à venir. Quant aux autres, votre bon sens doit vous guider, que diable ! Faites-leur des pansements jusqu'à ce qu'ils ne saignent plus. Vous avez assez de chiffons pour panser tout l'équipage. Mettez une attelle aux membres fracturés. Ne bougez pas les blessés plus qu'il n'est nécessaire. Essayez de les faire rester tranquilles. Donnez-leur à tous un boujaron de rhum, et promettez-en un autre à six heures s'ils restent tranquilles ; je n'ai jamais connu un marin qui ne soit pas prêt à traverser l'enfer pour un boujaron de rhum. Allons ! Descendez, mon vieux ; occupez-vous de ça…

— Bien, Monsieur.

Laurie ne pouvait songer qu'à ses responsabilités et à ses devoirs ; il fila vers le poste sans accorder une pensée au bouleversement dramatique du pont principal. L'un des canons de douze avait rompu ses amarres, ses bragues ayant été emportées par la dernière bordée de la *Natividad*. Chaque coup de roulis le projetait avec fracas d'un bord à l'autre du pont ; et sa masse folle de trois mille livres menaçait à chaque instant de faire une ouverture dans la muraille du navire. Galbraith, accompagné de vingt hommes tirant des cordages et de cinquante autres portant des tapis et des hamacs, le suivait prudemment dans ses déplacements, dans l'espoir de le réduire à l'impuissance en l'attachant ou en le bloquant. Pendant que Hornblower les regardait, un nouveau mouvement du navire fit faire demi-tour à la pièce et la lança droit sur eux dans une charge effrénée et retentissante. Ils s'enfuirent éperdument à son approche ; elle chargea à travers leur groupe, ses roues couinant comme un troupeau de porcs, et, s'en alla buter avec un fracas épouvantable contre le grand mât.

— Voilà votre chance, les enfants ! Bondissez ! hurla Hornblower.

Galbraith s'avança en courant et risqua corps et âme pour passer l'extrémité d'un filin dans un œil. Pourtant, il n'eut pas plutôt terminé qu'un nouveau mouvement du bateau fit tourner le canon et menaça de réduire à rien ses efforts.

— Les hamacs ! cria Hornblower. Entassez-les vite ! Monsieur Galbraith ! passez un tour du filin autour du grand mât ! Whipple ! passez votre filin dans l'anneau de la brague. Vite, mon garçon. Maintenant, faites un tour mort !

Hornblower avait accompli ce que Galbraith n'avait pu réussir à faire : il avait coordonné les efforts des marins tout juste au bon moment, de sorte que maintenant le canon était attaché et inoffensif. Restait une manœuvre délicate : le replacer devant son sabord et l'arrimer avec de nouvelles bragues. Howell le charpentier était maintenant au côté de Hornblower, attendant que ce dernier pût distraire un instant son attention.

— Plus de quatre pieds dans le puisard, Monsieur, annonça-t-il, portant un doigt à sa coiffure. Plutôt cinq, et ça monte vite, à ce que j'ai pu voir. Est-ce que je pourrais avoir quelques hommes de plus pour les pompes, Monsieur ?

— Pas avant que ce canon ne soit en place, dit Hornblower d'un air sombre. Quels dégâts avez-vous trouvés ?

— Sept trous de boulets, Monsieur, sous la flottaison. Pas moyen de mettre des tampons avec cette mer-là, Monsieur.

— Je sais. Où se trouvent-ils ?

— Je ne sais pas comment que ça se fait, ils sont tous à l'avant, Monsieur. Y en a un qui a traversé le troisième couple, à bâbord. Deux autres…

— Je ferai passer une voile sous la quille aussitôt qu'il y aura assez d'hommes disponibles. Ceux qui sont aux pompes devront y rester. Et maintenant, joignez-vous avec vos aides à l'équipe du premier lieutenant.

Premier lieutenant et maître d'équipage étaient activement occupés à ériger un mât d'artimon de fortune. Le maître d'équipage était déjà venu annoncer tristement au capitaine que la moitié des espars de rechange assujettis entre les passavants avaient été endommagés par les boulets ; mais il restait une vergue de grand hunier qui pourrait faire l'affaire. Dresser cette vergue de cinquante-cinq pieds et la maintenir en position verticale allait être une opération délicate – déjà difficile par mer calme, longue et dangereuse dans les circonstances présentes, avec le Pacifique démonté. Au port, on amènerait un vieux bateau – un ponton à mâture – le long de la *Lydia* et l'on se servirait des deux immenses espars qui constituent sa bigue comme grue pour dresser verticalement le nouveau mât. Ici, en pleine mer, il ne fallait songer à rien de semblable ; bref, la mise en place de cet espar pouvait paraître un problème insoluble ; mais Bush et Harrison s'étaient attelés ensemble à la besogne avec toute la ressource, toute l'énergie dont des marins étaient capables.

Heureusement, il y avait ce tronçon de l'ancien mât d'artimon ; les neuf pieds qui en restaient leur épargnaient la fastidieuse complication de fixer le nouveau mât dans son emplanture ; ils se proposaient simplement de le jumeler au tronçon. À l'arrière du navire, des groupes d'hommes s'affairaient, chaque groupe apportant sa contribution au travail en cours. Au moyen de treuils et de rouleaux, on avait glissé l'espar vers l'arrière, son extrémité inférieure solidement maintenue contre le tronçon du mât. Harrison surveillait l'assujettissement des haubans à la tête de l'espar ; après cela, il lui faudrait préparer la pomme du mât à recevoir le chouque et les élongis de chouque que le charpentier et ses aides allaient fabriquer.

Dans les porte-haubans d'artimon, de chaque côté du navire, les seconds de Harrison surveillaient les travaux de deux autres groupes occupés à frapper l'extrémité inférieure des haubans, qui seraient maintenus raidis pendant l'érection, au moyen des ridoirs et des caps de mouton. Bush était occupé à installer sur le grand mât les drisses de basses vergues et les moufles qui permettraient de réaliser une grande partie du levage ; le voilier et ses aides se hâtaient d'adapter des voiles au nouveau mât, à la corne et aux vergues. Une autre équipe aux ordres du canonnier était aux prises avec un travail difficile : celui de remettre en place la caronade démontée. Gerard était dans la mâture avec les gabiers occupés à réparer les dommages faits aux manœuvres courantes et dormantes des mâts encore debout. Tout cela au milieu de la pluie et du vent qui hurlait autour d'eux ; et pourtant la pluie et le vent paraissaient chauds, tant l'atmosphère était étouffante. Les marins demi-nus, qui peinaient à la tâche, étaient trempés de sueur autant que de pluie et d'embruns. Le navire offrait le spectacle hallucinant d'une activité folle et pourtant ordonnée.

Une brusque rafale de pluie annonça une éclaircie prochaine. Ancré au pont mouvant, Hornblower porta la lunette à ses yeux ; la *Natividad* était de nouveau visible, coque noyée, sur la mer houleuse émaillée de taches grises. Elle aussi tenait la cape et l'absence de deux de ses mâts lui donnait un air dissymétrique tout à fait étrange. Avec sa lunette, Hornblower ne put apercevoir si l'espagnol tentait ou non de remplacer ses mâts manquants ; il pensa que, très probablement, il ne restait rien à bord qui pût servir de mât de fortune. En ce cas, aussitôt que la *Lydia* pourrait porter assez de toile à l'arrière pour lui permettre de remonter dans le vent, il aurait la *Natividad* à sa merci, dans la mesure où l'état de la mer ne rendrait pas le tir impossible.

Son regard maussade parcourut l'horizon ; pour le moment, la tempête ne semblait pas devoir se calmer, et l'après-midi était déjà bien entamé. À l'approche du soir, il perdrait peut-être complètement la *Natividad* de vue, et la nuit donnerait à son ennemi un répit supplémentaire pour terminer ses réparations.

— Encore combien de temps, monsieur Harrison ? demanda-t-il brutalement.

— Plus longtemps, Monsieur. Presque prêt, maintenant.

— Vous avez déjà mis plus de temps qu'il n'en fallait pour ce travail de trois fois rien. Activez un peu vos hommes !

Hornblower savait que les hommes étaient furieux contre lui et pestaient entre cuir et chair ; il ignorait qu'ils l'admiraient en même temps ; les hommes admirent toujours, malgré eux, un maître exigeant.

Maintenant, c'était le cuisinier qui venait faire son rapport ; le cuisinier et ses aides avaient été les seules personnes à bord qui fussent disponibles pour le lugubre travail qu'on leur avait confié.

— Tout est prêt, Monsieur, dit-il.

Sans un mot, Hornblower s'avança à grandes enjambées le long du passavant de bâbord ; il sortit de sa poche le rituel de l'Église anglicane. Les quatorze morts reposaient là sur des claires-voies, deux par deux, ensevelis dans leurs hamacs, un boulet aux pieds.

Hornblower souffla longuement dans son sifflet d'argent ; et toute activité cessa à bord pendant qu'il lisait, d'un ton à la fois pressé et solennel, l'Office pour les marins morts en mer.

— Ainsi, nous livrons leur corps à l'abîme…

Le cuisinier et ses aides soulevèrent successivement chaque claire-voie et les corps tombèrent dans l'eau avec un « floc » lugubre, pendant que Hornblower achevait la lecture. Dès que furent prononcées les dernières paroles, il siffla de nouveau et l'activité reprit. Il regrettait amèrement d'avoir dû interrompre le travail pendant ces quelques minutes ; mais il savait que les marins auraient été peinés et blessés s'il avait balancé les corps par-dessus bord sans le faste convenable ; c'étaient des hommes simples et ignorants ; et ils attachaient beaucoup d'importance aux formes et aux cérémonies.

Et voici que venait vers lui une autre cause de tourments ; traversant à pas prudents le pont principal, au-dessous de lui, lady Barbara s'approchait, la petite négresse collée à ses jupes.

— Mes ordres étaient que vous demeuriez en bas, madame, lui cria-t-il. Ce pont n'est pas un endroit pour vous.

Lady Barbara regarda ce pont en effervescence, puis avec un joli mouvement du menton, elle répondit :

— Je suis très capable de me rendre compte de cela moi-même. (Puis, adoucissant le ton :) Je n'ai pas l'intention de gêner, capitaine. J'allais m'enfermer dans ma cabine.

— Votre cabine ?

Hornblower se mit à rire. Quatre bordées de la *Natividad* avaient traversé cette cabine. L'idée que lady Barbara voulût s'y enfermer lui parut irrésistiblement drôle. Il rit encore, puis encore, et s'arrêta brusquement, au moment où il comprit qu'il était sur les nerfs. Il se maîtrisa.

— Il ne vous reste plus de cabine, madame. La seule chose que vous puissiez faire est de retourner d'où vous venez. Je le regrette. Il n'y a pas d'autre endroit qui puisse vous recevoir pour l'instant.

Lady Barbara leva les yeux vers lui, et pensa à la soute aux filins qu'elle venait de quitter, où elle ne pouvait se tenir qu'accroupie sur les câbles gluants, le menton sur les genoux, dans une obscurité totale, au milieu des rats qui criaient et lui grimpaient aux jambes ; elle pensa à Hébé qui hurlait de terreur à ses côtés, aux furieux coups de roulis et au tangage du navire ; au vacarme effrayant des canons et au roulement assourdissant des roues d'affûts, juste au-dessus de sa tête, lorsqu'on rentrait les pièces ou qu'on les mettait en batterie ; elle pensa au craquement effroyable qui avait retenti dans tout le navire lorsque le mât d'artimon était tombé, à l'ignorance où elle se trouvait des progrès du combat ; maintenant encore, elle ne savait pas si la bataille avait été gagnée ou perdue, ou seulement suspendue ; elle pensa à la puanteur de la sentine, à la faim, à la soif.

L'idée de retourner là-bas la glaçait d'horreur. Mais elle vit le visage du capitaine, pâle de fatigue et de surmenage malgré son hâle ; elle avait remarqué ce rire convulsif, brisé net, l'effort désespéré que Hornblower avait fait pour lui parler raisonnablement. Sa tunique était déchirée à hauteur de la poitrine ; son pantalon blanc était taché de sang, vit-elle soudain. Elle se sentit pleine de pitié pour lui, et elle comprit que lui parler de rats, d'odeurs nauséabondes et de craintes sans fondement serait ridicule.

— Très bien, capitaine, répondit-elle tranquillement.

Elle fit demi-tour et rebroussa chemin.

La petite négresse se mit à hurler, mais lady Barbara lui imposa silence en la secouant énergiquement, et l'entraîna.

16

Dans la nuit

— Tout est paré, capitaine, annonça Bush.

L'équipage de la *Lydia* avait travaillé merveilleusement. Les canons étaient tous assujettis et le pont principal débarrassé de la plupart des traces du combat. Une voile tendue sous la quille du navire avait grandement contribué à arrêter l'eau, si bien que maintenant, il n'y avait plus que vingt hommes aux pompes et que le niveau du puisard baissait sensiblement. Le voilier avait préparé ses nouvelles toiles, le maître d'équipage ses manœuvres, le charpentier ses outils. Le mât était prêt à être hissé, et les hommes de Harrison étaient déjà au treuil.

Hornblower regarda autour de lui. L'ardeur désespérée que l'on avait apportée au travail pour en avoir fini rapidement n'avait servi à rien, car la bourrasque ne montrait aucun signe d'apaisement, et tant que durerait ce vent, il n'y aurait aucune chance de parvenir à remonter vers la *Natividad.* Il avait mené ses hommes durement, il les avait surmenés, pour ne pas perdre une minute, et maintenant il était clair qu'ils auraient pu faire tout cela à loisir. Mais on pouvait aussi bien terminer le travail. Son regard parcourut les différents groupes ; chacun savait ce qu'il avait à faire, et un officier se trouvait à chaque point stratégique pour veiller à ce que les ordres fussent exécutés.

— Très bien, monsieur Bush, dit-il.

— Hissez, là-bas ! hurla Bush aux hommes du treuil.

Le treuil se mit à tourner, la corde à geindre dans les drisses et le mât s'éleva, peu à peu, sous le regard attentif de tous. Les plongeons effrayants de la *Lydia* menaçaient de tout gâcher. Il était à craindre que la tête du mât n'échappât aux cordages qui le retenaient ; que sa base ne glissât du tronçon contre lequel elle reposait. Il fallait veiller à tout, prendre toutes les précautions pour qu'aucune de ces éventualités ne se produisît. Bush surveillait les drisses des basses vergues, et Gerard, à la tête du grand mât, s'occupait des cravates. Galbraith était dans les porte-haubans d'un bord, Rayner dans ceux de l'autre bord. Maître de manœuvre et charpentier se tenaient au pied du mât, avec cordes et espars ; mais c'était le devoir du capitaine, penché sur la lisse du gaillard, de veiller à ce que chacun des éléments de cette mécanique compliquée agisse en harmonie avec les autres. C'était lui que l'équipage blâmerait en cas d'échec.

Il le savait d'ailleurs. Il observait le tangage du

vaisseau, ses plongeons vertigineux, la tête du mât qui oscillait dans les cravates ; il entendait grincer sur le pont le pied du mât maintenu péniblement contre le tronçon par deux espars attachés ensemble et servant de contreforts. Il lui fallait faire un effort pour penser clairement ; il ne pouvait y obliger son esprit qu'en y appliquant toute sa volonté. Il se sentait mal à l'aise, fatigué, nerveux.

Il était d'une importance capitale que les hommes dans les haubans et les galhaubans ne raidissent les manœuvres que pour compenser le jeu fourni par les drisses de basses vergues, et qu'ils s'abstinssent de les raidir lorsque le balancement du navire faisait pencher le mât légèrement de leur côté. Et pourtant, c'était exactement ce qu'ils persistaient à faire, à la grande exaspération du capitaine, tant ils étaient obsédés par la nécessité de maintenir tous les cordages tendus pour empêcher les oscillations du mât de prendre trop d'amplitude. Par deux fois, la prise des cravates sur la tête du mât fut mise en péril de cette façon et Hornblower, toutes ses facultés tendues à l'extrême, dut tenir compte du roulis du navire de manière à calculer exactement le moment propice à l'effort suivant qui conjurerait le danger. Sa voix était enrouée à force de crier.

Lentement, le mât quitta la position horizontale et monta en oscillant. Le capitaine, dont l'œil calculateur mesurait les tensions et les réactions, vit que le moment critique était arrivé ; le moment où les drisses ne pourraient plus soulever la tête du mât, et où le travail final devrait être accompli par la traction des galhaubans à l'arrière. Les quelques instants suivants allaient être très délicats, car la tête du mât serait privée du soutien positif des cravates. Il fallait séparer les drisses du treuil, et faire faire leur travail par les galhaubans. Il fallait passer deux longueurs de câble autour du mât de fortune incliné et du tronçon vertical et disposer des hommes prêts à raidir ces câbles au moyen de barres de cabestan agissant à la façon d'un tourniquet, toutes les fois qu'un gain aurait été réalisé. Malgré tout, pendant les premières secondes, les galhaubans se trouveraient dans une situation mécanique désavantageuse, et ne supporteraient certainement pas l'effort qui leur serait imposé si on se servait du treuil pour dresser le mât verticalement de vive force.

Il fallait utiliser les mouvements du navire pour aider à la manœuvre. Hornblower dut observer ces mouvements avec la plus grande attention, et ordonner aux hommes de s'arrêter lorsque la *Lydia* roulait et plongeait, puis lorsque son avant émergeait lentement de la mer crémeuse et s'élevait régulièrement vers le ciel ; il lui fallait faire agir à la fois les hommes du treuil, ceux du tourniquet et ceux des rides de haubans, et les arrêter tous sur-le-champ lorsque l'avant commençait à s'enfoncer de nouveau et que les galhaubans devaient soutenir tout l'effort. Il réussit cette manœuvre, deux fois, trois fois ; quoique, la troisième fois, une vague inattendue eût soulevé l'arrière de la *Lydia* au mauvais moment, et menacé de tout faire échouer.

La quatrième manœuvre trancha la question ; le mât était maintenant si proche de la verticale que haubans et galhaubans avaient l'avantage mécanique, et que tous les cordages pouvaient être tendus sans tenir compte des mouvements du navire. On allait enfin pouvoir assujettir les haubans et les galhaubans d'une façon normale, jumeler le mât de fortune au tronçon comme il convenait ; en fait, la partie difficile du travail était terminée. Hornblower s'appuya contre la lisse, malade de fatigue, et se demanda où ces hommes aux muscles d'acier pouvaient trouver la force de pousser des vivats en mettant la dernière main à leur ouvrage.

Il s'aperçut que Bush était près de lui ; Bush avait la tête entourée d'un morceau de chiffon tout taché de sang – une blessure au front, provoquée par un éclat de bois.

— Un véritable tour de force, Monsieur, si je puis me permettre une appréciation, dit-il.

Hornblower dirigea sur lui un regard pénétrant ; il était comme toujours ombrageux à l'endroit des félicitations, tant il était conscient de sa faiblesse. Mais, chose surprenante, Bush avait un air de parfaite sincérité.

— Merci, fit Hornblower de mauvaise grâce.

— Dois-je envoyer les hommes dans la mâture, Monsieur ?

Une fois de plus, le regard de Hornblower parcourut l'horizon. La bourrasque était aussi furieuse que jamais, et seule une tache grisâtre, dans le lointain, marquait l'endroit où la *Natividad* luttait contre elle. Hornblower vit bien qu'il n'y avait pas moyen de hisser plus de toile pour le moment, pas moyen de rengager le combat alors que la *Natividad* n'était pas encore réparée. La dragée était amère. Il imaginait ce qu'on dirait dans les cercles officiels lorsqu'il enverrait son rapport à l'Amirauté. Son affirmation que le temps était trop mauvais pour rengager le combat, venant après la mention des rudes coups qui lui avaient été portés, serait reçue avec des sourires de pitié et des mouvements de tête entendus. C'était l'excuse classique, comme le rocher non porté sur la carte qui expliquait les erreurs de navigation. Lâcheté morale ou peut-être même physique : tel serait, de tous côtés, le commentaire sous-entendu ; à dix mille milles de distance, personne ne pouvait apprécier la violence d'une tempête. Il pouvait se débarrasser d'une partie de sa responsabilité en demandant l'avis de Bush, et en le priant de mettre officiellement son opinion par écrit ; mais la pensée de montrer de la faiblesse en présence de son subordonné l'irritait, et il s'en détourna.

— Non, dit-il d'un ton neutre. Nous allons rester à la cape jusqu'à ce que le temps s'améliore.

Une lueur d'admiration passa dans les yeux éraillés de Bush, il pouvait à juste titre admirer un capitaine capable de prendre avec si peu d'hésitation une décision touchant d'aussi près sa réputation professionnelle. Hornblower remarqua cette lueur, mais son maudit caractère l'empêcha de l'interpréter correctement.

— Bien, Monsieur, fit Bush.

Un froncement de sourcil de son interlocuteur l'avertit qu'il valait mieux ne pas s'étendre sur ce sujet ; mais son affection pour Hornblower l'obligea à reprendre.

— Dans ce cas, Monsieur, pourquoi ne pas vous

reposer ? Vous avez l'air terriblement fatigué, Monsieur… mais si, je vous assure. Permettez-moi d'envoyer quelqu'un vous arranger avec des paravents une petite cabine dans le carré des officiers…

La main lui démangeait – il avait été sur le point de donner une petite tape sur l'épaule de son capitaine – et il se retint juste à temps pour ne pas commettre cette énormité.

— Sottise ! s'écria Hornblower.

Comme si un capitaine de frégate pouvait reconnaître publiquement qu'il était fatigué ! Et Hornblower n'osait se permettre de montrer aucune faiblesse ; il se souvenait toujours de la façon dont son second avait exploité ses erreurs, lors de son premier commandement.

— C'est vous plutôt qui avez besoin de repos, continua-t-il. Renvoyez la bordée de tribord et descendez vous coucher. Et faites d'abord soigner votre front. Avec l'ennemi en vue, je vais rester sur le pont.

Puis ce fut Polwheal qui vint l'ennuyer. Hornblower se demanda vainement s'il venait de sa propre initiative, ou si Bush l'avait envoyé.

— Je me suis occupé de la demoiselle, Monsieur, l'informa Polwheal. (Hornblower allait précisément forcer son esprit fatigué à résoudre le problème que posait la présence de lady Barbara à bord d'un navire endommagé et prêt au combat.) Je lui ai aménagé un coin dans le faux pont, avec des paravents. Les blessés sont à peu près tranquilles maintenant, Monsieur. Je lui ai installé un hamac, elle s'est blottie dedans comme un petit oiseau dans un nid. Et puis elle a mangé un tout petit peu, ce qui restait du poulet froid et un verre de vin. C'est pas qu'elle en avait envie, mais je l'ai convaincue, comme qui dirait, Monsieur…

— Très bien, Polwheal, dit Hornblower – c'était un soulagement inexprimable d'apprendre qu'il était débarrassé d'une au moins de ses responsabilités.

— Maintenant, pour ce qui est de vous, Monsieur, continua Polwheal, je vous ai amené des vêtements secs que j'ai pris dans votre coffre dans le coqueron. Je crois bien que la dernière bordée de la *Natividad* a tout abîmé dans votre cabine, Monsieur. Et puis, je vous ai apporté votre grand manteau, bien sec et bien chaud. Voulez-vous changer de vêtements ici, ou préférez-vous descendre, Monsieur ?

Polwheal savait considérer bien des choses comme allant de soi ; et pour le reste, avec un peu d'adresse, il en venait à bout. Hornblower s'était attendu à traîner pendant toute la nuit sur le pont son corps las et ses vêtements trempés d'eau. Son état d'énervement ne lui permettait pas d'envisager une autre solution. Polwheal sortit, d'on ne sait où, la chaise longue de lady Barbara, l'attacha à la lisse et persuada Hornblower de s'y asseoir, pour souper d'un peu de biscuit et de rhum. Il enveloppa le capitaine dans son grand manteau, puis avec beaucoup d'aisance sembla considérer comme acquis que Hornblower resterait installé là, puisqu'il était bien décidé à ne pas se coucher tant que l'ennemi serait à portée de vue.

Et chose étonnante, pendant que Hornblower était assis à recevoir les embruns en plein visage et à sentir le vaisseau rouler et bondir sous lui, sa tête tomba sur sa poitrine et il s'endormit. Certes, ce fut un sommeil coupé, capricieux, mais étonnamment réparateur. Il se réveillait toutes les cinq minutes. Par deux fois, ce fut le bruit de ses propres ronflements qui l'éveilla. D'autres fois, il se dressait en sursaut pour voir si la tempête se calmait ; d'autres fois encore, les pensées qui lui trottaient dans la tête, malgré son assoupissement, le faisaient sortir de son état d'inconscience, lorsqu'elles parvenaient à une conclusion nouvelle, saisissante, touchant l'opinion que l'Angleterre et son propre équipage se feraient de lui après cette bataille…

Peu après minuit, son instinct de marin l'éveilla pour de bon. Il venait de noter un changement dans le temps. Il s'extirpa de sa chaise longue et se mit debout avec raideur. Le bateau roulait plus furieusement que jamais, mais il huma l'air autour de lui, et constata une certaine accalmie. Il s'avança jusqu'à l'habitacle et, dans l'obscurité, la silhouette de Bush apparut, immense, tout à côté de lui.

— Le vent hale le sud et mollit, Monsieur, dit Bush.

Ce changement dans la direction du vent brisait les longues lames du Pacifique en vagues courtes et sèches, comme en témoignaient assez les gambades de la *Lydia*.

— Il fait toujours noir comme dans un four, en tout cas ! grommela Bush qui scrutait les ténèbres.

Quelque part sur l'océan, peut-être à vingt milles, peut-être seulement à deux cents yards, la

Natividad luttait elle aussi contre la bourrasque. Si la lune se montrait à travers cette galopade de nuages, ils pouvaient être aux prises d'un instant à l'autre ; et pourtant, tandis qu'ils parlaient, l'obscurité était si intense que, du gaillard d'arrière, ils distinguaient à peine la silhouette du grand hunier.

— Elle tombait sous le vent beaucoup plus vite que nous, quand nous l'avons vue pour la dernière fois, annonça Bush d'un air de réflexion.

— Je m'en étais aperçu tout seul, figurez-vous ! fit Hornblower sèchement.

Dans l'obscurité actuelle, même si la tempête s'apaisait sensiblement, il n'y avait rien qu'ils pussent faire. Hornblower prévoyait que, tout étant prêt, ils avaient en face d'eux une de ces longues périodes d'inaction qui ponctuaient la vie d'un officier de marine et qui étaient capables de si bien l'irriter, s'il se laissait aller. Il comprit qu'il avait là une occasion de plus d'apparaître comme un homme aux nerfs d'acier qu'aucune tension ne pouvait troubler. Il bâilla avec application.

— Je crois que je vais retourner dormir, dit-il de l'air le plus détaché. Veillez à ce que les vigies ouvrent l'œil, monsieur Bush, s'il vous plaît. Et faites-moi appeler aussitôt que le jour se lèvera.

— Bien, Monsieur, dit Bush – et Hornblower retourna à son grand manteau et à sa chaise longue.

Il y passa le reste de la nuit éveillé, mais dans une immobilité rigide afin que les officiers de quart le croient endormi et admirent la solidité de ses nerfs. Son esprit s'occupait activement à deviner les plans de Crespo à bord de la *Natividad*.

Cette dernière était si gravement endommagée que son capitaine ne pourrait probablement pas effectuer de réparations efficaces tant qu'elle serait en mer. Il serait tout à fait de son intérêt de regagner le golfe de Fonseca, où il pourrait établir un nouveau mât de misaine et installer un nouveau grand mât de hune. Si la *Lydia* essayait alors d'intervenir, la *Natividad* pourrait, dans cet espace restreint, l'accabler de ses bordées plus lourdes ; en outre, elle recevrait l'aide des bateaux du rivage, peut-être même des batteries côtières. De plus, Crespo pourrait débarquer ses blessés et combler les vides produits dans son équipage par la bataille récente ; même des terriens seraient utiles dans un combat à mort. Crespo avait l'esprit assez souple pour ne pas trouver indigne de lui de battre en retraite s'il y trouvait son avantage. La question était de savoir s'il oserait affronter El Supremo après un combat malheureux.

Hornblower examinait le problème et mettait en balance son opinion du caractère de Crespo et ce qu'il savait d'El Supremo. Il se rappelait la facilité de parole de Crespo ; cet homme serait capable de convaincre même son maître que son retour à sa base sans avoir battu la *Lydia* faisait partie d'un plan habile pour détruire plus certainement l'ennemi. Sans aucun doute, la meilleure tactique pour lui était de rentrer au golfe et ce serait probablement celle qu'il adopterait ; ce qui supposait qu'il essaierait de fuir la *Lydia.* Hornblower se lança fiévreusement dans des calculs relatifs à la position actuelle de la *Natividad* et à sa route à venir. Par suite de sa plus grosse masse et de ses deux ponts, elle aurait dérivé bien plus qu'eux pendant la nuit. Elle était déjà loin sous le vent à la chute du jour. Comme le vent tombait et changeait de direction, elle pourrait bientôt hisser le peu de voiles que son état de délabrement lui permettait de porter. Si elle se dirigeait vers le golfe de Fonseca, elle aurait un vent presque contraire. Crespo estimerait dangereux de naviguer ainsi en direction de la terre, car la *Lydia* pourrait serrer l'espagnol contre la côte et l'obliger à combattre. Il était bien plus probable qu'il naviguerait vers la haute mer, tout en gagnant vers le sud autant qu'il le pourrait, et reviendrait au golfe par un long détour, hors de vue de la côte. Dans ce cas, Hornblower devait s'efforcer de deviner quelle serait la position de la *Natividad* à l'aube. Il se plongea dans de nouveaux calculs compliqués.

Quatre heures sonnèrent ; on appela au quart ; il entendit Gerard qui venait remplacer Bush sur le gaillard. Le vent tombait rapidement, bien que la mer ne manifestât encore aucun signe d'apaisement. Il regarda le ciel, devenu sensiblement plus clair ; çà et là on apercevait des étoiles entre les nuages. Crespo allait pouvoir larguer ses voiles et tenter de s'échapper. Il était temps que Hornblower prît une décision. Il se souleva de son siège et se dirigea vers la roue.

— Nous allons faire voile, monsieur Bush, si vous voulez bien.

— Bien, Monsieur.

Hornblower donna la direction, et il savait en la donnant que ce pouvait fort bien être la mauvaise. Il avait pu se tromper complètement dans ses calculs. Chaque yard que faisait la *Lydia* pouvait l'éloigner de la *Natividad.* Crespo, en ce moment même, passait peut-être près de lui, en route vers son refuge. Hornblower pouvait ne jamais détruire la *Natividad,* si elle parvenait à se retrancher dans le golfe. Certains attribueraient son échec à l'incompétence, et d'autres, assez nombreux peut-être, parleraient de lâcheté.

17

La bataille

Du haut du grand mât de la *Lydia,* dans le jour lumineux du Pacifique, on pouvait apercevoir un navire à distance de vingt milles à peu près. Par conséquent, un cercle de vingt milles de rayon représentait l'étendue de mer que la *Lydia* pouvait surveiller. Pendant les heures d'obscurité qui restaient avant le lever du jour, Hornblower fut occupé à calculer le rayon du cercle dans lequel se trouverait la *Natividad* à l'aube. Elle pourrait être toute proche, comme elle pourrait être à cent cinquante milles de là. Cela signifiait que si le hasard seul décidait des positions respectives des navires à l'aube, il y avait presque exactement une chance sur cinquante pour que la *Natividad* fût en vue ; c'est-à-dire cinquante chances contre une de voir la réputation professionnelle de Hornblower ruinée ; et il n'avait que son habileté de marin pour contrebalancer ce mauvais sort. Sa seule justification serait d'avoir deviné correctement les plans de son ennemi, et ses officiers le savaient aussi bien que lui. Hornblower sentait que Gerard l'observait avec intérêt dans l'obscurité, et la conscience qu'il avait de ce regard le faisait se redresser, immobile, sur le pont, sans faire les cent pas, sans s'agiter, bien qu'il sentît son cœur battre plus vite chaque fois qu'il pensait à l'aube qui approchait.

Les ténèbres pâlirent. Maintenant, on pouvait distinguer les contours du navire. Le grand hunier se détachait clairement, de même que le petit hunier. Derrière eux, un très léger soupçon de rose colorait le gris du ciel. Ils apercevaient maintenant la masse des vagues grises et non plus seulement leurs crêtes blanches. Au-dessus d'eux, les étoiles n'étaient plus visibles. Un œil habitué pouvait percer cette grisaille dans un rayon d'un mille. Enfin sur l'arrière, vers l'est, comme la *Lydia* chevauchait une vague, un grain d'or apparut au-dessus de l'horizon ; il disparut, revint et grandit. Bientôt, ce fut une grande tranche de soleil qui aspira avidement le léger brouillard suspendu au-dessus de la mer. Enfin, le disque tout entier jaillit, et le miracle de l'aube fut accompli.

— Navire en vue !

L'exclamation retentit du haut du mât. Hornblower avait calculé juste.

Droit devant eux, à dix milles environ, la *Natividad* pataugeait péniblement ; son aspect contrastait étrangement avec celui qu'elle présentait la veille au matin. On avait essayé de lui installer un mât de fortune. Un mât de hune gros et court avait été dressé à la place de son grand mât, incliné vers l'arrière d'une façon très disgracieuse, son grand mât de hune avait été remplacé par un espar léger – un mât de cacatois vraisemblablement –, et sur ce gréement de fortune, elle arborait une étrange collection de focs, de misaines et de voiles à livarde, tous mal établis (« On dirait la lessive de la vieille Mother Brown, dans la chanson », commenta Bush) pour lui permettre de laisser arriver avec sa basse-voile du grand mât, son perroquet de fougue et sa brigantine au vent.

À la vue de la *Lydia,* elle changea la barre et vint dans le vent jusqu'à ce que ses mâts fussent en ligne, fuyant devant la frégate.

— Ça, c'est de la chasse ! s'exclama Gerard, la lunette à l'œil. Elle en a eu assez hier, j'imagine.

Hornblower entendit la réflexion. Il avait une plus juste compréhension de la psychologie de Crespo. S'il lui était profitable de retarder le combat – et il n'y avait pas de doute à cet égard –, il avait parfaitement raison de continuer à l'éviter, même à la onzième heure. En mer, rien n'est jamais certain. Une cause quelconque pouvait empêcher la *Lydia* d'engager le combat ; un gros coup de vent, un mât emporté accidentellement, un brouillard opportun – une des innombrables éventualités qui peuvent se produire en mer. La *Natividad* avait encore une petite chance de s'échapper, et Crespo exploitait cette chance au maximum. C'était peu héroïque, mais c'était logique : exactement ce qu'on pouvait attendre de Crespo.

C'était le devoir de Hornblower de veiller à ce que cette chance ne se présentât pas. Il examina la *Natividad* avec attention, parcourut du regard les voiles de la *Lydia* pour s'assurer que toutes portaient et pensa à son équipage.

— Faites déjeuner les hommes, dit-il.

Tout capitaine de la Marine royale veillait, dans la mesure du possible, à ce que ses hommes n'aillent pas au combat le ventre creux.

Il demeura sur le gaillard à faire les cent pas, incapable de rester plus longtemps immobile. La *Natividad* fuyait, certes, mais il savait qu'elle se battrait avec acharnement quand il l'aurait rattrapée. La charpente de la *Lydia* était bien fragile pour s'opposer aux lourds boulets de ces puissants canons de vingt-quatre que l'espagnol portait dans son pont inférieur ; ils avaient déjà fait assez de dégâts hier ; il entendait le bruit mélancolique des pompes luttant contre l'eau qui suintait des trous qui étaient leur œuvre ; ce cliquetis des pompes n'avait pas cessé un instant depuis hier. Avec un mât d'artimon de fortune, une carène qui laissait entrer l'eau comme une passoire malgré la voile, et soixante-quatre membres de son équipage hors de combat, la *Lydia* n'était pas en mesure de livrer une dure bataille. La défaite pour elle, et pour lui la mort les attendaient peut-être sur cette bande de mer bleue.

Polwheal apparut tout à coup à côté de Hornblower sur le gaillard, un plateau à la main.

— Vot'déjeuner, Monsieur, dit-il, puisque comme qui dirait vous serez occupé tout à l'heure…

Pendant qu'il lui tendait le plateau, Hornblower comprit tout à coup combien ardemment il désirait cette tasse de café fumant. Il la prit avidement et but à grandes gorgées avant de se souvenir qu'il ne devait pas trahir de faiblesses humaines devant son domestique.

— Merci, Polwheal, dit-il, et il but à petits coups plus discrets.

— Et mademoiselle vous présente ses compliments, Monsieur ; est-ce qu'elle pourra rester dans le faux pont lorsque la bataille recommencera ?

— Hum, hum ! fit Hornblower en le regardant, un peu désarçonné par cette question inattendue.

Pendant toute la nuit, il avait essayé d'oublier le problème de lady Barbara comme on essaye d'oublier une dent qui vous fait mal. Rester dans le faux pont, cela voulait dire que lady Barbara serait tout à côté des blessés, séparée d'eux seulement par un paravent de toile. Pas un endroit pour une femme. Mais la soute aux filins non plus. La vérité évidente était qu'il n'y avait pas de place pour une femme sur une frégate qui allait livrer combat.

— Mettez-la où vous voudrez, pourvu qu'elle soit hors d'atteinte des boulets, dit-il d'un ton de mauvaise humeur.

— Bien, Monsieur. Et mademoiselle m'a dit de vous dire qu'elle vous souhaitait toute la chance possible aujourd'hui, Monsieur, et... et... qu'elle était sûre que vous auriez le succès que... que vous méritez, Monsieur.

Polwheal n'était pas parvenu à apprendre ce long discours tout à fait aussi bien qu'il l'aurait souhaité, ses hésitations le montraient assez.

— Merci, Polwheal, fit Hornblower avec gravité.

Il se rappelait le visage de lady Barbara, la veille, lorsqu'elle l'avait regardé du pont principal ; un visage ardent, net comme une épée, fut la comparaison absurde qui lui vint à l'esprit.

— Hum, hum ! conclut Hornblower avec humeur – il se rendait compte que l'expression de son visage s'était adoucie, et il craignait que Polwheal ne l'eût remarqué, à un moment où il savait à qui pensait Hornblower. Descendez et veillez à ce que lady Barbara soit confortablement installée.

Des groupes de marins remontaient sur le pont, le déjeuner terminé ; le cliquetis des pompes était plus rapide, maintenant qu'une équipe nouvelle les manœuvrait. Les servants se tenaient rassemblés autour des canons et les quelques hommes inoccupés étaient réunis sur le gaillard d'avant, observant les progrès de la chasse avec un intérêt passionné.

— Croyez-vous que le vent va tenir, Monsieur ? demanda Bush arrivant sur le gaillard comme un oiseau de mauvais augure. Il me semble que le soleil est en train de l'avaler.

On ne pouvait nier que plus le soleil s'élevait, plus le vent diminuait de force. La mer était toujours forte, les vagues courtes et profondes ; mais la marche de la *Lydia* n'était ni légère ni gracieuse. Elle faisait des bonds et des plongeons inélégants, privée de la poussée constante d'un bon vent. Au-dessus d'eux, le bleu du ciel devenait de minute en minute plus dur, plus métallique.

— Nous les rattrapons rapidement, nota Hornblower qui s'absorbait dans la poursuite afin d'ignorer le mauvais présage des éléments.

— Dans trois heures, nous serons à leur hauteur, dit Bush, si le vent tient.

La température s'élevait rapidement. La chaleur que le soleil déversait sur eux était rendue plus intense par son contraste avec la fraîcheur relative de la nuit précédente. L'équipage commençait à rechercher les bandes d'ombre sous les passavants, et s'y allongeait d'un air las. Le bruit constant des pompes semblait résonner davantage, maintenant que le vent perdait de sa force. Hornblower se dit tout à coup qu'il se sentirait épuisé s'il se laissait aller à y penser. Il s'entêtait à rester sur le gaillard, le dos en plein soleil, braquant à chaque instant sa lunette sur la *Natividad* ; Bush quant à lui se tracassait au sujet de l'orientation des voiles, depuis que la brise fléchissait.

— Gouvernez au plus près, nom d'un chien ! grogna-t-il à l'adresse du timonier lorsque l'avant de la *Lydia* s'enfonça dans le creux d'une lame.

— Je n'peux pas, Monsieur, sauf vot'respect. Y a pas assez de vent.

C'était ma foi vrai. Le vent était tellement tombé que la *Lydia* ne pouvait plus faire les deux nœuds qui permettaient au gouvernail d'agir.

— Il va falloir que nous mouillions les voiles. Monsieur Bush, occupez-vous-en, s'il vous plaît, dit Hornblower.

Une section fut arrachée à sa torpeur et envoyée à ce travail. Une voile trempée retient l'air qu'une voile sèche laisserait passer. On glissa des cordages dans les poulies des vergues, on hissa les seaux d'eau de mer et on les déversa sur les toiles. Le soleil était si ardent et l'évaporation si rapide que le va-et-vient des seaux ne pouvait être interrompu. Au cliquetis des pompes s'ajoutait maintenant le grincement des rouets de poulies. Sous un soleil aveuglant, la *Lydia* avançait lentement sur la mer houleuse, plongeant furieusement.

— La voilà qui récite la rose des vents, observa Bush, désignant la lointaine *Natividad* d'un geste du pouce. Elle ne peut pas se comparer avec cette merveille ! Son nouveau gréement ne lui servira pas à grand-chose, d'ailleurs.

La *Natividad* tournait nonchalamment en tous sens sur les vagues ; elle montrait tantôt son travers, tantôt ses trois mâts en ligne, incapable de tenir un cap avec le peu d'air qu'il y avait à ce moment. Bush regarda d'un air satisfait son nouveau mât d'artimon, véritable pyramide de toiles, puis la *Natividad* ballottée sur les vagues à moins de cinq milles de là. Les minutes passèrent lentement, marquées seulement par les bruits monotones du navire. Hornblower restait là dans le soleil brûlant, à tourmenter sa lunette.

— Voilà le vent qui revient, bon Dieu ! dit Bush tout à coup.

C'était une brise assez forte pour mettre la *Lydia* à la bande et éveiller un léger chant de harpe dans le gréement.

— Hé, là-bas ! laissez les seaux tranquilles !

La *Lydia* reprit sa marche régulière, se soulevant et plongeant au chant de l'eau sous son étrave, tandis que la *Natividad* se rapprochait sensiblement.

— La brise va lui arriver bientôt. Tiens ! Qu'est-ce que je disais !

Les voiles de la *Natividad* se gonflèrent lorsque la risée l'atteignit. Elle reprit sa route avec plus d'assurance.

— Ça ne va pas l'aider autant que ça nous aide. Dieu de Dieu ! Si seulement ça pouvait tenir ! commenta Bush.

La brise sembla hésiter, puis elle reprit. La coque de la *Natividad* était maintenant visible au-dessus de l'eau lorsqu'une vague la soulevait. Encore une heure – une petite heure – et elle serait à portée de canon.

— On pourra bientôt essayer un coup ou deux pour voir ce que ça donne, dit Bush.

— Monsieur Bush, fit Hornblower méchamment, je suis capable d'apprécier la situation sans le secours de vos commentaires, si savants qu'ils soient.

— Je vous demande pardon, Monsieur, dit Bush blessé.

La colère le fit rougir un instant, jusqu'à ce qu'il aperçût l'angoisse dans les yeux fatigués de Hornblower ; il s'éloigna alors en clopinant vers la lisse opposée pour oublier son ressentiment.

Comme en manière de commentaire, l'immense basse-voile du grand mât claqua violemment, une seule fois, tel un coup de canon. La brise mourait sans motif, comme elle était venue. Et la *Natividad* la sentait encore ; elle maintenait son cap sans fléchir, poussée par ce vent capricieux. Dans le Pacifique, à hauteur des tropiques, un navire peut avoir un bon vent tandis qu'un autre à deux milles de là est encalminé ; tout comme cette mer forte sur laquelle ils roulaient témoignait que la bourrasque de la nuit dernière soufflait encore, par-delà l'horizon, du côté le plus éloigné du golfe de Tehuantepec. Hornblower inquiet s'agitait, dans ce soleil brûlant ; il craignait de voir la *Natividad* lui échapper complètement ; le vent était tellement tombé qu'il ne servait plus à rien de mouiller les voiles, et la *Lydia* roulait, ballottée de droite et de gauche au gré des vagues. Dix minutes s'écoulèrent avant qu'il fût rassuré par la conduite analogue de la *Natividad*.

Il n'y avait plus un souffle d'air. La *Lydia* roulait furieusement, accompagnée par les craquements spasmodiques de la charpente, le claquement d'une voile et le grincement des poulies. Seul le bruit métallique des pompes résonnait régulièrement dans l'air chaud. La *Natividad* n'était plus qu'à quatre milles maintenant – soit un mille et demi au-delà de la portée extrême des canons de la *Lydia*.

— Monsieur Bush, annonça Hornblower, nous allons remorquer le navire. Faites mettre la chaloupe et le canot à la mer.

Un moment, l'attitude de Bush exprima le doute ; il se disait qu'on pouvait jouer à deux à ce jeu-là. Puis il comprit (ce que Hornblower avait compris avant lui) que la coque gracieuse de la *Lydia* se prêterait mieux au remorquage que la lourde masse de la *Natividad* ; sans compter qu'il était possible qu'après la bataille d'hier elle ne possédât plus de canots en état de naviguer. C'était le devoir de Hornblower de tout tenter pour mettre son navire en mesure de combattre l'ennemi.

— Équipe du canot ! Équipe de la chaloupe ! hurla Harrison, hissez les bateaux !

Les sifflets des seconds-maîtres appuyèrent les ordres. Les hommes se mirent aux palans, par groupes, et les embarcations furent l'une après l'autre hissées en l'air, puis mises à la mer, tandis que les équipages les empêchaient de heurter la *Lydia* qui dansait sur la houle.

Alors commença, pour les équipages des embarcations, le travail le plus exténuant et le plus exaspérant. Ils tiraient de toutes leurs forces sur les avirons et les lourds canots glissaient sur les vagues agitées, jusqu'à ce que les câbles de remorque se raidissent brutalement sous l'effet de la traction. Alors, ils avaient beau s'escrimer, ils semblaient ne plus avancer du tout ; et les avirons impuissants faisaient écumer l'eau bleue jusqu'à ce que la *Lydia* consentît à avancer un peu ; et toute l'opération recommençait. Le mouvement des vagues les gênait ; quelquefois, tous les rameurs du même côté faisaient fausse rame en même temps, si bien que la barque pivotait et gênait l'autre embarcation ; et puis la *Lydia*, si gracieuse et si souple en temps ordinaire, devenait une véritable garce quand on la remorquait. Elle dérivait, elle faisait des embardées, parfois elle s'enfonçait dans le creux des lames à tel point que le canot et la chaloupe, entraînés par leur arrière, se rapprochaient de son étrave hésitante dans le jaillissement de leurs avirons ; puis elle changeait d'avis et se remettait à courir si vite après les embarcations que les marins – qui souquaient de toutes leurs forces sur les manches avec l'arrière-pensée que leur effort serait sans résultat – étaient surpris par l'aisance de la progression, précipités en arrière, et en grand danger d'être abordés et coulés bas.

Ils étaient assis, nus, sur les bancs de nage, et la

sueur ruisselait sur leurs visages et leurs poitrines ; à la différence de leurs camarades aux pompes, ils ne pouvaient pas oublier leur fatigue dans l'engourdissement d'un travail monotone, car chaque instant exigeait d'eux attention et vigilance ; ils souquaient douloureusement, et les rations d'eau que leur distribuaient parcimonieusement les officiers, à l'arrière, ne suffisaient pas à calmer leur soif torturante ; ils souquaient sans désemparer, au point que leurs mains pourtant endurcies par des années passées à tirer et à haler étaient couvertes d'ampoules et de coupures, et que le contact des avirons était pour eux une torture.

Hornblower n'ignorait pas quelle dure épreuve ils subissaient. Il alla à l'avant observer les marins qui suaient sang et eau. Il savait très bien que son propre corps n'aurait pu endurer cette fatigue pendant plus d'une demi-heure, au maximum. Il donna des ordres pour qu'on les relevât d'heure en heure et fit de son mieux pour les encourager. Il éprouvait pour eux une sorte de sympathie inquiète, les trois quarts d'entre eux n'avaient jamais été marins avant ce voyage et ne désiraient pas l'être, d'ailleurs ; mais la presse, qui ne connaît point d'exception, les avait enrôlés de force sept mois plus tôt. Hornblower, plutôt contre sa volonté, savait toujours faire ce dont la plupart des officiers étaient incapables : il voyait dans son équipage non des gabiers ou des matelots, mais des porteurs, des déchargeurs, des bacheteurs, ce qu'ils étaient lorsque la presse les avait ramassés.

Il avait parmi son équipage des charretiers, des potiers, il avait même deux vendeurs de nouveautés et un imprimeur ; des hommes qu'on avait arrachés sans préavis à leur famille et à leur travail, qu'on avait obligés à peiner de cette façon dans des conditions affreuses, lamentablement nourris, hantés par la peur du chat à neuf queues ou du jonc de Harrison, et, pour clore le tout, exposés à mourir par noyade ou au combat. Un individualiste à l'esprit aussi imaginatif que Hornblower devait nécessairement éprouver de la sympathie pour eux, même lorsqu'il avait l'impression que cette sympathie était déplacée ; d'autant plus que (comme un certain nombre d'autres officiers) il se sentait devenir de plus en plus libéral à mesure que les années passaient. Mais pour contrebalancer cette faiblesse, il y avait son désir inquiet, nerveux, de mener à bien toute tâche qu'il s'était assignée. La *Natividad* étant en vue, il ne pourrait se reposer tant qu'il n'aurait pas engagé l'action ; et quand le capitaine d'un navire ne peut se reposer, son équipage ne le peut certes pas non plus, en dépit des dos douloureux et des mains couvertes de sang.

En mesurant exactement avec son sextant les angles sous-tendus, il put dire avec certitude, au bout d'une heure, que les efforts des rameurs avaient rapproché légèrement la *Lydia* de la *Natividad* ; et Bush, qui avait fait les mêmes mesures, était d'accord. Le soleil montait toujours, et la *Lydia* glissait vers son ennemi, pouce après pouce.

— La *Natividad* met un canot à la mer, Monsieur, héla Knyvett de la hune de misaine.

— Combien de rames ?

— Douze, il me semble, Monsieur, ils prennent leur navire en remorque.

— Grand bien leur fasse, railla Bush. Ce n'est pas avec douze rames que ce vieux sabot ira loin.

Hornblower lui lança un regard furibond, et Bush regagna son secteur du gaillard d'arrière ; il avait oublié que son capitaine était aujourd'hui d'une humeur peu loquace. Hornblower s'énervait tant qu'il en était fiévreux. Il restait dans le soleil aveuglant et le pont lui renvoyait la chaleur au visage. Sa chemise lui irritait la peau, là où il transpirait. Il se sentait enfermé – comme une bête captive –, prisonnier des contraintes pratiques. Le cliquetis ininterrompu des pompes, le roulis du navire, le bruit du gréement, le grincement des porte-rames, tout cela le rendait fou ; il aurait été capable de hurler ou de pleurer à la moindre provocation supplémentaire.

À midi, il releva les hommes occupés aux pompes et aux avirons, et fit manger l'équipage, il se rappela avec amertume qu'il les avait déjà fait déjeuner plus tôt en prévision d'un combat imminent. À une heure, il commença à se demander si la *Natividad* n'était pas à la limite de la portée de ses canons, mais son hésitation même lui prouva que ce n'était pas le cas ; il connaissait trop bien son tempérament optimiste et il lutta contre la tentation de gaspiller sa poudre et ses boulets. Puis, tandis que pour la millième fois il regardait dans sa lunette, il vit soudain un disque blanc apparaître sur la haute poupe de la *Natividad.* Le disque s'étendit, s'élargit en un mince nuage, et dix secondes après son apparition, le bruit sourd du coup atteignit ses oreilles. La *Natividad* voulait évidemment essayer la distance.

— La *Natividad* porte deux canons longs de dix-huit sur le gaillard d'arrière, dit Gerard à Bush, assez près pour que Hornblower l'entendît. Un gros calibre pour des pièces de retraite.

Hornblower le savait déjà. Il lui faudrait défier ces deux canons pendant une heure, peut-être, avant de pouvoir mettre en action son canon de bronze de neuf, à l'avant. Une autre bouffée de fumée apparut sur la *Natividad* et, cette fois, Hornblower vit une gerbe d'eau jaillir du coin d'une vague à un demi-mille en avant. Mais à cette distance et sur cette mer houleuse, cela ne signifiait pas que la *Lydia* fût encore à un demi-mille au-delà de la portée de la *Natividad.* Hornblower entendit arriver le coup suivant et vit s'élever un instant une colonne d'eau à environ cinquante mètres de la frégate, à bâbord.

— Monsieur Gerard ! ordonna-t-il, envoyez chercher M. Marsh et voyez ce qu'il peut faire avec le canon long de neuf, à l'avant.

Cela encouragerait les hommes, d'entendre de temps à autre le bruit de leurs propres canons, au lieu de rester là à recevoir les coups sans répondre. Marsh sortit en se dandinant de l'obscurité de la soute aux munitions et cligna des paupières dans le soleil aveuglant. Il secoua la tête d'un air de doute lorsqu'il vit la distance qui séparait les navires, mais il fit dégager le canon, et le chargea de ses propres mains, avec amour. Il mesura la charge maximale de poudre et passa plusieurs secondes à choisir dans le coffre le boulet le plus rond et le plus lisse. Il pointa avec soin, puis se tint sur le côté, cordon tire-feu en main, à observer le soulèvement du navire et les plongeons de la proue, tandis qu'une dizaine de lunettes étaient braquées vers la *Natividad* et que tous les yeux étaient prêts à observer le point de chute. Soudain, Marsh tira le cordon et le bronze rugit, la détonation claquant sec dans l'air immobile et surchauffé.

— Deux encablures trop court, glapit Knyvett dans la hune de misaine.

Hornblower n'avait pas vu la gerbe d'eau – une preuve de plus, d'après lui, de son incompétence – mais il cacha le fait sous un masque d'imperturbabilité.

— Essayez encore, monsieur Marsh, dit-il.

La *Natividad* faisait maintenant feu des deux pièces de retraite à la fois. Comme Hornblower parlait, on entendit un craquement à l'avant ; un boulet de dix-huit avait atteint la *Lydia* tout près de la ligne de flottaison. Hornblower entendit le jeune Savage, dans la chaloupe, aiguillonner les rameurs en les injuriant d'une voix pointue ; ce boulet avait dû passer juste au-dessus de leur tête. Marsh se caressa la barbe et se remit en devoir de charger sa pièce. Pendant ce temps, Hornblower était profondément absorbé à supputer les chances de la bataille prochaine.

Ce canon de neuf, bien que d'un calibre inférieur, avait une portée plus grande que les pièces du pont principal, cependant que les caronades qui composaient la moitié de l'armement de la *Lydia* n'étaient bonnes à rien, sauf à très courte portée. La *Lydia* devrait s'approcher très près de son adversaire avant de pouvoir l'attaquer efficacement. Il y aurait un sale instant à passer entre le moment où la *Natividad* pourrait mettre tous ses canons en action et celui où la *Lydia* pourrait lui répondre. Il y aurait des victimes, des canons mis hors de combat peut-être, sans doute des pertes sérieuses.

Hornblower pesait dans son esprit les arguments pour et contre la poursuite de la manœuvre d'approche, pendant que Marsh étudiait en louchant la ligne de tir du canon. Puis le capitaine fronça les sourcils et cessa de se caresser le menton ; il avait pris une décision. Il avait engagé le combat ; il le poursuivrait jusqu'au bout. Advienne que pourra. La souplesse de son esprit savait se cristalliser en un entêtement obstiné. Le canon de neuf tonna, comme pour marquer cette décision.

— À sa hauteur, légèrement sur le côté, cria Knyvett d'un air de triomphe.

— Mes compliments, monsieur Marsh, fit Hornblower, et Marsh agita sa barbe de contentement.

La *Natividad* tirait plus vite, maintenant. À trois reprises, un bruit de bois qui vole en éclats avait témoigné d'un coup bien ajusté. Soudain une poussée, comme d'une main invisible, fit chanceler Hornblower sur le gaillard, et ses oreilles furent remplies d'un bruit sec et déchirant. Un boulet effleurant le couronnement avait labouré le bordage. Un fantassin de l'infanterie de marine, assis non loin, contemplait d'un air stupide sa jambe gauche qui n'avait plus de pied ; un autre avait lâché son fusil, qui tomba avec un grand fracas, et porté la main à sa figure qu'un éclat de bois avait déchirée ; le sang giclait entre ses doigts.

— Êtes-vous blessé ? Monsieur, s'écria Bush, se précipitant d'un bond vers Hornblower.

— Non !

Hornblower se retourna pour observer la *Natividad* avec sa lunette pendant qu'on emmenait les blessés. Il vit le long du vaisseau ennemi un point noir qui s'allongea et se sépara d'elle. C'était le canot avec lequel ils avaient essayé d'établir une remorque ; peut-être abandonnaient-ils la tentative.

Pourtant, on ne hissait pas le canot à bord. Pendant une seconde, Hornblower fut perplexe. Le petit bout de mât d'artimon et le grand mât devinrent visibles : le canot, à grand-peine, faisait tourner la *Natividad*, si bien que toute sa bordée porterait ! Ce n'étaient plus deux, mais vingt-cinq canons qui bientôt ouvriraient le feu sur la *Lydia* !

Hornblower sentit sa respiration s'accélérer de manière inattendue, et il dut avaler sa salive afin de remettre les choses en ordre. Son pouls aussi était plus rapide. Il se força à rester là, la lunette à l'œil, jusqu'à ce qu'il fût certain de la manœuvre adverse, puis il s'avança sans se presser jusqu'au passavant. Il faisait un effort pour paraître gai et insouciant ; il savait que ceux qu'il commandait combattraient d'un meilleur cœur pour un capitaine comme ça.

— Ils nous attendent maintenant, mes amis, dit-il. Nous n'allons pas tarder à entendre leurs petits cailloux siffler à nos oreilles. Montrons-leur que des Anglais s'en moquent.

Ils l'acclamèrent pour ces paroles, comme il s'y attendait et comme il l'espérait. Il regarda de nouveau dans sa lunette. La *Natividad* virait toujours, très lentement ; c'était une longue opération que de faire tourner un bateau de deux ponts, lourd et peu maniable, par calme plat. Mais ses trois mâts étaient nettement séparés maintenant, et il apercevait même les larges bandes blanches qui ornaient ses flancs.

— Hum, hum, fit-il.

À l'avant, il entendait grincer les avirons tandis que les rameurs s'efforçaient d'amener la *Lydia* aux prises avec son ennemie. Sur le pont, un petit groupe d'officiers – Bush et Crystal entre autres – entamaient une discussion académique sur le pourcentage de coups au but que l'on pouvait attendre d'une bordée espagnole à une distance d'un mille. Ils en parlaient avec un sang-froid qu'il ne pourrait jamais espérer imiter avec sincérité. Il ne craignait pas la mort autant – à beaucoup près – que la défaite et la pitié méprisante de ses collègues. Et ce qu'il redoutait surtout, au fond, c'était la mutilation. Un ancien officier de marine clopinant sur ses deux jambes de bois pouvait être un objet de compassion, on pouvait – du bout des lèvres – lui rendre hommage comme à l'un des héroïques défenseurs de la Grande-Bretagne ; il n'en était pas moins un personnage grotesque. Hornblower redoutait l'idée d'être un jour un personnage grotesque. Il pouvait perdre son nez, ou une joue, et être à ce point mutilé que les gens ne pourraient pas supporter sa vue. C'était cette pensée horrible qui le faisait frémir tandis qu'il regardait dans sa lunette : si horrible qu'il ne s'arrêta pas aux détails qui l'accompagnaient, aux tortures qu'il lui faudrait endurer, livré à l'incompétence de Laurie dans les ténèbres du poste des blessés…

La *Natividad* fut soudain environnée de fumée ;

quelques secondés plus tard, l'air et l'eau autour de la *Lydia*, et la *Lydia* elle-même, furent déchirés par la bordée retentissante.

— Pas plus de deux coups au but ! clama Bush joyeusement.

— Exactement ce que j'avais dit, reprit Crystal. Il faudrait que leur capitaine fasse le tour des canons et les pointe lui-même.

— Qui vous dit qu'il ne l'a pas fait ? lança Bush, sur le ton de la discussion.

Le canon de neuf à l'avant ponctua cette phrase d'un coup de défi retentissant. Hornblower avait les yeux rivés sur la *Natividad* ; il crut voir voler des éclats de bois au milieu du navire, bien que ce fût improbable à cette distance.

— Bien visé, monsieur Marsh, cria-t-il, vous l'avez eu en plein !

Une autre bordée arriva, suivie d'une autre, puis d'une troisième. À maintes reprises les ponts de la *Lydia* furent balayés d'un bout à l'autre par les projectiles. Il y avait à nouveau des morts allongés sur le pont, et des blessés gémissants que l'on descendait au-dessous.

— Il est évident pour quiconque a l'esprit mathématique, observa Crystal, que ces canons sont tous pointés par des mains différentes. Les coups sont bien trop éparpillés pour qu'il en soit autrement.

— Bêtises ! maintint Bush vigoureusement. Voyez l'intervalle entre les bordées. Le même homme a le temps de pointer tous les canons. Autrement, que feraient-ils pendant tout ce temps ?

— Un équipage de Dagos ?… commença Crystal

– mais le sifflement soudain des boulets au-dessus d'eux le fit taire un instant.

— Monsieur Galbraith ! hurla Bush, faites faire une épissure à cet étai de grand perroquet sur-le-champ – puis il se tourna vers Crystal d'un air de triomphe. Avez-vous remarqué, poursuivit-il, que chacun des coups de cette bordée est passé trop haut ? Comment l'esprit mathématique explique-t-il cela ?

— Ils ont tiré quand le roulis les soulevait, monsieur Bush. Vraiment, il me semble qu'après Trafalgar...

Hornblower brûlait d'envie de les prier de cesser cette discussion qui lui déchirait les nerfs ; mais il ne pouvait se montrer tyrannique à ce point.

Dans l'air calme, la fumée des canons de la *Natividad* s'était accumulée autour d'elle et elle apparaissait comme un fantôme à travers ce nuage, d'où émergeait la tête du mât d'artimon.

— Monsieur Bush, demanda Hornblower, à quelle distance croyez-vous qu'elle soit maintenant ?

Bush évalua avec soin.

— Trois quarts de mille, il me semble, Monsieur.

— Plutôt deux tiers, Monsieur, corrigea Crystal.

— Je ne vous ai pas demandé votre avis, monsieur Crystal, fit sèchement Hornblower.

À trois quarts de mille, même à deux tiers, les caronades de la *Lydia* seraient sans effet. Elle devait continuer à subir le feu. Bush était évidemment de cet avis, à en juger par les ordres qu'il donna.

— Il est temps de relever les hommes aux

avirons, dit-il, et il se dirigea vers l'avant pour s'en occuper.

Hornblower l'entendit bousculer les nouvelles équipes pour les faire descendre rapidement dans les canots, dans sa hâte de voir reprendre le halage avant que la *Lydia* n'ait eu le temps de perdre le peu d'erre qu'elle avait acquise.

Il faisait une chaleur accablante sous le soleil ardent, bien que midi fût passé depuis longtemps. L'odeur du sang sur les ponts se mêlait à l'odeur des coutures brûlantes du bordage et de la fumée du canon avec lequel Marsh bombardait toujours régulièrement l'ennemi. Hornblower se sentait malade, si malade qu'il redoutait de se déshonorer à tout jamais en vomissant au vu de l'équipage. Quand il était ainsi affaibli par la fatigue et l'angoisse, il était bien plus sensible au roulis et au tangage du navire sous ses pieds. Il remarqua que les servants des canons étaient maintenant silencieux ; pendant longtemps, ils avaient ri et plaisanté à leur poste ; mais maintenant ils commençaient à trouver la punition amère. C'était mauvais signe.

— Faites-moi venir Sullivan avec son violon, ordonna-t-il.

L'Irlandais aux cheveux roux vint à l'arrière, violon et archet sous le bras. Il porta deux doigts à son front.

— Jouez-nous un air, Sullivan. Et là-bas, vous autres, lequel d'entre vous danse le mieux la matelote ?

Les avis différaient à ce sujet, apparemment.

— Benskin, Monsieur, dirent les uns.

— Hall, Monsieur ! suggérèrent d'autres.

— Non, Mac Evoy, Monsieur.

— Eh bien, nous allons organiser un tournoi, proposa Hornblower. Benskin, Hall, Mac Evoy, venez par ici. Dansez-nous chacun une matelote et il y aura une guinée pour celui qui sautera le mieux !

Par la suite on raconta de bouche en bouche comment la *Lydia* avait été amenée au combat à la remorque, pendant que l'on dansait la matelote sur son pont. On cita cela comme un exemple du courage et du sang-froid de Hornblower ; et seul Hornblower savait le peu de vérité contenu dans cette imputation. Ce tournoi avait permis aux hommes de conserver leur bonne humeur, et c'est pour cela qu'il l'avait organisé. Personne ne sut jamais comme il avait été près de vomir lorsqu'un boulet, traversant un sabord à l'avant, avait éclaboussé Hall de la cervelle d'un des marins, sans lui faire manquer un pas.

Plus tard, pendant ce terrible après-midi, on entendit un craquement à l'avant, suivi de cris et de hurlements.

— La chaloupe est coulée, Monsieur ! cria Galbraith du gaillard d'avant.

Il avait à peine prononcé ces mots que Hornblower était là.

Un boulet avait pratiquement réduit la chaloupe à ses éléments initiaux, et les survivants se débattaient dans l'eau, les uns essayant d'attraper la soubarbe de beaupré, les autres s'efforçant de grimper dans le canot, tous affolés par la peur des requins.

— Les Dagos nous ont épargné la peine de la rentrer, dit-il à haute voix. Nous sommes assez près maintenant pour leur montrer que nous avons bec et ongles.

Les hommes qui l'entendirent poussèrent une acclamation.

— Monsieur Hooker ! cria-t-il à l'enseigne du canot, quand vous aurez recueilli ces hommes, mettez la barre à bâbord, je vous prie. Nous allons ouvrir le feu.

Il regagna le gaillard d'arrière.

— Bâbord toute, grommela-t-il au quartier-maître. Monsieur Gerard, vous pourrez ouvrir le feu quand vos canons porteront.

La *Lydia* se mit à tourner très lentement. Une autre bordée de la *Natividad* l'atteignit avant qu'elle eût terminé son mouvement ; mais Hornblower ne l'entendit positivement pas. La période d'inaction était maintenant révolue. Il avait amené son navire à moins de quatre cents yards de l'ennemi et, dorénavant, il n'avait plus qu'à arpenter le pont comme un exemple pour ses hommes. Il n'y avait plus de décisions à prendre.

— Armez vos platines ! hurla Gerard depuis le passavant.

— Doucement, monsieur Hooker, cela suffit ! hurla Hornblower à son tour.

La *Lydia* continua de tourner pouce par pouce, pendant que Gerard visait le long d'un des canons de bâbord pour juger du moment où il porterait.

— Pointez ! hurla-t-il.

Et il recula ; il lui fallait tenir compte du roulis du navire dans cette forte houle.

— Feu !

Des torrents de fumée s'échappèrent dans le

tonnerre de la décharge, et la *Lydia* se souleva sous le recul des pièces.

— Remettez-lui ça, mes amis ! cria Hornblower à travers le vacarme.

Maintenant que le combat était engagé, il se trouvait plein d'exaltation et heureux ; la terreur de la mutilation était oubliée. En trente secondes, les canons furent rechargés, mis en batterie, et déchargés. Et encore, et toujours, sans cesse, Gerard calculait le roulis et donnait le signal. En réfléchissant au nombre des bordées tirées, Hornblower en compta cinq pour la *Lydia*, contre deux à la *Natividad* dans le même temps. À cette cadence, la supériorité de la *Natividad* en nombre de pièces et en poids de la bordée serait plus que compensée ! À la sixième bordée, un canon partit prématurément, une seconde avant le signal de Gerard. Hornblower bondit pour déceler la pièce coupable, c'était facile à voir aux regards furtifs qu'échangeaient les servants et à leur air affairé, très suspect. Il leva le doigt vers eux.

— Attention là-bas ! cria-t-il. Je ferai fouetter le premier qui tirera avant son tour !

Il était indispensable d'avoir les hommes bien en main tant que la distance serait aussi grande, car dans l'ardeur et l'excitation du combat, on ne pouvait se fier aux chefs de pièces, occupés à charger et à peiner, pour apprécier les mouvements du navire.

— Sacré Horny ! dit une voix flûtée, anonyme, à l'avant.

Il y eut des éclats de rire, et des hourras qu'interrompit net la voix de Gerard ordonnant le feu.

La fumée qui entourait la *Lydia* était déjà épaisse, aussi épaisse qu'un brouillard de Londres, de sorte qu'il était impossible, du gaillard d'arrière, de distinguer les hommes à l'avant ; dans l'obscurité anormale qu'elle provoquait, on pouvait voir les longues flammes orange jaillir de la gueule des canons, en dépit du soleil éclatant. On n'apercevait de la *Natividad* que son haut nuage de fumée et l'unique tête de mât qui en sortait. La fumée grasse qui rampait sur la *Lydia* en épaisses volutes faisait mal aux yeux, irritait les poumons et agaçait la peau comme le fait un temps orageux, au point qu'on en éprouvait un picotement désagréable. Hornblower aperçut Bush à côté de lui.

— La *Natividad* commence à accuser nos coups, Monsieur ! hurla-t-il au milieu du vacarme. Son feu est très irrégulier, tenez, regardez, Monsieur.

Un ou deux coups seulement de la dernière bordée avaient touché le but. Une demi-douzaine plongèrent ensemble dans la mer, à l'arrière de la *Lydia,* faisant jaillir des gerbes d'eau dont l'écume éclaboussa le gaillard. Cela justifiait Hornblower de s'être approché à cette distance et d'avoir couru les risques qu'impliquait cette approche. Maintenir un feu nourri, bien dirigé, au milieu du vacarme, de la fumée, de la confusion et des pertes en vies humaines qui sont le lot de toute bataille navale exigeait une discipline et un entraînement que l'équipage de la *Natividad* ne pouvait pas se flatter de posséder, il le savait très bien.

Il regarda, à travers la fumée, le pont principal de la *Lydia.* Une personne inexpérimentée, observant la précipitation et l'agitation des mousses portant les seaux à gargousses, les efforts frénétiques des servants, les morts et les blessés, l'obscurité et le vacarme, pouvait bien évoquer une scène de confusion ; mais Hornblower ne s'y trompait pas. Tout ce qui se passait sur ce pont, chacune des actions, faisait partie du plan élaboré par lui sept mois plus tôt, lorsqu'il avait pris le commandement de la frégate, et inculqué depuis, par de longs et pénibles exercices, dans l'esprit de tous à bord. Il voyait Gerard, debout près du grand mât, dans une attitude extatique qui lui donnait presque l'air d'un saint (les canons étaient la passion dominante de Gerard, au même titre que les femmes) ; il voyait les enseignes et les autres officiers chacun auprès de sa section, chacun regardant Gerard pour en attendre les ordres et faisant tirer ses canons suivant le rythme prévu ; il voyait les chargeurs avec leurs refouloirs, les nettoyeurs avec leurs éponges, les chefs de pièce penchés sur les culasses, main droite levée.

La batterie de bâbord était déjà dépouillée de la plupart de ses servants ; il n'y avait plus que deux hommes par canon, qui n'avaient rien à faire, mais se tenaient prêts à intervenir pour le cas où un changement dans la bataille permettrait à leurs pièces d'entrer en action. Les autres servants étaient occupés à un endroit ou à un autre, les uns remplaçaient les blessés à tribord ou manœuvraient les pompes, dont on continuait à entendre le cliquetis lugubre et régulier à travers le vacarme effroyable ; d'autres étaient dans le canot, appuyés sur les avirons, ou dans la mâture, à réparer les dégâts. Hornblower trouva le temps de remercier le ciel de lui avoir accordé sept mois pour amener son équipage au degré de discipline et d'entraînement actuel.

Pour une cause indéterminée – le recul des canons, un léger souffle d'air, ou le fort tangage – la *Lydia* tournait légèrement et s'éloignait de l'ennemi. Hornblower vit que, pour pointer ses pièces, il lui fallait les déplacer de plus en plus, si bien que la cadence de tir s'en trouvait ralentie.

Il courut à l'avant et s'avança le long du beaupré jusqu'à ce qu'il fût au-dessus du canot d'où Hooker et ses hommes regardaient la bataille.

— Monsieur Hooker ! Ramenez l'avant de deux quarts vers tribord.

— Bien, Monsieur.

Les hommes se courbèrent sur les avirons et ramèrent en direction de la *Natividad* ; le câble de remorque se raidit, pendant qu'une autre bordée mal dirigée transformait l'eau en écume tout autour d'eux. Hornblower les quitta et regagna l'arrière en courant. Un mousse l'y cherchait, livide.

— C'est M. Howell, le charpentier, qui m'envoie, Monsieur. La pompe à godets de tribord est en morceaux...

— Oui ?

Hornblower savait que Howell n'enverrait pas uniquement un message de désespoir.

— Il est en train d'en installer une autre, Monsieur... mais il faudra une heure pour qu'elle fonctionne. Il m'a dit de vous dire que l'eau montait un peu, Monsieur...

— Hum, hum ! fit Hornblower.

Maintenant l'enfant ne ressentait plus la gêne

qu'il avait éprouvée à parler pour la première fois à son capitaine ; il ouvrit des yeux ronds et s'épancha :

— … Il y a eu quatorze hommes mis en bouillie à la pompe, Monsieur !… Épouvantable, Monsieur !…

— Allons… Retourne vite vers M. Howell et dis-lui que le capitaine est certain qu'il fera de son mieux pour faire fonctionner la nouvelle pompe.

— Bien, Monsieur.

L'enfant descendit précipitamment sur le pont et Hornblower le vit courir vers l'avant en faisant des crochets pour éviter les hommes qui s'agitaient dans cet espace encombré. Il dut donner des explications au soldat qui montait la garde à l'écoutille de proue, personne ne pouvant descendre à l'intérieur du navire s'il n'était capable de prouver que son service l'y appelait. Hornblower eut l'étrange impression que le message de Howell n'avait aucune importance ; il n'appelait de sa part à lui aucune décision. Il n'y avait qu'une chose à faire : continuer le combat, que le navire s'enfonçât ou non sous eux… Il éprouvait soudain comme un réconfort, à se sentir ainsi libre de toute responsabilité…

— Déjà une heure et demie que ça dure, annonça Bush qui vint vers lui en se frottant les mains. Splendide, Monsieur, splendide !

Hornblower n'aurait pu dire s'il y avait une heure et demie ou dix minutes ; mais Bush, comme il était de son devoir, avait observé le sablier près de l'habitacle.

— Je n'ai encore jamais vu de Dagos rester aussi

longtemps à leurs canons, commenta Bush. Leur tir n'est pas fameux, mais leur cadence est toujours aussi rapide. Et, pourtant, je crois bien qu'on les a touchés durement, Monsieur !

Son regard essaya de percer la fumée tourbillonnante ; il fit même le geste ridicule de la chasser de la main, ce qui montrait qu'il n'était pas aussi calme qu'il semblait l'être ; Hornblower en éprouva un plaisir absurde. Crystal s'approcha pendant que Bush parlait.

— La fumée s'éclaircit un peu, Monsieur. On dirait qu'un léger souffle d'air…

Il leva son doigt mouillé.

— Oui, oui, je vous assure, Monsieur ! Un rien de brise venant de bâbord arrière. Ah !

Pendant qu'il parlait, une bouffée plus vigoureuse les atteignit ; elle entraîna la fumée en masse compacte vers tribord avant et révéla toute la scène comme si un rideau s'était levé. La *Natividad* apparut : elle ressemblait à une épave. Son mât de misaine de fortune avait suivi son prédécesseur, et son grand mât avait disparu. Seul restait maintenant son mât d'artimon. Elle roulait furieusement dans la houle et un énorme enchevêtrement de cordages et de mâture pendait sur son bord non engagé. À la hauteur du mât de misaine, la muraille avait été enfoncée et trois sabords n'en formaient plus qu'un ; l'ouverture faisait penser à une bouche partiellement édentée.

— Elle est bien basse sur l'eau, dit Bush.

Mais au même instant la fumée d'une nouvelle bordée jaillit du flanc délabré du vaisseau, et cette fois, par on ne sait quel hasard, tous les coups portèrent, comme l'indiquaient assez les craquements au-dessous d'eux.

Des tourbillons de fumée enveloppèrent la *Natividad* ; lorsqu'ils se dispersèrent, ceux qui observaient le vaisseau à bord de la *Lydia* le virent faire tête au vent, impuissant sous ce souffle d'air. La *Lydia* avait senti la brise ; Hornblower eut la sensation qu'elle pouvait de nouveau gouverner ; le quartier-maître à la roue faisait tourner les poignées pour maintenir le navire dans la bonne direction. Hornblower vit sa chance sur-le-champ.

— Tribord un quart, ordonna-t-il. Ohé de l'avant ! Larguez le canot !

La *Lydia* reprit son aplomb, passa sur l'avant de son ennemie et le tonnerre de ses bordées la prit d'enfilade.

— Masquez le grand hunier, ordonna Hornblower.

On entendit de nouveau, par-dessus le fracas des canons, les acclamations des marins sur le pont principal. À l'arrière, le soleil rouge s'enfonçait dans la mer, dans une splendeur de pourpre et d'or. Il ferait bientôt nuit.

— Elle va devoir amener son pavillon bientôt, Jésus ! Pourquoi ne l'amène-t-elle pas, disait Bush, tandis qu'à petite distance les bordées déchiraient l'ennemi impuissant, le prenant en enfilade de l'avant à l'arrière.

Hornblower ne s'y trompait pas : un bateau commandé par Crespo et battant le pavillon d'El Supremo ne se rendrait jamais. Il voyait à travers la fumée flotter l'étoile d'or sur fond bleu.

— Allez-y les gars, pilonnez-le, pilonnez-le ! hurlait Gérard.

La distance étant raccourcie, il pouvait maintenant permettre aux chefs de pièce de tirer individuellement. Chaque pièce chargeait et tirait aussi rapidement que possible. Les canons étaient si chauds qu'à chaque décharge ils bondissaient sur leurs affûts et les éponges dégouttantes d'eau qu'on passait dans les tubes grésillaient et fumaient au contact du métal brûlant. Il faisait plus sombre maintenant. On apercevait de nouveau l'éclair des décharges, longues langues orange qui jaillissaient des bouches à feu. Haut dans le ciel, au-dessus du soleil qui déclinait, la première étoile brillait d'un vif éclat.

Le beaupré de la *Natividad* avait disparu ; brisé en morceaux, il restait suspendu sous l'étrave ; puis, dans la lumière faiblissante, le mât d'artimon tomba lui aussi, déchiqueté par les boulets qui s'étaient frayé un passage sur toute la longueur du navire.

— Elle ne peut pas ne pas se rendre, maintenant, Bon Dieu ! pestait Bush.

À Trafalgar, on l'avait envoyé comme capitaine de prise à bord d'un vaisseau espagnol capturé, et il avait conservé le souvenir vivace de ce qu'était un vaisseau vaincu : les canons démontés, les morts et les blessés entassés sur le pont, balancés de droite et de gauche suivant le roulis du navire démâté ; les souffrances, les douleurs, l'impuissance totale. Comme une réponse à cette pensée, un éclair jaillit soudain à l'avant de la *Natividad.* Quelques âmes dévouées avaient réussi, au moyen de treuils et d'anspects, à faire pivoter un canon de façon qu'il puisse tirer vers l'avant, et ouvraient le feu sur la masse sombre de la *Lydia*.

— Pilonnez-le, les gars, pilonnez-le ! hurlait Gerard à demi fou de fatigue et d'exaltation.

La *Lydia*, poussée par la masse de sa superstructure, dérivait rapidement vers le navire espagnol rasé et ballotté. À chaque seconde, la distance diminuait. Lorsqu'ils n'étaient pas aveuglés par la flamme des canons, Hornblower et Bush voyaient dans l'obscurité des ombres s'agiter sur le pont de la *Natividad*. Ils tiraient au fusil maintenant. La lueur des coups de feu déchirait l'obscurité et Hornblower entendit une balle s'enfoncer dans la lisse, à côté de lui. Il ne s'en soucia pas ; il n'avait plus conscience que de son extrême lassitude.

Le vent était capricieux ; il arrivait par bouffées soudaines et changeait de direction inopinément. Il était difficile, surtout dans l'obscurité, d'apprécier exactement la façon dont les vaisseaux se rapprochaient.

— Plus près nous serons, plus vite nous en aurons fini ! lança Bush.

— Oui, mais nous allons bientôt l'aborder, fit Hornblower.

Il se secoua par un dernier effort.

— Dites aux hommes de se préparer à repousser un abordage, dit-il ; et il se dirigea vers le côté tribord du gaillard où les deux caronades tonnaient.

Leurs servants étaient tellement occupés à charger et à tirer, tellement hypnotisés par la monotonie de leur travail, qu'il lui fallut plusieurs secondes pour attirer leur attention. Alors, ils se tinrent immobiles ; la sueur coulait sur leur visage tandis que Hornblower donnait ses ordres. Ils prirent de la mitraille dans le coffre de réserve placé près du couronnement et en chargèrent les caronades. Puis, ils se tapirent auprès des canons et attendirent, tandis que les navires se rapprochaient et que les canons du pont maintenaient un feu nourri sur le vaisseau ennemi. De ce dernier partaient des cris et des hurlements de défi, et les éclairs des mousquets laissaient apercevoir sur son avant une masse sombre d'hommes qui n'attendaient que le moment où les navires arriveraient en contact. Pourtant le contact, quand il se produisit, fut inattendu : l'action combinée du vent et de la mer précipita soudain les navires l'un contre l'autre et combla le vide qui les séparait. L'étrave de la *Natividad* heurta la *Lydia* en plein travers, juste en avant du mât d'artimon, avec un craquement épouvantable. Du vaisseau s'éleva un concert de hurlements infernaux tandis que les hommes se précipitaient en masse à l'avant pour l'abordage ; les chefs de pièce des caronades bondirent sur les cordons tire-feu.

— Attendez ! cria Hornblower.

Son esprit était comme une machine à calculer ; il appréciait le vent et la mer, le temps et la distance. La *Lydia* virait lentement. À force de bras et à l'aide d'anspects, il tourna une caronade et la pointa ; l'autre suivit son exemple pendant qu'à bord de la *Natividad* les hommes se tassaient à l'avant, le long des bastingages, attendant le moment de l'abordage. Les deux caronades étaient dirigées en plein sur eux.

— Feu !

Les pièces crachèrent un millier de balles de mousquet au beau milieu de cette foule compacte. Il y eut un instant de silence, puis le concert de cris et d'exclamations fit place à un chœur aigu de plaintes et de hurlements de douleur. La rafale de balles de fusils avait balayé l'avant de la *Natividad*, d'un bord à l'autre.

Pendant un moment, les deux navires restèrent comme soudés ; la *Lydia* avait encore une douzaine de canons capables de porter, et ils pilonnaient sans rémission l'avant de l'espagnol que leurs gueules touchaient presque. Puis l'action du vent et de la mer les sépara, la *Lydia* tombant sous le vent en s'éloignant de cette coque désemparée dont les lames se jouaient ; tous les canons du navire anglais étaient en action ; de la *Natividad* ne partait plus ni un coup de canon, ni un coup de fusil.

Hornblower lutta de nouveau contre sa lassitude.

— Cessez le feu ! ordonna-t-il à Gerard sur le pont principal, et les canons restèrent silencieux.

Hornblower fixa dans l'obscurité la forme vague de la *Natividad* barbotant lourdement au milieu des vagues.

— Rendez-vous ! cria-t-il.

— Jamais ! arriva la réponse – la voix de Crespo, il l'aurait juré –, une voix légère et aiguë, qui ajouta deux ou trois mots d'insultes obscènes.

Hornblower pouvait se permettre d'en sourire, même malgré sa fatigue : il avait livré cette bataille et l'avait gagnée.

— Vous avez fait tout ce que des braves pouvaient faire ! cria-t-il.

— Pas encore ; capitaine ! gémit la voix dans les ténèbres.

Puis quelque chose frappa le regard de Hornblower, une lueur rouge, tremblotante, vers l'avant indistinct de la *Natividad*.

— Crespo ! espèce d'idiot ! hurla-t-il. Votre navire est en feu ! Rendez-vous pendant qu'il est encore temps !

— Jamais !

Les canons de la *Lydia*, tout contre le flanc de la *Natividad*, avaient envoyé leurs bourres enflammées parmi les débris de sa charpente. Le bois du vieux navire – sec comme de l'amadou – s'était enflammé et le feu s'étendait rapidement. Il flambait de plus en plus clair ; bientôt le navire serait une masse de flammes. Le premier devoir de Hornblower était de penser à son propre navire ; quand l'incendie atteindrait les charges de poudre des ponts, ou la soute aux poudres, la *Natividad* deviendrait un volcan vomissant des brandons enflammés qui pouvaient mettre en danger la *Lydia*.

— Il faut nous élever au large, loin d'elle. Monsieur Bush ! déclara Hornblower d'un ton conventionnel pour masquer le tremblement de sa voix. Montez les vergues !

La *Lydia* vira de bord et cingla au plus près, gagnant dans le vent pour s'éloigner de l'épave embrasée. Bush et Hornblower se retournèrent pour la regarder. On voyait maintenant des flammes claires sortir de son avant déchiqueté ; la lueur rouge était reflétée tout autour dans la mer agitée. Et puis, tandis qu'ils regardaient, ils virent les flammes disparaître soudainement, comme une bougie qui s'éteint. Il n'y eut plus rien de visible, plus rien que l'obscurité et le léger miroitement à la crête des vagues. La mer avait englouti la *Natividad* avant que l'incendie eût eu le temps de la détruire.

— Coulée ! Grands dieux ! s'exclama Bush penché sur le bastingage.

Pendant les secondes de silence qui suivirent, Hornblower eut l'impression d'entendre encore la plainte de cet ultime « Jamais ! »... Pourtant il fut peut-être le premier de tout l'équipage à se remettre du choc. Il vira de bord à nouveau et gagna l'endroit où la *Natividad* avait coulé. Il expédia Hooker avec le canot à la recherche des survivants – le canot était la seule embarcation qui restât – car la yole et le petit canot avaient été mis en pièces par les canons ennemis, et les planches de la chaloupe flottaient à cinq milles de là. On recueillit quelques survivants, deux furent sortis de l'eau par les marins agrippés aux porte-haubans de la *Lydia*, et le canot en trouva une demi-douzaine qui nageaient ; ce fut tout. L'équipage de la *Lydia* essaya de les traiter avec gentillesse lorsqu'ils furent sur le pont dans la lumière des lanternes, l'eau ruisselant de leurs vêtements en lambeaux et de leurs cheveux noirs et raides ; mais ils étaient sombres et silencieux ; il y en eut même un qui se débattit pendant un moment, comme pour continuer la bataille que la *Natividad* avait livrée avec tant d'acharnement.

— Ça ne fait rien, nous en ferons quand même des gabiers, dit Hornblower, essayant de prendre un ton léger.

La fatigue avait maintenant atteint un tel degré qu'il parlait comme dans un rêve, comme si toutes ces choses solides qui l'entouraient – le navire, ses canons, ses mâts et ses voiles, la forme massive de Bush – étaient irréelles et spectrales ; seules existaient vraiment son extrême lassitude et cette douleur dans la tête. Le son de sa propre voix lui semblait lointain.

— Oui, Monsieur, approuva le maître d'équipage.

Tout faisait farine au moulin de la Marine royale. Harrison était prêt à transformer en marins le matériel humain le plus invraisemblable ; il n'avait fait que ça toute sa vie.

— Quelle route vais-je suivre, Monsieur ? demanda Bush, quand Hornblower revint sur le gaillard d'arrière.

— Quelle route ? répéta Hornblower d'un air vague. Quelle route ?

Il était terriblement difficile de se rendre compte que la bataille était terminée, que la *Natividad* était coulée, qu'il n'y avait plus d'ennemis sur mer à des milliers de milles ; difficile aussi de se rendre compte que la *Lydia* était dans une situation très critique, que les pompes – dont on entendait toujours le cliquetis monotone – ne parvenaient pas tout à fait à compenser les voies d'eau, que le navire avait une voile tendue sous sa quille, et qu'il avait le plus grand et le plus urgent besoin d'un radoub complet.

Hornblower en vint progressivement à comprendre qu'il lui fallait maintenant entamer un nouveau chapitre dans l'histoire de la *Lydia* ; qu'il lui fallait établir de nouveaux plans. Il y avait là une longue file d'hommes attendant des ordres immédiats. Bush d'abord, puis le maître d'équipage, le charpentier, le canonnier et cet imbécile de Laurie. Il dut obliger son esprit fatigué à penser encore. Il estima la force et la direction du vent comme si c'était un exercice abstrait et non ce processus mental qui depuis vingt ans était devenu pour lui comme une seconde nature. Il descendit à pas lourds vers sa cabine, trouva les étuis fracassés au milieu de débris indescriptibles, se pencha sur les cartes déchirées.

Il devait faire connaître son succès à Panama aussi vite que possible ; cela lui semblait maintenant évident. Peut-être pourrait-il y réparer ses avaries, bien que cela lui parût peu probable dans cette rade inhospitalière, surtout avec la fièvre jaune dans la ville. La *Lydia* délabrée devait donc aller jusqu'à Panama. Il traça la route en direction du cap Mala, obligea son esprit, par un suprême effort, à tenir compte du vent favorable, et remonta sur le pont avec ses ordres, pour s'apercevoir que la file des gens qui réclamaient son attention à cor et à cri avait miraculeusement disparu. Bush les avait tous renvoyés, ce que Hornblower ne sut jamais. Il indiqua la route à Bush, puis Polwheal apparut auprès de lui, avec manteau et chaise longue. Hornblower n'avait plus la force de protester. Il se laissa envelopper dans le manteau et s'écroula dans la chaise longue, à demi évanoui. Il y avait vingt et une heures qu'il ne s'était assis. Polwheal avait également apporté de quoi souper, mais il n'y fit même pas attention.

Il n'avait pas besoin de manger ; il n'avait besoin que de dormir.

Puis, pendant une seconde, il fut de nouveau tout à fait éveillé. Il s'était souvenu de lady Barbara, enfermée avec les blessés, dans les entrailles sombres et étouffantes du navire. Mais il se détendit aussitôt ; cette maudite femme saurait bien prendre soin d'elle-même ; elle en était tout à fait capable. Plus rien n'avait d'importance maintenant. Sa tête retomba sur sa poitrine. Il ne fut plus troublé que par le bruit de ses propres ronflements, et cela ne le troubla pas longtemps. Il dormit et ronfla, en dépit du vacarme que faisait l'équipage pour essayer de remettre la *Lydia* en bon ordre.

18

Dimanche matin

Ce fut le soleil qui réveilla Hornblower lorsqu'il se leva à l'horizon et que ses rayons le frappèrent en plein visage. Il remua, cligna des paupières, et pendant un instant essaya comme un enfant d'abriter ses yeux avec sa main et de se rendormir. Il ne savait pas où il était et pour le moment ne s'en soucia pas. Puis il commença à se rappeler les événements de la veille, cessa d'essayer de se rendormir et s'efforça au contraire de s'éveiller tout à fait. Chose curieuse, il se souvint d'abord des détails du combat sans pouvoir se rappeler que la *Natividad* était coulée. Lorsque, dans un éclair, il eut revu le drame, il fut tout à fait éveillé.

Il se leva de son siège et s'étira douloureusement, car toutes les jointures lui faisaient encore mal des fatigues de la veille. Bush était près de la roue, le visage gris et ridé, paraissant étrangement vieux dans cette lumière crue. Hornblower lui fit un signe de tête et reçut son salut en retour ; Bush portait son chapeau à cornes sur le pansement sale qui lui entourait la tête. Hornblower allait lui parler lorsque son attention fut accaparée brusquement par l'aspect du navire. Il soufflait un bon vent qui avait dû tourner pendant la nuit, car la *Lydia* avait grand-peine à maintenir sa direction en naviguant au plus près. Elle portait toutes ses voiles ; l'inspection rapide que fit Hornblower lui révéla d'innombrables épissures aussi bien dans les manœuvres courantes que dans les manœuvres dormantes ; le mât d'artimon de fortune semblait toujours fidèle au poste, mais chaque voile paraissait avoir au moins un trou de boulet, certaines en avaient une douzaine et même davantage. Cela donnait un peu au navire l'apparence d'un vagabond déguenillé. Le premier ouvrage d'aujourd'hui serait d'installer un nouveau jeu de voiles.

Ce fut alors seulement, après qu'il eut porté son attention sur le temps, la route et les voiles, que l'œil du marin Hornblower s'arrêta aux ponts. De l'avant parvenait toujours le bruit monotone des pompes ; l'eau blanche qui en sortait indiquait très clairement que le bateau faisait eau à tel point que l'on réussissait tout juste à empêcher le niveau de monter. Sur le passavant du côté sous le vent s'alignait une longue, longue rangée de cadavres, chacun dans son hamac. Hornblower tressaillit lorsqu'il découvrit cette interminable succession de corps, et il lui fallut toute sa volonté pour les compter. Il y en avait vingt-quatre le long du passavant, et on en avait immergé quatorze hier. Certains de ces morts étaient peut-être – étaient même très probablement – les blessés graves d'hier ; mais trente-huit morts indiquaient presque sûrement soixante-dix blessés dans le poste pour le moins. Plus d'un tiers de l'équipage de la *Lydia* était donc hors de combat. Il se demanda qui ils étaient, quels étaient ces visages convulsés cachés sous les hamacs.

Les morts, sur ce pont, étaient plus nombreux que les vivants. Bush semblait avoir envoyé tout le monde en bas, sauf une douzaine d'hommes nécessaires à la manœuvre ; ce qui était fort judicieux car chacun devait être épuisé par la fatigue de la journée précédente et un homme sur sept devrait être employé aux pompes jusqu'à ce que l'on pût atteindre les trous et les obstruer. Le reste de l'équipage semblait endormi, affalé sur le pont principal, sous les passavants. Personne pour ainsi dire n'avait eu la force de suspendre un hamac, à supposer que les hamacs aient survécu à la bataille ; les hommes dormaient comme ils étaient tombés, par groupes, entassés les uns sur les autres, la tête posée sur le corps d'un camarade, ou sur quelque chose de moins sympathique, une boucle d'amarrage ou l'essieu arrière d'un canon.

Maints signes de la bataille d'hier étaient encore visibles, sans parler des cadavres et des taches sombres, imparfaitement nettoyées, qui déparaient la blancheur du bordage. Les ponts étaient sillonnés, labourés dans toutes les directions, et des morceaux de planches déchiquetés faisaient saillie çà et là. Les murailles étaient percées de trous de boulets sur lesquels de la toile avait été grossièrement tendue. À tribord, le seuil des sabords était noirci par la poudre ; de l'un d'eux sortait un boulet de dix-huit, à moitié enfoncé dans le chêne résistant. Mais par ailleurs un travail considérable avait été accompli, depuis l'ensevelissement des morts jusqu'à la mise en place des canons et le bridage des bragues. La lassitude de son équipage mise à part, la *Lydia* était prête à livrer une nouvelle bataille à la minute.

Hornblower éprouva une bouffée de honte à la pensée que tant de choses avaient été accomplies pendant qu'il dormait paresseusement dans sa chaise de pont. Il fit un effort pour ne pas en éprouver de rancune. Bien qu'à louer Bush, il reconnût sa propre carence, il sentit qu'il lui fallait être généreux.

— Très bien, en vérité, monsieur Bush, dit-il, se dirigeant, vers lui – et cependant sa timidité naturelle s'alliait à son sentiment de honte pour rendre son ton un peu guindé. Je suis à la fois étonné et ravi du travail que vous avez accompli…

— C'est dimanche aujourd'hui, Monsieur, dit Bush, avec simplicité.

En effet, dimanche était le jour d'inspection du capitaine, le jour où il parcourait tout le bord en examinant chaque détail, pour s'assurer que le premier lieutenant faisait bien son devoir et maintenait le navire en bon état. Le dimanche, le bateau devait être nettoyé et paré, les bouts pendants des cordages lovés en galette, les marins revêtus de leur plus belle tenue et groupés en sections. Le capitaine célébrait le service divin et lisait le code de justice maritime. Dimanche était le jour où l'on appréciait les capacités professionnelles de tous les premiers lieutenants de la Marine royale britannique.

Hornblower ne put réprimer un sourire devant cette explication ingénue.

— Dimanche ou pas, dit-il, vous avez fait un travail magnifique, monsieur Bush.

— Merci, Monsieur.

— Et je n'oublierai pas de le mentionner dans mon rapport à l'Amirauté.

— Je sais bien que vous n'y manquerez pas, Monsieur.

Le visage fatigué de Bush rayonnait de plaisir. Un combat victorieux de bateau à bateau était en général récompensé par la promotion de premier lieutenant au grade de capitaine ; et pour un homme comme Bush, sans famille et sans relations, c'était là le seul espoir de parvenir jamais à franchir ce pas d'importance vitale. Mais un capitaine soucieux de rehausser sa propre gloire pouvait rédiger son rapport de telle sorte qu'il paraissait avoir remporté la victoire en dépit de son premier lieutenant, et non pas grâce à lui ; il y en avait des exemples.

— Il est possible qu'ils fassent grand cas de cette

histoire en Angleterre, quand ils en entendront parler, dit Hornblower.

— J'en suis certain, Monsieur. Ce n'est pas tous les jours qu'une frégate coule un vaisseau de ligne.

C'était aller un peu loin que de donner ce titre à la *Natividad* ; lorsqu'on l'avait construite soixante ans plus tôt, on avait pu la considérer comme juste capable de tenir la ligne ; mais les temps avaient changé depuis. Quoi qu'il en soit, la *Lydia* avait accompli un exploit tout à fait remarquable.

Hornblower commençait seulement à s'en rendre compte et sa bonne humeur s'accrut en conséquence. Il y avait aussi un autre critérium par lequel le public britannique était enclin à apprécier le mérite d'une action navale, et le conseil supérieur de la marine lui-même usait assez fréquemment du même moyen d'appréciation.

— Quelle est la note du boucher ? demanda Hornblower brutalement, traduisant leurs pensées à tous deux : brutalement, pour que Bush ne le crût pas coupable de sentimentalité.

— Trente-huit tués, Monsieur, dit Bush sortant un bout de papier sale de sa poche, soixante-quinze blessés, quatre manquants. Les manquants sont Harper, Danson, North et Chump le nègre, Monsieur, ils ont disparu quand la chaloupe a été coulée. Clay a été tué pendant la bataille du premier jour.

Hornblower approuva de la tête ; il se souvenait du corps sans tête de Clay étendu sur le pont.

— John Summers, le second du navigateur, Henry Vincent et James Clifton, second maître de manœuvre, tués hier ; Donald, Scott, Galbraith troisième lieutenant, lieutenant Samuel Simmonds de l'infanterie de marine, aspirants Howard et Savage et quatre autres gradés, blessés.

— Galbraith ? interrogea Hornblower.

Cette nouvelle l'arrêta au moment où il commençait à se demander quelle pourrait être la récompense d'un combat qui avait comporté cent dix-sept victimes, lorsque des capitaines de frégate avaient été faits chevaliers avec un total de quatre-vingts tués et blessés...

— Gravement touché, Monsieur. Les deux jambes fracassées au-dessous du genou.

Galbraith avait subi le sort que Hornblower avait tant redouté pour lui-même. Le choc que Hornblower en reçut le rappela à son devoir.

— Je vais descendre voir les blessés immédiatement, dit-il, puis il s'arrêta et scruta le visage de son premier lieutenant. Et vous, monsieur Bush ? vous ne semblez pas en état d'assurer votre service.

— J'en suis tout à fait capable, Monsieur, protesta Bush. Je prendrai une heure de repos lorsque Gerard viendra me remplacer sur le pont.

— Comme vous voudrez.

Le faux-pont était une illustration d'un chant de l'*Enfer*. Il y faisait noir ; les quatre lampes à pétrole qui se balançaient aux poutres du pont et dont la lueur à la fois jaune et rouge tremblotait paraissaient ne servir qu'à projeter des ombres. L'atmosphère était étouffante ; à la puanteur ordinaire de la cale et des réserves s'ajoutaient l'odeur des corps entassés les uns sur les autres, l'odeur des lampes fumantes, l'odeur âcre de la poudre qui s'était infiltrée jusqu'ici la veille et n'avait pas encore réussi à s'échapper. Il faisait une chaleur épouvantable ; chaleur et puanteur atteignirent Hornblower en plein visage lorsqu'il entra, et moins de cinq secondes après, son visage ruisselait comme au sortir de l'eau, tant il faisait chaud et tant l'atmosphère était saturée d'humidité.

Les bruits étaient d'une nature aussi complexe que celle de l'air ambiant. Il y avait les bruits habituels du navire, le craquement et le grondement des pièces de charpente, les vibrations du gréement que transmettaient les porte-haubans, le bruit de la mer, les remous de l'eau dans la cale au-dessous, et le cliquetis monotone des pompes à l'avant, intensifié par les pièces de charpente qui jouaient le rôle de table d'harmonie. Mais tous ces bruits n'étaient que l'accompagnement du vacarme du poste des blessés où soixante-quinze marins, entassés pêle-mêle, geignaient, sanglotaient, hurlaient, juraient et vomissaient. Les damnés en enfer ne pourraient guère souffrir davantage, ni avoir cadre plus hideux.

Hornblower trouva Laurie désemparé, immobile dans l'obscurité.

— Dieu merci, vous voilà, Monsieur, dit-il.

Son ton impliquait que dorénavant il rejetait avec joie toute la responsabilité sur les épaules de son capitaine.

— Faites le tour avec moi, et faites-moi votre rapport, dit sèchement Hornblower.

Il détestait ce travail, et pourtant, bien qu'il fût absolument tout-puissant à bord, il lui était impossible de faire demi-tour et de se sauver comme son instinct l'y poussait. Il fallait que le travail fût fait, et maintenant que Laurie avait fait la preuve de son incompétence, il savait qu'il était lui-même le plus qualifié pour s'en occuper. Il approcha du dernier homme de la rangée et recula avec un mouvement de stupeur. Lady Barbara était là, agenouillée auprès du blessé ; la lumière tremblotante éclairait son visage aux traits réguliers. Elle épongeait la figure et la gorge de l'homme qui se tordait sur le plancher.

Hornblower fut choqué de la voir ainsi occupée. Le jour n'était pas encore venu où Florence Nightingale allait faire de la profession d'infirmière une occupation digne d'une femme. Aucun homme de goût ne pouvait supporter de voir une femme occupée à ces répugnants travaux d'hôpital. Les sœurs de charité pouvaient s'y consacrer pour le bien de leur âme ; de vieilles riboteuses pouvaient assister les femmes en couches et éventuellement aider à soigner les malades ; mais soigner des blessés était uniquement l'affaire des hommes – d'hommes, au reste, qui ne méritaient rien de mieux, à qui l'on imposait ce travail à cause de leur incapacité ou de leurs mauvais antécédents, comme on leur aurait imposé de nettoyer les latrines… Le cœur de Hornblower se souleva à la vue de lady Barbara en contact avec ces corps sales, avec le sang, le pus et les vomissements…

— Ne faites pas cela ! dit-il d'une voix rauque. Partez d'ici ! Allez sur le pont !

— J'ai commencé ce travail, répondit lady Barbara avec indifférence, je ne vais pas l'abandonner avant qu'il ne soit terminé.

Son ton n'admettait pas la possibilité de discuter ;

elle semblait parler de quelque chose d'inévitable, à peu près comme elle aurait dit avoir attrapé un rhume et devoir en prendre son parti jusqu'à ce qu'il guérisse.

— Le responsable, continua-t-elle, ne connaît rien à son travail.

Lady Barbara ne croyait pas qu'il y eût de la noblesse à soigner les malades ; pour elle, c'était là une tâche plus dégradante que de faire la cuisine ou de raccommoder des vêtements (ses doigts habiles ne maniaient l'aiguille que rarement, lorsque les exigences des voyages l'imposaient) : mais elle s'était aperçue qu'un certain travail était fait d'une manière inefficace à un moment où le service de Sa Majesté exigeait qu'il le fût bien, et où personne d'autre qu'elle-même ne pouvait le faire mieux. Elle s'était appliquée à cette tâche avec le même souci du détail et le même oubli des commodités personnelles qu'avait montrés l'un de ses frères lorsqu'il gouvernait les Indes, et l'autre lorsqu'il combattait les Mahrattas.

— Cet homme, continua lady Barbara, a un morceau de bois sous la peau, à cet endroit. Il faudrait le lui enlever immédiatement.

Elle montra la poitrine nue, couverte de poils et de tatouages. Sous le tatouage, il y avait une horrible meurtrissure toute noire, allant du sternum à l'aisselle droite, et dans les muscles de l'aisselle, quelque chose de pointu saillait sous la peau ; quand lady Barbara posa le doigt à cet endroit, le malheureux geignit et se tordit de douleur. Pendant les combats entre navires en bois, les blessures étaient en grande partie causées par des éclis et ces échardes projetées avec une force considérable ne pouvaient jamais être extraites par le chemin qu'elles avaient emprunté en pénétrant, à cause de leur forme et de leurs picots. Dans le cas présent, l'éclis avait été dévié par les côtes qu'il avait contournées sous la peau, la déchirant et la meurtrissant jusqu'à l'aisselle.

— Êtes-vous prêt maintenant ? demanda lady Barbara au malheureux Laurie.

— C'est-à-dire… madame…

— Si vous ne voulez pas le faire, je le ferai. Ne soyez pas stupide, jeune homme.

— Je veillerai à ce que ce soit fait, lady Barbara, dit Hornblower en s'interposant.

Il était prêt à promettre n'importe quoi pour en terminer une bonne fois avec cette affaire.

— Alors, très bien, Monsieur.

Lady Barbara se releva mais ne manifesta pas la moindre intention de se retirer comme l'exigeait la bienséance. Hornblower et Laurie se regardèrent.

— Eh bien, monsieur Laurie, dit Hornblower durement, où sont vos instruments ? Et vous deux là, Wilcox, Hudson, venez ici. Apportez-lui un bon boujaron de rhum. Allons, Williams, on va vous enlever votre morceau de bois. Ça va vous faire mal…

Hornblower dut faire un terrible effort pour empêcher son visage de se crisper de peur et de dégoût en présence de la tâche qui l'attendait. Il parlait d'un ton rude pour empêcher sa voix de trembler ; il avait horreur de tout ça. Et ce fut bien une opération sanglante et douloureuse. Bien que Williams fît tout ce qu'il pût pour se montrer fort, il se tordit lorsqu'on pratiqua l'incision, et Wilcox et Hudson durent lui saisir les mains et ramener ses épaules en arrière. Il poussa un cri horrible au moment où fut extrait le long morceau de bois noir, puis il s'écroula, évanoui, si bien qu'il ne réagit même pas aux piqûres de l'aiguille lorsque la plaie fut recousue.

Lady Barbara serrait fortement les lèvres. Elle regardait Laurie essayer maladroitement de faire le pansement, puis elle se baissa sans un mot et lui prit des mains les compresses. Les hommes la regardaient fascinés, pendant que d'une main ferme passée sous le dos de Williams, elle enroulait adroitement la bande autour de son corps, et serrait solidement sur la blessure la charpie qui rougissait à vue d'œil.

— Il s'en tirera maintenant, dit-elle en se redressant.

Hornblower passa deux heures étouffantes à faire le tour du poste avec elle et Laurie, mais ces heures ne furent pas à beaucoup près aussi douloureuses et pénibles qu'elles auraient pu l'être. L'une des raisons pour lesquelles il s'était senti si malheureux à l'heure de donner ses soins aux blessés avait été le sentiment de son incompétence. Il en vint à faire passer un peu de sa responsabilité sur les épaules de lady Barbara ; elle était si capable et si à l'aise qu'elle était assurément la personne du bord la mieux apte à s'occuper des blessés. Lorsque Hornblower se fut arrêté auprès de chacun, lorsque les cinq hommes morts récemment eurent été emmenés, il se tourna vers elle dans la lumière incertaine de la dernière lampe de la rangée.

— Je ne sais comment vous remercier, madame, dit-il. Je vous suis aussi reconnaissant que n'importe lequel de ces blessés.

— Il n'y a pas de reconnaissance à avoir, répondit lady Barbara en levant ses minces épaules, pour un travail qui devait être fait.

Un bon nombre d'années plus tard, son frère, devenu duc de Wellington, devait dire « le gouvernement de Sa Majesté doit être continué » exactement avec le même ton. Le marin couché près d'eux agita un bras garni de pansements.

— Trois hourras pour madame, dit-il d'une voix rauque. Hip ! hip ! hip ! hourra !...

Quelques-uns des malheureux blessés se joignirent à lui, chœur mélancolique accompagné par la respiration sifflante et les gémissements de ceux qui déliraient. Lady Barbara fit un signe de désapprobation et se retourna vers le capitaine.

— Il nous faut de l'air ici, dit-elle. Est-ce possible ? Je me souviens que mon frère me disait combien la mortalité avait baissé à l'hôpital de Bombay dès qu'ils avaient commencé à donner de l'air aux malades. Peut-être pourrait-on installer sur le pont ceux d'entre ces hommes qui sont transportables ?

— J'arrangerai cela, madame, répondit-il.

Le contraste que Hornblower remarqua en arrivant sur le pont fut d'un appoint considérable à la requête de lady Barbara. L'air frais du Pacifique, en dépit du soleil brûlant, était comme du champagne, après la puanteur épaisse du faux-pont. Il donna des ordres pour qu'on réinstallât immédiatement les puits d'aérage en toile qui avaient été enlevés au moment du branle-bas de combat.

— Et un certain nombre de blessés, monsieur Rayner, continua-t-il, se porteraient bien mieux si on les amenait sur le pont. Il vous faut aller trouver lady Barbara Wellesley et lui demander quels hommes doivent être transportés.

— Lady Barbara Wellesley, Monsieur ? répéta Rayner surpris, dans son ignorance des derniers événements.

— Vous avez entendu ce que j'ai dit, fit sèchement Hornblower.

— Bien, Monsieur.

Rayner plongea vers l'intérieur du navire de peur de dire autre chose.

Si bien que, ce matin-là, à bord de la frégate britannique la *Lydia*, la revue et le service divin eurent lieu avec un certain retard, après l'inhumation des morts ; de chaque côté du pont, une rangée de blessés se balançaient dans leurs hamacs, tandis que par les puits d'aération parvenait l'écho affaibli des bruits horribles du poste des blessés.

19

Nouveaux ordres d'Espagne

Une fois de plus, la *Lydia* longeait la côte Pacifique de l'Amérique centrale. Les pitons volcaniques, au gris teinté de rose, défilaient à l'est ;

à leur pied, le vert luxuriant de la bande côtière était parfois à peine visible. La mer était bleue, le ciel bleu ; les poissons volants rasaient la surface de l'eau, laissant derrière eux un sillage fugitif. Mais à chaque minute du jour et de la nuit, vingt hommes peinaient aux pompes pour empêcher la frégate de couler, et le reste des hommes valides passaient aux réparations tout le temps qu'ils ne consacraient pas au sommeil.

Pendant les quinze jours que mit le navire à parvenir au cap Mala, la liste des blessés s'était réduite sensiblement. Certains étaient déjà convalescents ; les dures conditions physiques auxquelles ils avaient été soumis pendant leurs mois de travail en mer leur avaient permis de traiter légèrement des blessures qui auraient été fatales pour des hommes au physique plus délicat. L'épuisement et le choc opératoire avaient privé le navire d'un certain nombre d'autres, et maintenant la gangrène, cette sombre Némésis qui guettait tant d'hommes atteints de blessures ouvertes, à cette époque où l'antisepsie était inconnue, privait encore la *Lydia* d'un plus grand nombre d'hommes… Chaque matin se déroulait la même cérémonie ; sur l'un ou l'autre bord du navire, on laissait glisser deux ou trois, parfois six formes enveloppées de hamacs, dans les eaux bleues du Pacifique.

Galbraith s'en alla de cette façon. Il avait supporté le choc de la blessure, il avait même survécu à la torture que lui avait infligée Laurie, lorsque, aiguillonné par l'insistance pressante de lady Barbara, celui-ci s'était attaqué avec scie et couteau à cette masse informe de chair et d'os qui avait été les jambes du malheureux. Il était couché sur son cadre, pâle et affaibli, mais semblait en bonne voie de guérison, si bien qu'on avait entendu Laurie se vanter de ses talents de chirurgien et des beaux moignons qu'il avait faits, et de l'habileté avec laquelle il avait ligaturé les artères. Et puis, brusquement, les symptômes fatals étaient apparus et Galbraith était mort cinq jours plus tard, Dieu merci, après un long délire.

Hornblower et lady Barbara se rapprochèrent pendant ces jours-là. Lady Barbara avait livré une dure bataille pour sauver Galbraith, une bataille perdue d'avance ; elle avait lutté jusqu'au bout, de toutes ses forces, sans se ménager, et pourtant sans émotion apparente, comme si elle se consacrait simplement à un travail inévitable. Hornblower aurait pensé que tel était le cas, s'il n'avait vu son visage le jour où Galbraith lui tenait les mains et lui parlait en pensant qu'elle était sa mère. Le jeune mourant babillait fiévreusement dans cet écossais rustique auquel il était revenu aussitôt que le délire avait commencé ; il étreignait les mains de lady Barbara et refusait de la laisser partir ; et elle restait près de lui, parlant doucement, calmement, pour essayer de l'apaiser. Sa voix était si égale, son attitude si tranquille et si impassible que Hornblower s'y serait trompé ; s'il n'avait vu son visage tourmenté.

Hornblower éprouva une souffrance inattendue de la mort de Galbraith. Il s'était toujours considéré comme un homme heureux de se servir des autres, agréablement dépourvu de faiblesses humaines. Ce fut une surprise pour lui que de voir comme il était touché et navré de la mort de Galbraith, d'entendre sa voix trembler et de sentir des larmes dans ses yeux en lisant l'Office des morts, et d'éprouver un frémissement d'angoisse en pensant au sort que les requins allaient faire subir au corps du malheureux dans les profondeurs bleues du Pacifique. Il s'accusa de faiblesse, puis se hâta de s'assurer à lui-même qu'il était simplement désolé de perdre un subordonné compétent ; mais il ne put s'en convaincre. Par besoin de réagir violemment, il s'acharna à faire travailler plus durement les hommes aux réparations de la *Lydia*. Mais maintenant, lorsque son regard rencontrait celui de lady Barbara, sur le pont ou à table, ce n'était plus avec ce manque de sympathie qui avait marqué leur rencontre. Entre eux à présent s'était établie une manière de compréhension.

Ils se voyaient assez peu. Ils dînaient parfois ensemble l'après-midi et toujours en compagnie d'au moins un officier ; mais la plupart du temps, Hornblower était pris par ses obligations professionnelles et lady Barbara par les soins à donner aux malades. Ils n'avaient ni l'un ni l'autre de temps – et lui au moins n'avait pas d'énergie superflue – à consacrer au flirt que ces tendres nuits tropicales auraient dû faire naître. Et dès qu'ils entrèrent dans le golfe de Panama, Hornblower eut assez de soucis supplémentaires pour éloigner toute possibilité de cet ordre.

L'archipel de las Perlas était en vue par bâbord avant, et la *Lydia* gouvernait au plus près bon plein en direction de Panama, dont elle n'était plus qu'à une journée de navigation, lorsque le garde-côte qu'elle avait rencontré précédemment apparut à l'horizon, du côté au vent. À la vue de la frégate, il modifia sa route et se dirigea vers elle, cependant que Hornblower maintenait rigoureusement son cap. La perspective de toucher un port, fût-il aussi mal équipé que Panama et décimé par la fièvre jaune, le rendait assez joyeux, car l'effort qu'il devait faire pour maintenir le navire à flot commençait à le fatiguer.

Le lougre mit en panne à deux encablures et, quelques minutes après, le même officier élégant, à l'uniforme resplendissant, escalada l'échelle de coupée de la *Lydia*.

— Bonjour, capitaine, dit-il en s'inclinant profondément. J'espère que Votre Excellence se porte à merveille ?

— Merci, dit Hornblower.

L'officier espagnol regardait autour de lui avec curiosité. La *Lydia* portait encore de nombreuses marques de sa bataille récente, la rangée de blessés dans leurs hamacs en disait long. Hornblower nota que l'Espagnol semblait réservé, comme s'il était décidé à ne pas se compromettre avant d'avoir découvert ce qu'il cherchait.

— Je vois, dit-il, que votre beau navire a été récemment au combat. J'espère que Votre Excellence a eu de la chance dans cette rencontre ?

— Nous avons coulé la *Natividad*, si c'est ce que vous voulez dire, répondit brutalement Hornblower.

— Vous l'avez coulée, capitaine ?

— Oui.

— Elle est détruite ?

— Elle est détruite.

Le visage de l'Espagnol se durcit pendant un instant. Hornblower pensa que c'était bien pénible pour lui d'apprendre que pour la deuxième fois le vaisseau espagnol avait été battu par un navire anglais deux fois moins puissant.

— Dans ce cas, monsieur, dit l'Espagnol, j'ai une lettre à vous remettre.

Il mit la main à sa poche intérieure, mais avec un geste d'hésitation bizarre ; Hornblower comprit par la suite qu'il devait avoir par-devers lui deux lettres d'une teneur différente, une dans chaque poche ; l'une à remettre si la *Natividad* était détruite, l'autre si elle était encore capable de causer du dommage. La lettre qu'il tendit quand il fut bien certain de ne pas s'être trompé n'était pas très brève ; mais elle était rédigée avec une concision qui, étant donné le clinquant du style officiel espagnol, n'était ni plus ni moins qu'une impolitesse ; Hornblower eut vite fait de s'en rendre compte, lorsqu'il eut déchiré l'enveloppe et lu le contenu.

Le vice-roi du Pérou interdisait formellement à la *Lydia* de mouiller ou de pénétrer dans aucun des ports de l'Amérique espagnole, que ce fût la vice-royauté du Pérou, ou celle du Mexique, ou la capitainerie générale de la Nouvelle-Grenade.

Hornblower relut la lettre, cependant que le cliquetis sinistre des pompes parvenait jusqu'à lui, avivant encore les soucis qui aussitôt l'accablèrent. Il pensa à son navire endommagé, aux voies d'eau, aux malades et aux blessés, à son équipage épuisé, à ses provisions réduites, au cap Horn qu'il lui faudrait contourner, et aux quatre mille milles de l'océan Atlantique qui le séparaient de l'Angleterre. Et ce n'était pas tout : il se souvint des ordres supplémentaires qu'on lui avait donnés à l'heure du départ, concernant les tentatives à faire pour ouvrir l'Amérique espagnole au commerce anglais et établir un canal à travers l'isthme.

— Vous avez connaissance du contenu de cette lettre, monsieur ? demanda-t-il.

— Oui, monsieur.

L'Espagnol était hautain, presque impudent.

— Pouvez-vous expliquer cette attitude si inamicale de la part du vice-roi ?

— Je n'ai pas la présomption d'expliquer les actes de mon maître, monsieur.

— Pourtant, ils ont besoin qu'on les explique. Je ne puis comprendre qu'un homme civilisé abandonne un allié qui s'est battu pour lui et a besoin d'aide pour cette seule raison.

— Personne ne vous a demandé de venir dans ces parages, monsieur. Vous n'auriez pas eu de bataille à livrer si vous étiez resté dans la partie du monde que gouverne votre roi. La mer du Sud appartient à Sa Majesté Très Catholique qui ne veut pas y tolérer d'intrus.

— Je comprends, dit Hornblower.

Il devinait que de nouveaux ordres étaient parvenus au vice-roi maintenant que le gouvernement espagnol avait appris la présence d'une frégate anglaise dans le Pacifique. Le maintien du monopole américain était pour les Castillans aussi précieux que la vie même. Le gouvernement espagnol était capable de tout pour le conserver, même s'il fallait offenser un allié pendant la lutte à mort qu'ils soutenaient ensemble contre le plus puissant despote d'Europe. Pour les Espagnols de Madrid, la présence dans le Pacifique d'une frégate anglaise laissait entrevoir la venue d'un flot de commerçants anglais, la suppression de ce courant ininterrompu d'or et d'argent dont dépendait le gouvernement de l'Espagne et – ce qui était plus grave encore –, l'introduction de l'hérésie dans une partie du monde qui était restée fidèle au pape pendant trois siècles. Peu importait que l'Amérique espagnole fût pauvre, mal gouvernée, ravagée par les maladies et que le reste du monde souffrît de n'y avoir pas accès à une époque où le blocus continental avait ruiné le commerce européen.

Dans un moment de clairvoyance, Hornblower prévit que le monde ne pourrait pas tolérer longtemps un égoïsme poussé à ce point, et que bientôt, avec l'approbation générale, l'Amérique rejetterait le joug espagnol. Plus tard, si ni l'Espagne ni la Nouvelle-Grenade ne consentaient au percement du canal, quelqu'un d'autre prendrait l'affaire en main et le ferait à leur place. Il eut bonne envie de dire tout cela à l'officier, mais sa prudence naturelle l'en empêcha ; si mal qu'on le traitât, il n'avait rien à gagner à provoquer une rupture ouverte. Il était plus agréable de se venger en conservant pour soi ses pensées.

— Très bien, monsieur, dit-il. Présentez mes compliments à votre maître. Je ne ferai escale à aucun des ports de l'Amérique espagnole. Faites part à Son Excellence, je vous prie, de mon sentiment de profonde gratitude pour la courtoisie avec laquelle elle m'a traité, et du plaisir que j'éprouve devant cette nouvelle preuve des bonnes relations existant entre les gouvernements dont nous avons la chance d'être les sujets.

L'officier leva vivement les yeux vers lui, mais Hornblower conserva un visage impassible tandis qu'il s'inclinait avec une courtoisie étudiée.

— Et maintenant, monsieur, continua l'officier anglais d'un ton sec, je dois, à mon grand regret, vous souhaiter un voyage agréable et vous dire au revoir. J'ai beaucoup à faire.

Il était désagréable pour l'Espagnol d'être renvoyé de cette façon cavalière, mais il ne pouvait s'offenser ouvertement de rien de ce que Hornblower avait dit. Il ne put que lui rendre son salut et se diriger vers la coupée. À peine était-il dans son bateau que Hornblower se tourna vers Bush.

— Tenez la cape, s'il vous plaît, monsieur Bush, dit-il.

La *Lydia* à la cape roula lourdement sur la houle, tandis que son capitaine reprenait sa promenade interrompue sur le gaillard d'arrière, sous les regards furtifs de ceux des officiers et des hommes qui avaient deviné les mauvaises nouvelles contenues dans la dernière dépêche. Hornblower fit les cent pas, entre les flasques des caronades d'un côté et les boucles d'amarrage de l'autre, tandis que le bruit des pompes résonnant tristement dans cet air lourd lui répétait à chaque seconde combien il était urgent qu'il prît une nouvelle décision.

Cependant, il lui fallait d'abord – avant même de penser à la condition du navire – résoudre la question des vivres et de l'eau ; tout capitaine devait considérer ce problème en premier lieu. Six semaines plus tôt, il avait rempli ses soutes et ses barils. Mais depuis cette époque, il avait perdu un quart de son équipage. Au besoin, même en prévoyant longtemps pour les réparations, il avait donc assez de vivres pour le voyage de retour en Angleterre ; surtout qu'il fallait moins longtemps pour contourner le cap Horn en venant de l'est qu'en venant de l'ouest et si besoin était – maintenant que toute nécessité de discrétion avait disparu –, il pourrait compléter ses vivres à Sainte-Hélène, à Sierra Leone ou à Gibraltar.

Cela était tout à fait satisfaisant. Il pourrait maintenant penser uniquement à son navire, qu'il devait réparer à tout prix. La *Lydia* ne pouvait espérer survivre aux tempêtes du cap Horn dans son état actuel, avec ses innombrables voies d'eau, son mât de fortune, et une voile sous la quille. Le travail ne pouvait être accompli en mer, et les ports lui étaient fermés. Il lui fallait faire ce que faisaient les anciens flibustiers, ce que Drake, Anson et Dampier avaient fait dans ces eaux mêmes : découvrir une petite baie où il pourrait mettre son navire en carène. Ce ne serait pas facile sur le continent, car les Espagnols étaient installés autour de toutes les baies navigables. Il fallait donc que ce fût une île.

Cet archipel de las Perlas, à l'horizon, ne convenait pas, car Hornblower savait que les îles étaient habitées et qu'elles recevaient fréquemment des visiteurs de Panama ; et puis le lougre était encore en vue et surveillait les mouvements de la *Lydia.* Hornblower descendit consulter ses cartes ; il y avait cette île de Coiba auprès de laquelle ils étaient passés hier. Ses cartes ne lui donnaient d'autre indication que celle de sa position ; mais c'était évidemment là qu'il fallait chercher d'abord. Hornblower traça sa route et remonta sur le pont.

— Nous allons virer de bord, monsieur Bush, si vous voulez bien, dit-il.

20

L'île de Coiba

Lentement, pouce par pouce, la frégate de Sa Majesté britannique la *Lydia* entra dans la baie. Le canot la précédait, avec Rayner qui sondait assidûment. Le navire portant un rien de voile, et poussé par une brise mourante, s'avançait prudemment dans le chenal tortueux entre les deux promontoires. Ces deux pointes de terre, de chaque côté de l'entrée, étaient formées de falaises rocheuses à pic, l'une légèrement plus haute que l'autre. Seul le regard de Hornblower, rendu plus aigu par la nécessité et par les occasions qui lui avaient été offertes récemment d'étudier la formation rocheuse de cette côte, avait pu deviner que ces promontoires cachaient une vaste étendue d'eau.

Au moment où la *Lydia* contourna l'entrée, Hornblower cessa de surveiller la marche du navire pour étudier la baie en face de lui. Elle était entourée de montagnes, mais à l'extrémité la plus éloignée, la pente de la falaise était beaucoup moins raide, et au niveau de l'eau, au pied de ce vert étincelant qui revêtait la rive tout autour de la baie, s'apercevait même un soupçon de sable doré : exactement la sorte de fond qu'il recherchait ! Sans aucun doute, le rivage s'inclinait en pente douce à cet endroit, libre de rochers.

— Ceci paraît convenir très bien, confia-t-il à Bush.

— Oui, oui, Monsieur, exactement ce qu'il nous faut !

— Alors, vous pouvez mouiller. Nous allons commencer tout de suite.

Il faisait horriblement chaud dans cette petite baie de l'île de Coiba. Les hautes montagnes qui l'entouraient arrêtaient les vents quelle que fût leur direction, en même temps qu'elles concentraient la chaleur dans la baie. Lorsque la chaîne rugit dans l'écubier, Hornblower sentit cette chaleur descendre sur lui ; il était trempé de sueur, bien qu'il se tînt immobile sur le gaillard ; il désirait ardemment avoir un peu de loisir, prendre un bain et se reposer en attendant la fraîcheur du soir, mais il ne pouvait s'offrir ce luxe. Le temps, comme toujours, était d'une importance vitale ; il devait garantir sa sécurité, avant que les Espagnols pussent découvrir sa retraite.

— Rappelez le canot, dit-il.

À terre, il faisait encore plus chaud que sur l'eau. Hornblower se fit conduire au rivage sableux ; il jetait fréquemment la sonde et examinait attentivement l'échantillon du fond que ramenait le suif à l'extrémité du plomb de sonde. C'était bien du sable, il pouvait échouer la *Lydia* sans danger. Il débarqua dans la jungle que n'agitait aucun souffle de vent ; elle était évidemment inhabitée ; nulle trace de sentier ou de piste dans cette végétation dense. Arbres élevés, arbustes, plantes grimpantes, parasites étaient enchevêtrés, mêlés les uns aux autres dans leur lutte silencieuse pour la vie. Des oiseaux aux cris et au plumage étranges voletaient dans le demi-jour sous les arbres ; les narines étaient assaillies par l'odeur fétide de matières en décomposition. En compagnie d'une escorte ruisselante, fusil en main, Hornblower se fraya un passage dans la forêt. Il émergea dans le soleil aveuglant à l'entrée de la baie, à un endroit où le rocher était trop à pic pour que la végétation eût pu s'y accrocher. Épuisé, trempé de sueur, il escalada les corniches abruptes. La *Lydia* flottait paresseusement sur le bleu étincelant de la petite anse. Le promontoire opposé, de l'autre côté de la passe, semblait le regarder d'un air menaçant ; il étudia à la lunette ses corniches élevées, puis il retourna au navire, pour lancer ses hommes dans une activité effrénée.

Avant qu'on pût échouer la *Lydia*, avant que le charpentier et son équipe pussent travailler sur sa carène, il fallait l'alléger. Avant qu'on pût la coucher sans défense sur son côté, il fallait mettre la baie à l'abri de toute attaque. On équipa les palans et on enleva du pont principal les canons de dix-huit ; en faisant très attention et en répartissant convenablement la charge, on pouvait tout juste transporter sur le canot l'un de ces monstres de deux tonnes. On les amena, un à la fois, au pied des promontoires où Rayner et Gerard avec leurs équipes aménageaient des emplacements. D'autres équipes préparaient des sentiers grossiers au flanc des falaises ; à peine ces sentiers furent-ils achevés que les hommes hissèrent les pièces au moyen de cordes et de treuils. Poudre et boulets les suivirent, puis la nourriture et l'eau pour les garnisons des batteries. Après trente-six heures d'un labeur exténuant, la *Lydia* était plus légère de cent tonnes, et l'entrée de la baie si bien défendue qu'un navire devrait, pour la forcer, braver le feu plongeant de vingt canons.

Pendant ce temps, d'autres hommes à terre travaillaient comme des forcenés par-delà le rivage sableux. Ils nettoyaient une partie de la forêt, formaient un parapet avec les arbres abattus, et dans ce fort grossièrement établi parmi les souches, une autre équipe amenait les barils de viande, les sacs de farine, les épars, les canons, les boulets et les tonneaux de poudre, jusqu'à ce que la *Lydia* ne fût plus qu'une coque vide dansant sur les vagues minuscules de la baie. Les hommes installèrent des tentes pour se protéger des fréquentes averses tropicales qui les inondaient, et construisirent de grossières cabanes en bois pour leurs officiers ; ils en firent une également pour les deux femmes sur l'ordre de Hornblower.

Ce fut la seule occasion où Hornblower consentit à se souvenir de l'existence de ses passagères. Pendant cette fièvre de travail, et avec la lourde responsabilité qu'il portait, il n'eut ni le temps de parler avec lady Barbara, ni l'énergie nécessaire pour le faire. Il était fatigué, et cette chaleur humide épuisait ses forces ; mais il ne cessait de penser au besoin d'aller vite, et sa façon de réagir à ces conditions pénibles fut de s'éreinter d'autant mieux, d'une manière opiniâtre et déraisonnable, si bien que les jours s'écoulaient dans un cauchemar de lassitude où les rares instants passés près de lady Barbara étaient comme les visions rapides qu'un homme dans le délire a d'une jolie femme.

Il menait durement ses hommes, de la pointe du jour à la tombée de la nuit ; il les faisait peiner comme des esclaves sous la chaleur écrasante, jusqu'à ce qu'ils hochent la tête d'un air où l'accablement se mêlait à l'admiration. Ils ne mesuraient pas les efforts qu'il leur demandait ; cela eût été impossible à des marins anglais commandés par un homme si peu disposé à s'épargner lui-même. D'ailleurs les hommes se conduisaient de la façon qui caractérise les équipages anglais : ils travaillaient avec d'autant plus d'entrain que les conditions étaient plus inhabituelles. Dormir sur le sable, et non dans leurs hamacs bien plus confortables, travailler sur la terre ferme et non à bord du navire, être enserrés par une dense forêt au lieu d'être entourés par un horizon lointain, tout cela était stimulant et encourageant.

Les lucioles de la forêt, les fruits étranges que leur trouvaient les prisonniers de la *Natividad*, même les moustiques qui les harcelaient contribuaient à entretenir leur bonne humeur. Le long de la falaise, près de l'une des batteries de l'entrée, coulait sans interruption un ruisseau d'eau claire ; de sorte que pour une fois dans leur existence, les hommes avaient droit à autant d'eau fraîche qu'il leur en fallait, et c'était là un luxe inappréciable pour des gens qui pendant des mois devaient accepter de voir une sentinelle garder leur eau potable.

Bientôt, sur le sable du rivage et aussi loin que possible des barils de poudre recouverts d'une bâche et gardés militairement, on alluma des feux et l'on fondit la poix prise dans les réserves du maître de manœuvres. Il n'y avait pas eu assez de consignés pendant ces derniers jours pour démêler l'étoupe nécessaire ; quelques-uns des membres de l'équipage durent être employés à faire de la filasse pendant que la *Lydia* était abattue en carène et que le charpentier entreprenait de remettre son fond en état. Les trous de boulet furent bouchés, les coutures fatiguées furent calfatées et brayées, les plaques de cuivre manquantes furent remplacées par les dernières feuilles que la *Lydia* eût en réserve. Pendant quatre jours, la petite baie résonna du bruit des ciseaux de calfat et l'odeur âcre de la poix fondue flottait sur les eaux calmes lorsqu'on apportait aux ouvriers les chaudrons fumants. Enfin, le charpentier se déclara satisfait et Hornblower, après avoir examiné anxieusement chaque pouce de la carène, reconnut de mauvaise grâce qu'il avait raison. La *Lydia* fut renflouée et, toujours vide, fut touée et halée jusqu'à l'autre bout de la baie, au pied de la haute falaise où l'une des batteries était installée. Cet endroit du rivage était assez abrupt pour que, allégée du poids des canons et des provisions, elle pût s'en approcher de très près.

Là, le lieutenant Bush avait dressé une sorte de potence très en saillie, à cent pieds à l'aplomb du pont. Péniblement, après de nombreuses tentatives, on manœuvra la *Lydia* jusqu'à ce qu'elle fût amarrée de telle sorte que le tronçon de son mât d'artimon se trouvât juste sous le fil à plomb que Bush tenait là-haut au bout de la potence. Puis on enleva les coins de serrage, on fit fonctionner les palans et le tronçon de mât fut arraché du navire comme une dent malade.

Cette première partie du travail était facile, comparée à la suivante. Il fallut dresser le nouveau mât de soixante-quinze pieds jusqu'à la potence et l'y suspendre verticalement. S'il s'était échappé, il serait tombé, telle une flèche monstrueuse, et aurait à coup sûr coulé le navire. Quand le mât fut exactement vertical, et exactement au-dessus de l'emplacement qui devait le recevoir, on le descendit pouce par pouce jusqu'à ce que les équipes attentives et inquiètes pussent guider son extrémité massive, d'abord à travers le pont principal, puis à travers le faux-pont, pour qu'elle vienne enfin reposer solidement dans son emplanture sur la carlingue. Il ne restait plus qu'à l'assujettir solidement, à fixer les haubans, et la *Lydia* eut de nouveau un mât d'artimon capable d'affronter les tempêtes du cap Horn.

De retour à son mouillage, la frégate fut lestée de ses tonneaux de viande et d'eau, de ses canons et de ses boulets, moins ce qu'on laissa aux batteries de l'entrée. Lestée et affermie sur sa quille, on put la regréer et remettre en place ses mâts de hune. Tous les cordages furent refaits, les manœuvres dormantes vérifiées, et l'on procéda aux remplacements nécessaires. La *Lydia* était à présent en aussi bon état que lorsque, nouvellement armée, elle avait quitté Portsmouth.

Alors seulement Hornblower put se permettre de respirer et de se détendre. Le capitaine d'un navire qui n'est plus un navire mais une simple coque impuissante dans une anse enfermée entre les terres ne peut pas avoir un instant de tranquillité – l'hérétique dans le cachot de l'Inquisiteur est heureux en comparaison. La terre menaçante l'environne de toutes parts, la torture de son impuissance le fouaille continuellement, la terreur de subir un siège ignominieux le réveille la nuit. Hornblower ressemblait à un condamné à mort que l'on vient de gracier lorsqu'il arpenta de nouveau le pont de la *Lydia*, laissant son regard errer complaisamment dans la mâture élancée et monter, monter encore ; le cliquetis des pompes, qui avait retenti à ses oreilles pendant les quinze jours du dernier voyage avait enfin cessé ; il était heureux de sentir un solide navire sous ses pieds, rassuré de savoir qu'il n'aurait plus à préparer de batailles avant d'atteindre l'Angleterre.

En ce moment même, on était en train de déséquiper l'une des batteries de l'entrée et de ramener un à un les canons vers la *Lydia*. Il avait déjà une bordée en état de tirer, un navire en état de manœuvrer, et il pouvait faire la nique à tous les bateaux espagnols du Pacifique. C'était une impression merveilleuse. Il se retourna et aperçut lady Barbara près de lui sur le gaillard d'arrière ; il lui adressa un sourire radieux.

— Bonjour, madame, dit-il. J'espère que vous avez trouvé votre nouvelle cabine agréable ?

Lady Barbara lui rendit son sourire ; en vérité, elle rit presque, tant était drôle le contraste entre cet accueil et les froncements de sourcils dont Hornblower l'avait gratifiée pendant les onze derniers jours.

— Merci, capitaine. Elle est délicieusement agréable. Vos hommes sont des magiciens d'avoir fait tant de choses en si peu de temps.

Tout à fait inconsciemment, il lui avait saisi les deux mains et les gardait dans les siennes, son visage tout souriant dans le soleil. Lady Barbara eut le sentiment qu'il suffirait d'un mot de sa part pour qu'il se mît à danser.

— Nous serons en mer avant la tombée de la nuit ! lança-t-il d'un air ravi.

Elle était aussi incapable de songer à sa dignité devant Hornblower que devant un bébé ; elle connaissait assez les hommes et leurs préoccupations pour ne pas lui en vouloir de ses humeurs récentes. À vrai dire, elle éprouvait une certaine tendresse pour lui à cause de cela.

— Vous êtes un excellent marin, monsieur, dit-elle soudain. Je me demande s'il y a au service de Sa Majesté un autre officier qui ait pu accomplir tout ce que vous avez accompli pendant ce voyage.

— Je suis heureux que vous pensiez cela, madame, dit-il, mais le charme était rompu.

Elle l'avait fait se souvenir de lui-même et son maudit embarras le reprit. Il abandonna ses mains, gauchement, et une légère rougeur apparut sur ses joues hâlées.

— Je n'ai fait que mon devoir, marmonna-t-il en détournant les yeux.

— Beaucoup peuvent faire leur devoir, dit lady Barbara, mais peu sont capables de le faire bien. Le pays vous doit beaucoup ; j'espère très sincèrement que l'Angleterre saura reconnaître sa dette.

Ces mots firent naître une série de pensées dans l'esprit de Hornblower ; il s'était déjà arrêté souvent à ces pensées-là. L'Angleterre se rappellerait seulement que sa bataille avec la *Natividad* avait été inutile ; qu'un capitaine plus heureux aurait entendu parler de la nouvelle alliance entre l'Espagne et l'Angleterre avant de remettre la *Natividad* aux rebelles et aurait évité ainsi les ennuis, les frictions et les pertes qui en étaient résultés. Il était glorieux pour une frégate de livrer un combat qui faisait cent victimes parmi l'équipage ; mais il était bien peu glorieux de faire cent victimes pour un combat inutile. Personne ne se donnerait la peine de réfléchir que c'était son obéissance stricte aux ordres reçus et son habileté à les exécuter qui étaient responsables de ce résultat. Il serait blâmé pour ses mérites mêmes ; et soudain la vie lui apparut de nouveau pleine d'amertume.

— Excusez-moi, madame, dit-il, et il s'éloigna d'elle pour se diriger vers l'avant et brailler des ordres aux hommes occupés à hisser à bord un canon de dix-huit.

Lady Barbara hocha la tête lorsqu'il eut tourné le dos.

— Dieu le bénisse ! dit-elle tout bas. Il est presque devenu humain pendant un instant.

Lady Barbara dans sa solitude forcée prenait l'habitude de se parler à elle-même, comme si elle était l'unique habitante d'une île déserte. Elle s'arrêta dès qu'elle se surprit en train de le faire, descendit dans sa cabine et réprimanda Hébé pour un léger oubli commis en déballant ses affaires.

21

Où l'on retrouve El Supremo

La rumeur avait couru dans l'équipage que la *Lydia* rentrait enfin en Angleterre. Les hommes avaient travaillé et combattu d'abord pour un camp, puis pour l'autre, sans comprendre les principes de haute politique qui avaient décidé pour qui ils devaient travailler et combattre.

Que les Espagnols fussent d'abord les ennemis, puis des amis, puis des neutres presque hostiles, n'avait guère causé de soucis à aucun d'entre eux. Ils s'étaient contentés d'obéir aux ordres sans réfléchir ; mais maintenant, il paraissait certain – tant la rumeur était solidement établie – que la *Lydia* rentrait au pays. Il semblait à ces têtes sans cervelle que l'Angleterre était juste au bout de l'horizon. Ils ne pensaient pas un instant aux cinq mille milles de mer et de tempêtes qui les attendaient. Leurs têtes étaient pleines de l'Angleterre. Les marins enrôlés par la presse pensaient à leurs femmes ; les volontaires pensaient aux femmes des ports et aux douceurs de la mise en congé. Aucun nuage ne voilait l'éclat de leur joie, pas même le risque d'être affecté à un autre navire et d'aller de nouveau parcourir la moitié du globe avant d'avoir pu mettre le pied sur le sol anglais.

Ils s'étaient attelés de bon cœur à la tâche de sortir la *Lydia* de la baie à la touée, et pas un ne jeta un regard de regret vers le refuge qui avait seul rendu possible leur voyage de retour. Ils avaient jacassé et gambadé comme une bande de singes en montant dans la mâture pour arranger les voiles, et la bordée qui n'était pas de quart avait dansé et fait chassé-croisé pendant la chaude soirée, tandis que la *Lydia* voguait rapidement sur le Pacifique bleu par une brise favorable. Puis, pendant la nuit, le vent tropical, capricieux comme à l'habitude, était tombé ; la bonne brise était devenue un léger souffle et le léger souffle une lente succession de bouffées irrégulières qui faisaient grincer les agrès, claquer les voiles, et obligeaient la bordée de quart à rester continuellement aux bras pour les orienter.

Couché sur son cadre, Hornblower se réveilla pendant l'heure fraîche qui précède l'aurore. Il faisait encore trop sombre pour qu'il pût voir le compas renversé du pont, au-dessus de sa tête, mais il pouvait deviner, d'après le long roulis du navire et les bruits intermittents sur le pont, qu'ils étaient presque encalminés. C'était à peu près l'heure de sa promenade matinale sur le gaillard et il se reposait, sereinement libre de tout sentiment de responsabilité, en attendant que Polwheal vînt préparer ses vêtements. Il était en train d'enfiler son pantalon lorsqu'un appel de la vigie lui parvint par le hublot.

— Navire en vue en plein travers par bâbord. C'est encore ce lougre, lieutenant !

L'impression qu'il avait d'être libre de toute inquiétude disparut instantanément. Deux fois déjà, ils avaient rencontré ce lougre de mauvais augure dans ce même golfe de Panama et deux fois, il avait été porteur de fâcheuses nouvelles. Hornblower se demanda avec une certaine superstition ce qu'allait apporter cette troisième rencontre. Il arracha vivement sa tunique des mains de Polwheal et l'enfila tout en grimpant rapidement l'escalier des cabines.

Le lougre était là, indiscutablement, encalminé à deux milles ; une demi-douzaine de lunettes étaient braquées sur lui ; apparemment les officiers de Hornblower étaient superstitieux, eux aussi.

— Il y a quelque chose dans le gréement de ce bateau qui me met les nerfs en pelote, marmotta Gerard.

— Ce n'est rien de plus qu'un simple garde-côte espagnol, fit Crystal, j'en ai vu des douzaines. Je me souviens qu'au large de la Navarre…

— Qui n'en a pas vu ? coupa Gerard. Je voulais dire… Tiens ! Un canot se détache.

Il jeta un coup d'œil autour de lui, vit son capitaine apparaître sur le pont.

— Le lougre nous envoie un canot, Monsieur.

Hornblower s'efforça de donner à son visage un air de parfaite indifférence. Il se dit qu'il commandait le navire le plus rapide et le plus puissant de la côte Pacifique et qu'il n'avait donc rien à craindre. La *Lydia* était armée et prête à parcourir la moitié du globe, prête aussi à combattre n'importe quel navire de moins de cinquante canons. La vue de ce lougre n'aurait dû lui causer aucune inquiétude ; elle lui en causait cependant.

Pendant de longues minutes, ils observèrent le canot qui se dirigeait vers eux en dansant sur la houle. D'abord, ce ne fut qu'un point noir, visible par intermittence sur la crête des vagues. Puis ils virent le scintillement des rames qui reflétaient les rayons presque horizontaux du soleil, puis les rames elles-mêmes, lorsque l'embarcation fut devenue semblable à un gros dytique noir rampant à la surface de l'eau ; enfin la barque fut à portée de voix et quelques minutes plus tard, le jeune officier espagnol au brillant uniforme grimpa pour la troisième fois sur le pont et reçut le salut de Hornblower.

Il n'essaya pas de cacher sa curiosité, ni l'admiration qui s'y mêlait. Il vit que le mât de fortune avait disparu, remplacé par un nouveau mât aussi net et aussi solide que s'il sortait d'un chantier maritime ; il vit que les trous de boulets avaient été habilement réparés ; il remarqua que les pompes n'étaient plus en action, qu'en fait pendant les seize jours qui s'étaient écoulés depuis sa dernière visite, le navire avait été entièrement radoubé et, il le savait pertinemment, sans avoir reçu aucune aide du rivage sauf peut-être dans quelque baie déserte.

— Je suis surpris de vous retrouver ici, monsieur, dit-il.

— Pour moi, répondit Hornblower avec une courtoisie parfaite, c'est un plaisir en même temps qu'une surprise.

— Pour moi aussi, c'est un plaisir, se hâta

d'ajouter l'Espagnol, mais je pensais que vous étiez déjà loin sur le chemin du retour.

— Je suis sur le chemin du retour, dit Hornblower, décidé à éviter si possible tout sujet d'offense, mais comme vous le voyez, monsieur, je n'ai guère progressé jusqu'ici. Quoi qu'il en soit, j'ai effectué, comme vous le remarquez peut-être, les réparations nécessaires, et maintenant rien ne m'empêchera plus de faire route vers l'Angleterre avec toute la promptitude possible ; à moins, monsieur, qu'un nouveau développement de la situation ne rende souhaitable mon séjour dans ces eaux, pour la défense de la cause commune à nos deux pays.

Hornblower prononça ces derniers mots avec une certaine inquiétude, et il cherchait déjà des excuses pour se dégager des conséquences de cette offre, au cas où elle serait acceptée. Mais la réponse de l'Espagnol le rassura.

— Merci, monsieur, dit-il. Il n'est nullement nécessaire que nous abusions de votre bonté. Les colonies de Sa Majesté Très Catholique sont bien capables d'assurer elles-mêmes leur sécurité. Je suis sûr que Sa Majesté britannique sera heureuse de voir une aussi belle frégate revenir servir sa cause.

Les deux capitaines se firent un profond salut après cet échange de compliments, puis l'Espagnol reprit la parole.

— Je pensais, monsieur, continua-t-il, que peut-être, si vous vouliez profiter du calme actuel pour me faire le grand honneur de venir un instant à bord, je pourrais montrer à Votre Excellence quelque chose qui l'intéresserait et qui témoignerait de notre aptitude à nous passer de votre aimable assistance.

— De quoi, s'agit-il ? s'enquit Hornblower soupçonneux.

L'Espagnol sourit.

— Cela m'amuserait de pouvoir vous le montrer comme une surprise. Je vous en prie, monsieur, ne voudriez-vous pas m'obliger ?

Machinalement, Hornblower parcourut l'horizon du regard. Il scruta le visage de l'Espagnol ; ce dernier n'était pas un sot ; et seul un sot aurait pu méditer une perfidie alors qu'il était presque sous le feu d'une frégate capable de couler son bateau d'une seule bordée. Bien que la plupart des Espagnols soient fous, ils n'étaient pas assez fous pour se livrer à des voies de fait sur la personne d'un capitaine anglais. En outre, Hornblower se demandait avec amusement comment ses officiers accueilleraient l'annonce de sa visite au lougre.

— Merci, monsieur, dit-il, j'aurai beaucoup de plaisir à vous accompagner.

L'Espagnol salua de nouveau et Hornblower se tourna vers son premier lieutenant.

— Je m'en vais visiter le lougre, monsieur Bush, annonça-t-il. Je ne serai parti que peu de temps. Faites armer le canot et envoyez-le-moi pour qu'il me ramène.

Hornblower fut ravi de voir la façon dont Bush s'efforçait de cacher sa consternation à cette nouvelle.

— Bien, capitaine, dit-il.

Il ouvrit la bouche et la referma ; il voulait faire

des remontrances et n'osait pas ; en fin de compte, il répéta faiblement :

— Bien, Monsieur.

Dans la barque qui le ramenait au lougre, l'Espagnol fut un modèle de courtoisie. Il bavarda poliment sur les conditions atmosphériques, fit allusion aux dernières nouvelles de la guerre d'Espagne ; il était indubitable qu'une armée française s'était rendue aux Espagnols en Andalousie et que les troupes espagnoles et anglaises se réunissaient pour entrer en France. Il décrivit les ravages de la fièvre jaune dans l'isthme. Mais il réussit cependant à ne pas faire la moindre allusion à la nature de la surprise qu'il réservait à Hornblower.

Les deux capitaines furent reçus avec le cérémonial espagnol lorsqu'ils parvinrent sur l'embelle du lougre. Il y eut beaucoup de remue-ménage et un véritable défilé au cours duquel deux bugles et deux tambours jouèrent une marche retentissante en détonnant horriblement.

— Tout ce qui est à bord de ce navire vous appartient, capitaine, prononça l'Espagnol avec une courtoisie toute castillane et aussitôt : Votre Excellence prendra bien un rafraîchissement ? Une tasse de chocolat ? ajouta-t-il, sans remarquer l'inconséquence de sa proposition.

— Oui, merci, fit Hornblower.

Il n'allait pas porter atteinte à sa dignité en demandant quelle était la nature de la surprise qu'on lui réservait. Il pouvait attendre, d'autant qu'il apercevait le canot déjà à mi-chemin.

L'Espagnol n'était pas pressé de faire sa révélation. De toute évidence, il savourait par anticipation l'étonnement de l'Anglais. Il lui fit remarquer certaines particularités dans le gréement du lougre, fit venir ses officiers pour les lui présenter et discuta des mérites de son équipage – presque tous des Indiens de naissance, comme à bord de la *Natividad.* À la fin, Hornblower gagna ; l'Espagnol ne put attendre plus longtemps.

— Voulez-vous venir par ici, je vous prie, monsieur ? dit-il.

Il emmena Hornblower vers l'avant-pont ; là, enchaîné par la taille à une bague d'amarrage, portant des fers aux poignets et aux chevilles, se tenait El Supremo.

Il était en haillons, à demi nu en fait : sa barbe et ses cheveux étaient emmêlés, embroussaillés, et ses ordures jonchaient le pont autour de lui.

— Je crois, dit le capitaine espagnol, que vous avez déjà eu le plaisir, monsieur, de rencontrer Son Excellence don Julian Maria de Jesus de Alvarado y Moctezuma, qui se donne le titre de Tout-Puissant ?

El Supremo ne parut nullement décontenancé par le sarcasme.

— Le capitaine Hornblower m'a en effet déjà été présenté, dit-il avec hauteur. Il m'a servi longtemps et avec dévouement. J'espère que vous êtes en excellente santé, capitaine ?

— Merci, monsieur, fit Hornblower.

En dépit de ses haillons, de ses ordures et de ses chaînes, El Supremo se comportait avec cette dignité étudiée dont Hornblower avait gardé un souvenir précis après toutes ces semaines.

— Moi aussi, poursuivit-il, je suis aussi bien que

l'univers puisse le souhaiter. C'est pour moi une source de satisfaction constante que de voir mes affaires progresser aussi favorablement…

À ce moment, un domestique noir apparut sur le pont avec le chocolat ; un autre le suivait portant deux chaises. Sur l'invitation de son hôte, Hornblower s'assit. Il était content de s'asseoir car les jambes commençaient à lui manquer ; mais il n'avait pas envie de chocolat. Le capitaine espagnol buvait bruyamment, sous le regard avide d'El Supremo. Il y eut une lueur de désir dans les yeux du « Tout-Puissant » ; ses lèvres s'humectèrent et claquèrent légèrement, ses yeux brillèrent, sa main se tendit. Un instant plus tard, il était redevenu calme et indifférent.

— J'espère que ce chocolat vous plaît, messieurs, dit-il. Quant à moi, il y a longtemps que le chocolat ne me dit plus rien.

— C'est aussi bien comme cela, dit le capitaine espagnol.

Il rit bruyamment et but de nouveau, faisant claquer ses lèvres.

El Supremo fit comme s'il ne le voyait et ne l'entendait pas, et se tourna vers Hornblower.

— Vous voyez que je porte des chaînes, dit-il. C'est là une étrange fantaisie de ma part et de la part de mes domestiques. J'espère que vous reconnaîtrez avec moi qu'elles font valoir ma taille admirablement ?

— Ou… Oui, monsieur, bégaya Hornblower.

— Nous sommes en route pour Panama, où je monterai sur le trône du monde. On me parle de pendaison ; ces messieurs disent qu'une potence nous attend sur le bastion de la citadelle. Il s'agit sans doute de la charpente de mon trône d'or. Car il sera en or, avec des étoiles de diamant et une grande lune de turquoise. C'est de là que je lancerai mes prochains décrets à l'univers civilisé.

Le capitaine espagnol pouffa de nouveau, mais El Supremo conserva son attitude de dignité tranquille : il serrait ses chaînes sur son cœur ; le soleil flamboyait sur sa tête hirsute.

— Il ne va pas demeurer longtemps dans cette humeur, dit l'Espagnol à Hornblower à demi-voix. J'aperçois les signes d'un changement prochain. Je suis particulièrement heureux que vous ayez l'occasion de le voir dans l'une et l'autre de ses humeurs.

— Le soleil croît en splendeur chaque jour, reprit El Supremo. Il est magnifique et terrible comme je le suis. Il peut tuer – tuer – tuer – comme il tuait les hommes que j'exposais à lui – quand était-ce ? Et Moctezuma est mort et toute sa race s'est éteinte au cours des siècles écoulés, sauf moi. Moi seul demeure. Et Hernandez est mort, mais ce n'est pas le soleil qui l'a tué. Ils ont pendu Hernandez, alors que le sang coulait encore de ses blessures. Ils l'ont pendu dans ma cité de San Salvador et au moment où ils le pendaient, il invoquait encore le nom d'El Supremo. Ils ont pendu les hommes, ils ont pendu les femmes, en longues files, à San Salvador. Seul El Supremo reste, pour gouverner, sur son trône d'or. Son trône ! son trône !...

El Supremo regardait autour de lui d'un air étonné. Une lueur de compréhension apparut sur son visage égaré lorsqu'il fit sonner ses chaînes. Il les regarda stupidement.

— Des chaînes ! Ce sont des chaînes !

Il se mit à brailler, à hurler ; puis il rit, d'un rire de fou, pleura et lança des imprécations ; il mordait ses chaînes, se jetait par terre. Les mots qu'il prononçait n'étaient plus articulés, tandis qu'il se tordait sur le pont, en bavant.

— C'est intéressant, n'est-ce pas ? dit le capitaine espagnol. Il lui arrive parfois de crier et de se débattre pendant vingt-quatre heures de suite.

— Dieu ! fit Hornblower.

Sa chaise tomba bruyamment sur le pont lorsqu'il se leva. Il était sur le point de vomir. L'Espagnol vit sa pâleur et ses lèvres tremblantes, parut s'en amuser.

Mais Hornblower ne pouvait donner libre cours au flot de protestations qui montait en lui. Sa prudence lui disait qu'à bord d'un aussi petit bateau que le lougre, un fou devait nécessairement être enchaîné sur le pont ; et sa conscience lui rappelait désagréablement les tortures qu'il avait vu infliger par El Supremo, sans oser protester. Cette façon espagnole de donner en spectacle la folie et la grandeur était sans doute répugnante ; mais l'histoire de l'Angleterre en contenait bien des exemples. L'un des plus grands écrivains de la langue anglaise, dignitaire de l'Église par surcroît, avait été montré en public pour de l'argent, après être tombé dans le gâtisme. Hornblower ne pouvait adopter qu'une seule attitude.

— Vous allez le pendre, fou comme il est ? demanda-t-il. Sans lui laisser une chance de faire sa paix avec Dieu ?

L'Espagnol haussa les épaules.

— Fous ou pas, les rebelles doivent être pendus ! Votre Excellence doit savoir cela aussi bien que moi.

Hornblower le savait bien, en effet. Il n'avait rien à répondre et en fut réduit à bredouiller de façon inintelligible ; il en bouillait de colère et de mépris pour lui-même. Ayant perdu toute dignité à ses propres yeux, il ne lui restait plus qu'à tenter d'en conserver quelques lambeaux aux yeux de ses auditeurs. Il se raidit tout en comprenant qu'il était illusoire de vouloir donner le change.

— Il me reste à vous remercier infiniment, monsieur, dit-il, de m'avoir donné l'occasion d'assister à un spectacle si intéressant. Et maintenant, je crains qu'il ne me faille vous quitter à regret, en vous renouvelant mes remerciements. Il me semble que se lève un léger souffle de vent.

Il descendit l'échelle de coupée avec autant de raideur qu'il le put et s'assit à l'arrière de la chaloupe. Il dut faire un nouvel effort pour donner l'ordre de larguer l'amarre, puis resta silencieux et sombre pendant qu'on le ramenait à la *Lydia*. Bush, Gerard et lady Barbara le dévisagèrent lorsqu'il arriva sur le pont. La mort semblait marquée sur sa figure. Il regarda autour de lui, sans voir et sans entendre, puis descendit rapidement dans sa cabine pour cacher sa détresse. Pendant une seconde, il sanglota même, le visage dans sa couchette, avant de pouvoir se reprendre et se dire qu'il n'était qu'un faible et un fou. Mais il se passa plusieurs jours avant qu'il perdît cet air de mort ; tout ce temps-là, il resta seul dans sa cabine, incapable de faire l'effort de se joindre, sur le gaillard, aux joyeuses réunions dont le gai bavardage lui parvenait par la claire-voie. Pour lui, c'était une preuve de plus de sa faiblesse et de sa sottise que de se laisser impressionner à un tel point par le spectacle d'un fou criminel en route vers un destin bien mérité.

22

Vers l'Angleterre

Lady Barbara et le lieutenant Bush étaient assis près de la lisse et bavardaient au clair de lune, dans la nuit chaude. C'était la première fois que l'occasion s'offrait à Bush de se trouver en tête à tête avec elle et seul le hasard l'y avait amené. Il est probable que s'il avait pu prévoir la chose, il l'aurait évitée ; mais maintenant que la conversation était établie, il jouissait de son plaisir sans aucune arrière-pensée. Il était assis sur une pile de coussins que Harrison avait fait faire avec de l'étoupe pour lady Barbara ; et il tenait ses genoux dans ses mains ; lady Barbara était allongée dans sa chaise longue. La douce musique des vagues et le chant du gréement sous la brise accompagnaient la *Lydia* montant et descendant légèrement à la lame. Les voiles blanches brillaient au clair de lune et au-dessus d'eux les étoiles scintillaient d'un éclat étrange. Mais Bush ne parlait pas de lui : tout homme avisé l'aurait fait cependant, sous la lune des tropiques avec une jeune femme auprès de soi.

— Oui, madame, disait-il. Il est comme Nelson. Il est inquiet tout comme l'était Nelson et pour la même raison. Il est tout le temps en train de réfléchir. Vous seriez étonnée, madame, si vous saviez comme il réfléchit.

— Je ne crois pas que cela m'étonnerait, fit lady Barbara.

— C'est parce que vous aussi vous réfléchissez, madame. C'est nous qui serions étonnés, je veux dire, nous qui avons la tête dure. Il est plus malin à lui tout seul que nous tous mis ensemble, sauf vous, madame. Il est rudement intelligent, je vous assure.

— Je le crois volontiers.

— Et c'est le meilleur marin de nous tous ; quant à la navigation, ma foi, Crystal n'est qu'un sot à côté de lui, madame.

— Vraiment ?

— Bien sûr, il est quelquefois bref avec moi, comme il l'est avec tout le monde ; mais quoi, madame, ça n'est pas étonnant ! Je sais bien tous les soucis qu'il a et il n'est pas fort, pas plus que Nelson n'était fort. Je me fais du souci à son sujet quelquefois, madame.

— Vous avez de l'affection pour lui ?

— De l'affection, madame ? (Bush, en bon Anglais à l'esprit positif, s'arrêta à ce mot et à ce qu'il impliquait de sentimental ; il rit, un peu gêné.) Si vous le dites, je suppose que c'est vrai. Je n'y avais jamais pensé avant. Mais je l'aime bien, pour ça oui.

— C'est ce que je voulais dire.

— Les hommes l'adorent, madame. Ils feraient

n'importe quoi pour lui. Voyez tout ce qu'il a accompli pendant ce voyage, et on ne s'est pas servi du fouet une fois par semaine. C'est pour ça qu'il ressemble à Nelson. Ils ne l'aiment pas à cause de ce qu'il dit ou fait, mais à cause de ce qu'il est.

— C'est un bel homme, aussi, glissa lady Barbara.

Elle était assez femme pour s'arrêter à cette considération.

— Ma foi, c'est bien possible, madame, maintenant que vous le dites. Mais en ce qui nous concerne, il serait aussi laid que les sept péchés capitaux, que ça n'aurait pas d'importance.

— Bien entendu.

— Mais il est timide, madame. Il ne soupçonne pas qu'il est si intelligent. C'est ça qui m'étonne toujours. Vous ne voudriez pas le croire, madame, mais il n'a pas plus de confiance en lui que j'en ai en moi, pour employer cette comparaison si vous le permettez.

— Comme c'est curieux ! fit lady Barbara.

Elle était habituée à l'absolue confiance en soi de ses frères, chefs peu aimés et peu aimables ; mais elle était perspicace et son exclamation était pure politesse ; en réalité, cela ne lui paraissait pas curieux.

— Regardez, madame, dit Bush tout à coup, baissant la voix.

Hornblower était monté sur le pont. Ils virent son visage blafard sous la clarté de la lune lorsqu'il jeta un regard circulaire pour s'assurer que tout allait bien à bord, et ils purent y lire le tourment qui l'obsédait. Il avait l'air d'une âme en peine, en ces brèves secondes où il consentait à mettre le nez sur le pont.

— Je donnerais cher, confia Bush, quand Hornblower se retira de nouveau dans la solitude de sa cabine, pour savoir ce que ces démons lui ont dit ou lui ont fait quand il a été à bord de ce lougre. Hooker qui était dans le canot dit qu'il a entendu quelqu'un hurler comme un fou à bord. Bandes de tortionnaires ! Encore une de leurs saloperies, probablement. Vous avez pu voir comme ça l'a bouleversé, madame !

— Oui, murmura lady Barbara.

— Je vous serais rudement reconnaissant si vous vouliez essayer de le faire sortir un petit peu de lui-même, madame, sauf votre respect. Il a besoin de distraction, m'est avis. Peut-être que vous pourriez, si j'ose me permettre, madame…

— Je vais essayer, fit lady Barbara, mais je ne pense pas réussir là où vous avez échoué. Le capitaine Hornblower n'a jamais fait beaucoup attention à moi, monsieur Bush.

Heureusement, l'invitation à dîner de lady Barbara, transmise selon les formes par Hébé à Polwheal et par Polwheal à Hornblower, arriva à un moment où le capitaine essayait précisément de sortir de ce noir désespoir où il avait sombré. Il lut l'invitation avec autant d'attention que lady Barbara en avait apporté à la rédiger ; elle avait mis tous ses soins à composer ce petit mot. Il lut la charmante petite excuse qu'invoquait sa passagère pour venir le troubler à un moment où, de toute évidence, il était absorbé par son travail : il sut ainsi comment lady Barbara avait appris de M. Bush que la *Lydia* était sur le point de franchir l'équateur et comment elle avait pensé qu'une telle occasion méritait qu'on la fêtât un peu. En conséquence, si le capitaine Hornblower voulait bien accorder à lady Barbara le plaisir de sa compagnie à dîner et lui indiquer ceux de ses officiers qui lui paraîtraient devoir être invités également, lady Barbara serait ravie. Hornblower répondit par écrit que le capitaine Hornblower était très heureux d'accepter l'aimable invitation de lady Barbara et qu'il espérait que lady Barbara voudrait bien inviter de surcroît qui lui plairait.

Pourtant, même le plaisir de retrouver la société n'était pas sans mélange. Hornblower avait toujours été pauvre, et au moment où il avait armé la *Lydia*, il n'avait plus su de quel côté se tourner pour trouver de l'argent ; car il avait dû en laisser suffisamment à Maria pour subvenir à ses besoins. En conséquence, il ne s'était pas équipé convenablement ; et maintenant, après tant de mois, ses vêtements étaient délabrés au dernier point. Les tuniques étaient rapiécées et raccommodées ; les reflets cuivrés des épaulettes montraient qu'elles n'avaient commencé leur existence que revêtues d'une mince couche d'or ; ses bicornes étaient en ruine ; ses bas et ses culottes n'étaient plus présentables ; ses cravates, autrefois blanches, étaient fatiguées et ne pouvaient plus donner l'illusion d'être en soie. Seule l'épée de cinquante guinées conservait un éclat satisfaisant, mais il ne pouvait pas la porter à un dîner.

Il se rendit compte que ses pantalons blancs

– faits à bord de la *Lydia* – ne possédaient pas ce cachet d'élégance auquel lady Barbara était habituée. Il avait l'air minable, et il se sentait minable ; lorsqu'il se regarda dans son petit miroir, il fut certain que lady Barbara se gausserait de lui. Il y avait des cheveux gris dans ses mèches brunes, et comme il arrangeait sa raie, il aperçut avec horreur une tache rose : sa calvitie faisait des progrès démesurés depuis quelque temps. Il se regarda, complètement dégoûté ; pourtant, il eut l'impression qu'il aurait volontiers donné le reste de ses cheveux, ou un ses membres, en échange d'une décoration qui aurait pu éblouir lady Barbara – ce qui n'aurait pas servi à grand-chose, car lady Barbara avait passé son existence au milieu de gens portant des décorations qui ne lui seraient jamais accessibles : l'Ordre de la Jarretière, par exemple, ou l'Ordre du Chardon…

Il fut sur le point d'envoyer un message à la jeune femme pour l'informer qu'il avait changé d'avis et ne dînerait pas avec elle ce soir-là ; mais il réfléchit que, s'il agissait ainsi, après tous ces préparatifs, Polwheal devinerait que son refus était motivé par le délabrement de sa garde-robe, et en conséquence, se moquerait de lui et de ses vêtements élimés. Il alla donc au dîner et se vengea du monde en demeurant silencieux et préoccupé au haut bout de la table, décourageant toute tentative de conversation par son attitude, si bien que dès le début la réception fut un échec lamentable. C'était une bien pauvre vengeance, mais il éprouvait une légère satisfaction à voir lady Barbara le regarder de l'autre bout de la table avec inquiétude. À la fin, il fut privé même de cette satisfaction, car lady Barbara sourit tout à coup et se mit à parler d'une façon légère, séduisante, et amena Bush à relater ses aventures à Trafalgar, récit qu'elle avait entendu au moins deux fois déjà, Hornblower le savait pertinemment.

La conversation devint générale, puis animée, car Gerard ne pouvait supporter de laisser Bush en faire tous les frais, et il fallut qu'il intervînt pour raconter sa rencontre avec un corsaire d'Alger, au large du cap Spartel, au temps où il servait à bord d'un négrier. Rester silencieux pendant que tout le monde parlait de cette façon était plus que Hornblower n'en pouvait supporter. Contre sa volonté, il participa à la conversation, et une question innocente de lady Barbara au sujet de sir Edward Pellew l'entraîna encore plus avant car Hornblower avait été aspirant, puis lieutenant à bord du navire de Pellew, et il en était fier. Ce ne fut qu'à la fin du repas qu'il fut capable de se reprendre et de refuser l'invitation de lady Barbara à une partie de whist, après le toast au roi. Cela du moins, pensait-il, l'impressionnerait ; cela en tout cas impressionna ses officiers, car il vit Bush et Gerard échanger des regards de surprise en entendant leur capitaine refuser la partie de cartes. De retour dans sa cabine, il écouta à travers la cloison se dérouler la partie bruyante de vingt et un que lady Barbara avait proposée pour remplacer le whist. Soudain il regrettait presque d'avoir refusé de se joindre à eux, bien qu'à son avis le vingt et un fût un jeu pour esprits faibles.

Quoi qu'il en fût, le dîner avait atteint son but,

en lui permettant de rencontrer de nouveau sans gêne le regard de lady Barbara lorsqu'il la voyait sur le pont. Il était maintenant capable de lui parler, de discuter avec elle de l'état des rares blessés qui restaient sur les cadres ; et après l'avoir rencontrée quelquefois le matin, il lui fut facile d'entrer en conversation pendant les après-midi étouffants et les nuits magiques des tropiques, tandis que la *Lydia* poursuivait sa route sur le paisible Pacifique. Il s'était fait à l'idée de porter des pantalons informes et des tuniques minables ; il oubliait le projet que dans son ressentiment il avait un jour formé, de contraindre lady Barbara à ne pas sortir de sa cabine ; et Dieu merci, sa mémoire n'était plus aussi douloureusement troublée par l'image d'El Supremo enchaîné au pont, ou de Galbraith mourant, ou du cadavre de ce pauvre Clay, étendu sans tête sur les planches ensanglantées. Et lorsque ces souvenirs disparurent, il ne lui fut plus possible de s'accuser de poltronnerie pour s'être laissé troubler par eux.

Ces jours-là furent des jours heureux ; à bord de la *Lydia* le travail quotidien s'exécutait avec une régularité d'horloge. À chaque heure de chaque jour, pour ainsi dire, il y avait assez de vent pour donner au navire la vitesse suffisante qui permît de gouverner, et quelquefois la brise soufflait juste assez fort pour rompre la monotonie. Il n'y eut pas de tempêtes pendant cette succession ininterrompue de jours dorés, et l'esprit pouvait en toute quiétude envisager une infinité de jours semblables, car le cinquantième degré de latitude Sud paraissait ne jamais devoir être atteint ;

ils pouvaient jouir de cette béatitude que donne le sentiment de l'éternité, sans tenir compte des avertissements constants qui leur étaient prodigués chaque midi par le soleil de plus en plus bas, et chaque minuit par la Croix du Sud un peu plus haute.

Ils purent être amis pendant ces nuits divines où le sillage du navire apparaissait comme une longue traînée de feu sur la légère phosphorescence de l'eau. Ils apprirent à bavarder ensemble intarissablement. Elle parlait des frivolités de la cour du vice-roi à Dublin, et des intrigues qui se trament autour du gouverneur général des Indes ; des émigrés français sans ressources, remettant à leur place les maîtres de forges orgueilleux de leur fortune ; des outrances de lord Byron et des sottises des ducs royaux ; et Hornblower apprit à écouter sans un mouvement d'envie.

En retour, il disait les mois passés au blocus, à lutter contre la tempête au large de la côte de Biscaye hérissée de rochers, et comment Pellew avait entraîné ses frégates en plein ressac pour couler le *Droit-de-l'Homme* avec ses deux mille hommes à bord ; il disait la fatigue, les privations, la cruauté : vie laborieuse et monotone, aussi extraordinaire pour lady Barbara que sa vie à elle l'était pour lui. Il put même, à mesure que sa gêne disparaissait, lui parler de ses ambitions ; elles devaient lui apparaître, il ne l'ignorait pas, aussi insignifiantes que celles d'un enfant soupirant après un cheval de bois ; des deux mille livres d'argent de prises qui suffiraient – avait-il décidé – à compléter sa demi-solde ; des quelques arpents de la maison de campagne et des rayons innombrables de sa bibliothèque.

Pourtant, elle écoutait tout cela sans sourire ; même, lorsque la lune les éclairait, on pouvait apercevoir une trace d'envie sur son visage, car ses propres ambitions étaient bien plus vagues et elle avait bien moins de chance encore de les réaliser. Elle ne savait guère ce qu'elle désirait mais elle savait que, quels que fussent ses désirs, elle ne pouvait espérer les réaliser qu'en séduisant un homme et en l'épousant. Que la fille d'un comte pût envier un capitaine de frégate sans ressources touchait Hornblower au-delà de toute expression, tandis qu'il regardait son visage au clair de lune ; il se réjouissait en même temps qu'il en souffrait de ce que lady Barbara pût avoir quelque chose à envier à quelqu'un.

Ils parlaient livres et poésie, et Hornblower se faisait le champion de l'école classique, qui datait de la reine Anne, contre les leaders de la révolte, ces barbares qui semblaient prendre plaisir à braver toutes les règles établies. Elle l'écoutait avec patience et même avec approbation, lorsqu'il parlait de Gibbon (objet de son admiration la plus sincère), de Johnson et de Swift, lorsqu'il citait Pope et Gray ; mais elle approuvait également les barbares. Il y avait un fou, appelé Wordsworth ; Hornblower avait éprouvé une vague horreur en entendant parler de ses opinions révolutionnaires en matière de littérature ; lady Barbara pensait qu'il y avait quelque chose à dire en sa faveur. Elle renvoyait adroitement la balle en revendiquant Gray comme précurseur de cette nouvelle école ; elle citait Campbell et cet innovateur gothique, Scott ; et elle obtint que Hornblower appréciât – bien que de mauvaise grâce – les mérites d'un poème malhabile intitulé *la Ballade du vieux marin,* quoiqu'il maintînt fermement et jusqu'à la dernière extrémité que son seul mérite résidait dans son contenu et qu'il eût été infiniment plus beau si Pope avait traité le même sujet en couplets héroïques, surtout si Pope s'était fait aider par quelqu'un connaissant mieux la navigation et le matelotage que ce Coleridge.

Parfois, lady Barbara se demandait s'il n'était pas étrange qu'un officier de marine étudiât la littérature avec autant de ferveur, mais elle sut bientôt que les capitaines de vaisseaux n'étaient pas tous les mêmes, comme les profanes auraient pu le croire étourdiment. Bush, Gerard et Crystal, aussi bien que Hornblower, lui parlèrent de capitaines qui écrivaient des élégies grecques, de capitaines qui encombraient leur cabine de marbres volés aux îles de l'Égée, de capitaines qui classaient les oursins et correspondaient avec Cuvier, tout comme il y avait des capitaines qui prenaient plaisir à voir le dos de leurs hommes déchiré par le chat à neuf queues, des capitaines qui étaient ivres morts tous les soirs et qui faisaient un enfer de leurs navires pendant leurs attaques de *delirium tremens,* des capitaines qui laissaient mourir de faim leur équipages, et des capitaines qui faisaient monter tout le monde sur le pont à chaque cloche, la nuit comme le jour. Malgré tout, elle était bien certaine que Hornblower était un membre éminent d'une classe à laquelle les terriens avaient tendance à ne pas reconnaître, à beaucoup près, autant de mérites qu'elle en possédait véritablement.

Dès son arrivée à bord, elle avait trouvé plaisir dans la compagnie de Hornblower. Maintenant ils étaient devenus l'un pour l'autre une habitude, comme si chacun était pour l'autre un poison insidieux ; et ils se sentaient vaguement inquiets quand ils étaient séparés. Le voyage avait été assez monotone, pendant que la *Lydia* poursuivait régulièrement sa route vers le sud, pour que les habitudes se soient formées facilement ; c'était devenu une habitude que d'échanger un sourire lorsqu'ils se rencontraient sur le gaillard d'arrière le matin, un sourire qu'éclairait le souvenir secret de l'intimité de leur conversation de la nuit précédente. C'était maintenant une habitude pour Hornblower de discuter avec lady Barbara la marche du navire, après qu'il avait fait le point à midi ; une habitude de boire le café en sa compagnie l'après-midi ; et surtout c'était pour eux une habitude de se rencontrer au coucher du soleil auprès de la lisse du couronnement, bien qu'aucun rendez-vous n'eût jamais été pris et aucune allusion faite à leur prochaine rencontre ; une habitude de flâner dans l'obscurité chaude tandis que la conversation naissait apparemment de rien, puis croissait et fleurissait comme une plante exotique, sous l'éclat magique des étoiles, jusqu'à ce que, pas à pas, avec une répugnance dont ils avaient à peine conscience, ils se dirigeassent vers leurs cabines, des heures après minuit.

Ils savaient même rester assis l'un près de l'autre sans parler, à observer en silence la tête des mâts décrivant leurs orbes parmi les étoiles, suivant le roulis du navire, à écouter le concert assourdi de la charpente ; et leurs pensées avaient des cours si parallèles que lorsqu'il arrivait à l'un d'eux de parler, ce qu'il disait était en parfaite harmonie avec la pensée de l'autre.

Pendant ces silences, lady Barbara, en jeune femme saine qu'elle était, laissait pendre sa main à son côté, où l'on aurait pu la toucher sans grand effort. Alors qu'elle ne le désirait point, les hommes lui avaient souvent pris la main auparavant – dans des bals à Londres, ou pendant les réceptions du gouverneur général. Maintenant, bien que consciente du risque et de l'imprudence qu'il y aurait à encourager la moindre intimité physique au cours d'un voyage qui devait encore durer des mois, elle avait pourtant l'imprudence et la témérité de courir ce risque sans essayer d'analyser ses raisons. Mais Hornblower semblait ne pas voir cette main. Elle voyait son visage levé vers les étoiles, immobile et paisible, et elle éprouvait de la joie à s'attribuer le mérite du changement qu'elle y percevait, par rapport à cette soirée où elle avait parlé avec Bush et où elle avait lu le tourment sur le visage de Hornblower.

Cette phase du voyage dura pendant des semaines – semaines de bonheur au cours desquelles la *Lydia* continua régulièrement sa marche vers le sud ; jusqu'à ce que les soirées devinssent fraîches et les matinées brumeuses, que le ciel passât du bleu au gris, que la première pluie qu'ils eussent eue depuis trois semaines mouillât les ponts, et que le vent d'ouest devînt plus violent et plus pénétrant, si bien que lady Barbara dut s'envelopper d'un manteau de marin pour rester assise sur le pont. Les soirées auprès de la lisse du couronnement prirent fin insensiblement ; la *Lydia* luttait contre un vent grand frais, et la température se faisait de plus en plus froide, bien que ce fût l'été des antipodes. Pour la première fois de sa vie, lady Barbara vit Hornblower vêtu de son suroît et de son ciré, et chose curieuse, elle pensa que ces affreux vêtements lui allaient vraiment bien. Quelquefois, il venait en flânant jusqu'à sa cabine ; le vent faisait briller ses yeux et lui mettait le sang aux joues, et elle sentait son cœur battre à l'unisson du sien.

Elle savait qu'elle était stupide. Elle se dit que cette faiblesse avait pour unique cause le fait que Hornblower était le seul homme à bord qui fût d'une certaine culture, le seul qui fût acceptable ; vivre en étroit contact avec lui pendant quatre mois de suite devait nécessairement le lui faire aimer, ou le lui faire détester ; et comme sa nature ne connaissait pas la haine, l'amour était inévitable. Elle se dit également qu'aussitôt rentrée dans le monde civilisé, aussitôt qu'elle pourrait juger Hornblower par comparaison avec l'entourage qui lui était familier et dont elle avait perdu le souvenir au cours de ces longs mois, il perdrait à ses yeux son intérêt et son charme.

Elle se répétait qu'à bord d'un bateau on ne voyait pas les choses sous leur vrai jour. Bœuf salé et porc salé, pain charançonné et pois secs, un verre de jus de citron deux fois par semaine, quoi de plus monotone ? Des bagatelles revêtaient une importance exagérée lorsqu'on menait une vie semblable. De même que le mal de dents tend à disparaître lorsque l'esprit est occupé, ainsi disparaîtrait sa peine de cœur lorsqu'elle aurait d'autres préoccupations. Ce raisonnement était vrai ; mais, chose curieuse, il ne modifiait en rien ses sentiments actuels.

Ils avaient maintenant atteint la région des contre-alizés. Ceux-ci soufflaient chaque jour un peu plus fort, et chaque jour la mer était un peu plus agitée. La *Lydia* naviguait d'une façon splendide ; pendant deux ou trois journées elle fila deux cent quarante milles marins de midi à midi. Il faisait froid, il pleuvait à torrents, et sur le pont principal on avait parfois de l'eau jusqu'aux genoux. Certains jours, lady Barbara, allongée sur sa couchette, ne pouvait rien faire d'autre que de prendre courage, pendant que le navire dansait et roulait comme s'il allait se retourner complètement d'un instant à l'autre ; et Hébé (qui ne réussit jamais complètement à vaincre le mal de mer) gémissait dans ses couvertures sur le plancher de la cabine et de froid claquait des dents. On ne pouvait pas faire de feu, on ne pouvait rien cuire ; le gémissement de la charpente s'enflait et ressemblait au son d'un orgue dans une église.

Au point extrême de leur périple, la nature capricieuse du cap Horn se manifesta. Un matin à son réveil, lady Barbara sentit que la *Lydia* montait et descendait régulièrement de nouveau, et Polwheal frappa à la porte de la cabine pour lui faire part d'un message du capitaine : lady Barbara pouvait, si elle le désirait, profiter de l'éclaircie pour prendre l'air sur le pont. Elle trouva un ciel bleu et un temps clair, bien que l'air fût assez vif pour qu'elle fût reconnaissante à Gerard de lui avoir prêté son manteau de drap molletonné. Le vent était tombé au point de n'être plus qu'une bonne brise sous laquelle la *Lydia,* toutes voiles dehors y compris les cacatois, précipitait gaiement sa course ; un clair soleil les enveloppait ; c'était une joie que de se promener de nouveau sur le pont ! Ce fut même, si possible, une joie encore plus grande que de boire le café chaud, fumant, que Polwheal, avec un large sourire, servit sur le gaillard d'arrière à lady Barbara et aux officiers. Elle éprouva un plaisir intolérable à remplir ses poumons d'air frais, après ces jours passés à respirer les vapeurs méphitiques de l'entrepont. Elle rencontra le regard de Hornblower et ils échangèrent un sourire ravi. Dans tout le gréement, les vêtements des marins mis en hâte à sécher semblaient danser de joie et agitaient, tout guillerets, mille bras et jambes dans l'air étincelant.

Le cap Horn ne leur accorda que cette seule matinée agréable ; avant midi, un nuage léger voila le soleil, et la force de la brise augmenta de nouveau ; de l'horizon, d'épaisses masses de nuages noirs s'avançaient rapidement vers eux et ne tarderaient pas à les rejoindre.

— Serrez les cacatois, Bush, grommela Hornblower qui observait le ciel, l'air maussade. Lady Barbara, j'ai bien peur que vous ne soyez obligée de regagner votre cabine.

La bourrasque s'abattit sur eux en hurlant avant même que la jeune femme eût atteint sa cabine. Ils fuirent devant le gros temps tout l'après-midi, et le soir, lady Barbara sentit aux mouvements du navire (tant elle était devenue bon marin) que Hornblower avait été obligé de mettre à la cape. Pendant trente-six heures, la *Lydia* tint la cape, tandis qu'autour d'elle le ciel semblait se déchirer ; Hornblower trouvait un motif de consolation dans la pensée qu'en dérivant sous le vent, la *Lydia* continuait sa route vers l'est. Lady Barbara avait peine à croire que les hommes eussent jamais réussi à contourner le cap Horn en direction de l'ouest. Cela contribua à lui faire souscrire à l'opinion de Hornblower ; avant longtemps, au plus tard dès la conclusion d'une paix générale, la voix du monde entier s'élèverait pour exiger le percement d'un canal à travers l'isthme de Panama. En attendant, il n'y avait rien d'autre à faire qu'à attendre le jour heureux où ils atteindraient Sainte-Hélène et pourraient savourer de la viande fraîche, des légumes et même – si impossible, si utopique que cela pût paraître – du lait et des fruits.

23

Le poltron

Le changement dans les conditions atmosphériques après qu'ils eurent contourné le cap Horn fut total. Il sembla à lady Barbara que du jour au lendemain, pour ainsi dire, ils quittaient une mer grise où la *Lydia* fatiguait sous les bourrasques du sud-ouest, froides, désagréables et qui élevaient les vagues à hauteur des vergues, pour jouir du ciel bleu et des douces brises du sud-est. En vérité, ils avaient eu de la chance, car la dernière bourrasque orageuse de sud-ouest les avait entraînés en plein dans la région des vents du sud. Ils quittaient l'automne des antipodes, et le printemps du nord venait à leur rencontre à la suite du soleil. La mer était de nouveau bleue, d'un bleu profond, intense, et toujours merveilleusement mis en valeur par l'écume blanche. Des poissons volants sillonnaient la surface émaillée. En moins de rien, les souffrances et les incommodités du cap Horn furent oubliées.

Et ce fut tout naturellement que lady Barbara, à la nuit tombante, se trouva comme autrefois assise près de la lisse du couronnement ; que Hornblower apparut près d'elle dans le demi-jour, et accepta son invitation toujours courtoise de s'asseoir à son côté. Il était parfaitement naturel que les officiers acceptassent cet état de choses comme existant depuis longtemps et que l'officier de quart limitât sa promenade à la partie avant du gaillard. À minuit, lorsque Gerard vint relever Rayner, ce dernier attira son attention, d'un coup de pouce et d'un mouvement de la tête, vers le groupe sombre près de la lisse ; Gerard eut un large sourire et, dans son visage hâlé, ses dents blanches brillèrent à la lueur des étoiles.

Longtemps auparavant, il avait mis à l'épreuve la vertu de cette femme, avant même que le capitaine eût remarqué son existence. Il ne pensait pas que Hornblower réussirait là où il avait échoué ;

en tout cas Gerard se piquait d'avoir assez de bon sens pour ne pas tenter de courir sur les brisées de son propre capitaine. Gerard avait fait assez de conquêtes pour que leur souvenir peuplât le silence de ses nuits de quart ; et il était assez philosophe pour souhaiter bonne chance à son capitaine en lui tournant carrément le dos, pendant qu'ils bavardaient tranquillement, tout juste assez loin de lui pour qu'il ne pût entendre.

Pourtant, pour Hornblower – et pour lady Barbara – les choses étaient fort différentes dans l'Atlantique et dans le Pacifique. Hornblower semblait éprouver une tension qu'il ne connaissait pas auparavant. Peut-être qu'en contournant le cap Horn, il avait réalisé que même les voiliers arrivent un jour au terme de leur voyage, que même les cinq mille milles environ qui les séparaient encore de Portsmouth ne dureraient pas toujours. Dans le Pacifique, assez congrûment d'ailleurs, il avait trouvé la paix dans la compagnie de lady Barbara. Ici, dans l'Atlantique, il avait conscience d'un malaise, comme s'il avait vu le baromètre baisser rapidement, avec une mer unie comme un miroir, dans les parages des Antilles.

Pour une raison quelconque – peut-être simplement parce qu'il avait pensé à l'Angleterre –, il avait souvent l'image de Maria devant les yeux depuis quelque temps. Maria, petite, boulotte, le visage souvent fleuri de boutons ; Maria avec son ombrelle de soie noire qu'elle aimait ; Maria en chemise de nuit de flanelle, des papillotes dans les cheveux, disant des mots tendres d'une voix enrouée ; Maria discutant avec une logeuse ; Maria à bord de la *Lydia* à Portsmouth, portant écrite sur son visage la piètre estime en laquelle elle tenait les matelots. Ce n'était pas loyal de penser à Maria de cette façon ; il devait plutôt se la représenter comme elle était pendant cette nuit de cauchemar, dans leur logement de Southsea, les yeux rouges à force de pleurer, luttant bravement pour empêcher ses lèvres de trembler pendant que le petit Horatio mourait dans ses bras de la variole, et que la petite Maria était dans la pièce voisine, morte elle aussi.

— Hum, hum ! fit Hornblower âprement, et il s'agita sur son siège, mal à l'aise.

Lady Barbara regarda son visage à la lueur des étoiles. Il avait cette expression morne, fermée, qu'elle en était venue à redouter.

— Pouvez-vous me dire ce qu'il y a, capitaine ? demanda-t-elle doucement.

Il resta silencieux pendant plusieurs secondes avant de faire non de la tête. Non, il ne pouvait pas le lui dire. D'ailleurs, il ne le savait pas lui-même ; malgré son habitude de l'introspection, il n'avait pas osé s'avouer à lui-même qu'il avait fait des comparaisons entre une femme petite et grosse et une femme grande et mince ; entre une femme aux pommettes rouges, et une femme au profil classique.

Hornblower dormit mal cette nuit-là, et sa promenade le matin suivant ne fut pas consacrée à l'examen des questions, qu'il avait envisagé d'étudier. Il ne pouvait pas fixer son esprit sur les problèmes de l'eau et des réserves, sur les vents et le cap, sur la façon dont il allait tenir l'équipage en haleine et empêcher les hommes de faire des sottises ; c'était pendant cette heure matinale qu'il avait l'habitude de résoudre ces problèmes, de façon à apparaître comme un homme de décision pendant le reste de la journée. Pendant une partie de cette heure, il fut trop malheureux pour penser d'une façon cohérente et, le reste du temps, son esprit se débattit contre des suppositions si monstrueuses qu'elles l'épouvantaient. Il était tenté de faire des avances à lady Barbara ; cela, du moins, il pouvait le reconnaître. Il avait même grande envie de le faire ; rien que d'y penser il avait mal dans la poitrine, il éprouvait un désir ardent et très douloureux.

Ce qui était monstrueux dans ces pensées était le soupçon que peut-être lady Barbara ne le repousserait pas. Cela semblait inconcevable et pourtant possible, comme ce qui arrive dans un cauchemar. Il pourrait même, peut-être, poser sa main brûlante sur la fraîcheur de son sein ; à cette pensée, il sentit ses nerfs se crisper dans une angoisse étrange. Le désir ardent qu'il avait d'en connaître la douceur était atroce. Il y avait maintenant presque un an qu'il était cloîtré à bord de la *Lydia*, et une année de vie contre nature fait naître d'étranges pensées. Juste au-delà des sombres limites de son esprit conscient étaient tapies des songeries plus étranges encore, d'obscurs fantômes de viol et de meurtre.

Cependant, alors même que Hornblower jouait ainsi avec la folie, ses maudites facultés d'analyse examinaient d'autres éventualités. Qu'il offensât lady Barbara ou qu'il la séduisît, il jouait avec le feu. Les Wellesley pouvaient ruiner son avenir à leur fantaisie. Ils pouvaient le priver brutalement de son commandement et le laisser languir à demi-solde pour le restant de ses jours ; pis encore, si leur animosité était assez grande, ils pouvaient trouver dans ses actions de l'année précédente des motifs de le traduire en conseil de guerre ; et sous la pression des Wellesley, un conseil de guerre pouvait fort bien lui retirer son brevet d'officier et faire de lui un indigent à la charge de la paroisse. C'était là le pire qui pût arriver, à l'exception, peut-être, d'un duel qui se terminerait mal pour lui ; et le mieux qui pût arriver n'était guère plus réjouissant. À supposer – ce qui était à peine concevable – que les Wellesley acceptassent que leur sœur fût séduite, à supposer que, en présence d'un fait accompli, ils décidassent de prendre leur parti de la chose… Non, cela n'était pas concevable du tout. Il lui faudrait divorcer d'avec Maria, et cela nécessitait un acte du parlement et une dépense de cinq mille livres.

S'attaquer à lady Barbara, c'était courir le risque d'une ruine totale, professionnelle, sociale et financière. Et il savait bien qu'il devait se méfier de lui-même dès qu'il s'agissait de courir des risques. Quand il avait fait remorquer la *Lydia* à portée de la *Natividad*, qu'il s'était battu canon contre canon, il avait couru des risques si épouvantables qu'aujourd'hui encore, en y pensant, il sentait un petit frisson lui parcourir le dos. Le risque et le danger l'attiraient même lorsqu'il savait qu'il était fou de s'y exposer ; et il savait aussi qu'une fois sa décision prise, rien ne l'arrêtait. En ce moment même où il y réfléchissait de sang-froid, il y avait pour lui quelque chose de dangereusement fascinant dans l'idée de jouer un méchant tour à la famille Wellesley et de la défier.

Bientôt toutes ces froides considérations furent balayées et réduites à néant par une vague de passion brûlante, lorsqu'il se la représenta, svelte et ravissante, compréhensive et douce. Il tremblait de passion ; son sang ardent bouillonnait dans ses veines et des images confuses se pressaient dans son esprit en un panorama fantastique. Il se tenait près de la lisse, fixant sans la voir la mer bleue que les algues émaillaient de taches d'or, n'ayant conscience que du tumulte de son corps et de son esprit. Quand, enfin, son cœur se remit à battre normalement, et qu'il se retourna pour regarder le bateau, tout lui apparut curieusement net et clair. Il voyait les plus petits détails de l'épissure compliquée que faisait l'un des marins, à quarante pas de là, sur le gaillard d'avant. Aussitôt après, il fut profondément heureux d'avoir retrouvé le contrôle de lui-même, car lady Barbara arriva sur le pont ; elle sourit, comme chaque jour, en sentant le soleil sur son visage à la sortie de sa cabine, et bientôt ils furent en conversation.

— J'ai passé la nuit dernière à faire des rêves, dit lady Barbara.

— Vraiment ? fit Hornblower d'un ton embarrassé.

Lui aussi avait rêvé.

— Oui, reprit lady Barbara. J'ai surtout rêvé d'œufs ; d'œufs sur le plat et d'œufs au beurre ; de tartines de pain blanc avec une épaisse couche de beurre ; de café au lait avec beaucoup de crème ; de choux, de choux simplement cuits à l'eau. Mon rêve n'eut pas l'extravagance d'aller jusqu'à une purée d'épinards, mais je parvins presque à un plat de carottes nouvelles. Et voici que ce matin Hébé m'apporte mon café noir, et mon pain de maïs charançonné ; et Polwheal me fait demander si je préfère du bœuf ou du porc pour mon dîner. Je crois qu'aujourd'hui j'entame le septième frère du cochon dont j'ai goûté pour la première fois les côtelettes à Panama. Je connais la race maintenant.

Lady Barbara était encore capable de rire en tenant ce petit discours, et de montrer ses dents, blanches dans son visage hâlé ; et son rire chassa la passion de Hornblower pendant un instant. Il sympathisait avec elle – chacun rêvait de nourriture fraîche après avoir pendant des mois mangé l'ordinaire d'un navire –, mais le fait qu'elle fût si naturelle agissait sur l'état d'esprit de Hornblower comme une fenêtre ouverte dans une pièce sans air. Cette conversation sur la nourriture écarta la crise pendant quelques jours encore, précieuses journées pendant lesquelles la *Lydia*, sous un vent de travers sud-est, continua légèrement sa route à travers l'Atlantique-Sud en direction de Sainte-Hélène.

Le vent ne manqua pas jusqu'au soir même où, le soleil se couchant dans une pourpre royale lui ayant permis une fois encore de regarder droit devant elle, la vigie en haut du mât aperçut la pointe extrême d'une montagne au moment où la lumière disparaissait du ciel ; son cri de « Terre ! » apprit à Hornblower qu'une fois de plus il avait fait un atterrissage parfait. Pendant toute la journée le vent avait faibli ; le coucher du soleil le réduisit à rien ; c'était d'autant plus exaspérant que, quelques heures plus tard, la *Lydia* eût atteint l'île. Du pont, la terre n'était pas encore en vue, et comme Gerard le fit remarquer à lady Barbara, il lui faudrait croire sur parole à la proximité de l'île jusqu'à ce que le vent condescendît à souffler de nouveau. Elle fut si cruellement déçue de voir retardé le moment de manger des œufs au beurre que Crystal se hâta vers l'avant et enfonça son couteau de poche dans le grand mât. C'était là un moyen certain de faire souffler le vent et, si par malheur cela ne réussissait pas, il réunirait les mousses et les ferait siffler à l'unisson ; et si une telle impudence faisait s'élever une tempête du fond de l'océan, il était prêt à en courir le risque.

Peut-être fut-ce la réaction de ce délai sur le subconscient de Hornblower qui précipita la crise ; il était évident en effet qu'il redoutait secrètement qu'un arrêt à Sainte-Hélène n'amenât un changement inopportun à bord de la *Lydia.* D'un autre côté, l'événement devait fatalement se produire, et peut-être que le rôle du hasard se borna à choisir ce soir-là. Ce fut une coïncidence que Hornblower entrât dans la cabine au crépuscule, à un moment où il croyait lady Barbara sur le pont ; ce fut une coïncidence que sa main frôlât son bras nu lorsqu'ils se trouvèrent serrés entre la table et le coffre et qu'il s'excusa de son intrusion. Elle était déjà dans ses bras, et ils s'embrassèrent, s'embrassèrent encore. Elle mit une main derrière son épaule et effleura sa nuque, et ils furent éperdus de passion.

Puis un coup de roulis l'obligea à desserrer son étreinte et elle s'assit sur le coffre ; et tout en s'asseyant, elle lui sourit ; il tomba à genoux près d'elle, la tête sur son sein ; elle caressa ses boucles et ils s'embrassèrent de nouveau comme s'ils ne devaient jamais s'en lasser. Elle lui disait les mots tendres que sa nurse lui prodiguait lorsqu'elle était enfant, elle n'avait encore jamais appris à user d'autres mots tendres.

— Mon petit ! murmurait-elle, mon chéri, mon petit lapin !

Il était difficile de trouver les mots qui sauraient dire tout l'amour dont elle brûlait pour lui.

— Vos mains sont belles, dit-elle.

Elle étendit l'une des mains en question sur sa paume et joua avec les longs doigts minces.

— Dès Panama, je les ai aimées.

Hornblower avait toujours pensé que ses mains étaient osseuses et laides, et la gauche portait encore des marques de poudre, conséquence de l'abordage de la *Castilla.* Il la regarda pour voir si elle le taquinait, et lorsqu'il vit qu'elle était sincère, il ne put que l'embrasser à nouveau. Ses lèvres étaient si accueillantes à ses baisers ! C'était un miracle qu'elle consentît à ce qu'il l'embrassât. La passion les emporta une fois de plus.

L'entrée de Hébé les sépara ; du moins, elle fit se relever Hornblower ; il s'assit, tout raide et gêné, tandis que Hébé leur souriait d'un air malicieux.

Pour Hornblower, c'était une chose épouvantable qu'un capitaine fût surpris en train de badiner avec une femme à bord de son propre navire, un navire en commission ! C'était contraire au code maritime ; pis, cela manquait de dignité, c'était propre à ébranler la discipline, et c'était dangereux. Lady Barbara conserva un front serein.

— Va-t'en, Hébé, dit-elle d'un ton calme. Je n'ai pas besoin de toi pour l'instant.

Elle se retourna vers Hornblower ; mais le charme était rompu. Il s'était vu sous un jour nouveau, vautré sur un lit avec une passagère. Il rougit vivement, furieux contre lui-même et se demandant déjà ce qu'avaient pu surprendre de leurs chuchotements l'officier de quart et le timonier, par la claire-voie ouverte.

— Qu'est-ce que nous allons faire ? demanda-t-il mollement.

— Faire ? répondit-elle. Nous nous aimons et le monde nous appartient. Nous faisons ce que nous voulons.

— Mais… dit-il. Et puis encore : Mais…

Il voulait lui expliquer en quelques mots les complications dans lesquelles il se voyait enfermé. Il voulait lui dire à quel point il redoutait l'amusement mal déguisé de Gerard, la parfaite maladresse avec laquelle Bush essayerait de se montrer délicat ; lui dire que le capitaine d'un navire n'était pas autant son propre maître qu'elle semblait le penser ; mais c'était impossible. Il ne put que bégayer, battre des bras dans un geste d'impuissance et détourner son visage. Il avait oublié tous ces détails pratiques dans les rêves fous qu'il avait formés. Elle lui prit le menton et le força à la regarder.

— Mon chéri, dit-elle, qu'est-ce qui vous ennuie ? dites-moi ?

— Je suis marié, dit-il, se dérobant comme un poltron.

— Je sais bien. Allez-vous permettre à cela d'intervenir entre nous ?

— Et puis… poursuivit-il.

Ses bras battirent de nouveau dans une tentative désespérée pour exprimer les doutes qui le dévoraient.

Elle condescendit à rabaisser encore un peu plus son orgueil.

— Hébé est sûre, dit-elle doucement. Elle m'adore ; d'ailleurs elle n'oserait pas être indiscrète.

Elle vit l'expression de son visage et se leva brusquement. Son sang et sa race étaient outragés. Si voilée qu'ait été son offre, elle avait été refusée. Une fureur froide la possédait maintenant.

— Ayez la bonté, capitaine, de m'ouvrir cette porte, je vous prie.

Elle sortit de la pièce avec toute la majesté et la dignité que l'on peut attendre de la fille d'un comte, et si elle pleura lorsqu'elle fut dans l'intimité de sa cabine, Hornblower n'en sut rien. Il arpentait le pont de long en large, interminablement. C'était la fin de son beau rêve. Voilà comment il se montrait : un homme à qui un projet plaisait d'autant plus qu'il comportait plus de risques et de dangers ! Voilà le beau don Juan, le parfait bourreau des cœurs ! Dans sa honte, il pestait contre lui-même, il se raillait d'avoir en imagination affronté la colère des Wellesley, et d'avoir reculé en fait devant l'ironie de Gerard.

Tout aurait pu s'arranger, si le calme avait

persisté deux ou trois jours, en sorte que lady Barbara aurait pu oublier sa colère et Hornblower ses doutes ; d'autres événements auraient pu se produire. Il y aurait peut-être eu un scandale retentissant dans la haute société. En fait, à minuit, une légère brise se leva – peut-être était-ce le couteau de Crystal qui en était cause – et Gerard vint chercher ses ordres. Hornblower ne put, cette fois encore, narguer l'opinion publique ; il n'osait affronter les soupçons qui s'élèveraient et les questions qui seraient posées en secret s'il donnait l'ordre de virer de bord et de s'éloigner de Sainte-Hélène, alors que le vent était favorable.

24

Retour à bon port

— Il y a une quantité formidable de bateaux là-dedans, nota Bush, la lunette à l'œil, lorsqu'ils entrèrent dans la rade à l'aube. Formidable ! Des vaisseaux de guerre, Monsieur. Non, des navires des Indes. Des vaisseaux de guerre et des navires des Indes, Monsieur ! Et un vaisseau à trois ponts ! Je veux être pendu si ce n'est pas ce vieux *Téméraire* battant pavillon de contre-amiral ! Probablement le rendez-vous du convoi pour l'Angleterre, Monsieur.

— Faites appeler M. Marsh, dit Hornblower.

Il allait falloir tirer des salves, faire des visites ;

il était entraîné dans le courant irrésistible de la routine maritime, et pendant des heures il serait trop occupé pour avoir une entrevue avec lady Barbara, même si elle condescendait à lui en accorder une. Il ne savait pas s'il devait s'en réjouir ou s'en attrister.

La *Lydia* signala son numéro et le roulement des salves commença à se répercuter lentement tout autour de la baie. Hornblower portait sa grande tenue défraîchie : la tunique bleue décolorée aux épaulettes de cuivre, la culotte blanche usée et les bas de soie aux échelles innombrables, que Polwheal avait raccommodés grossièrement. L'officier de port monta à bord pour recevoir le certificat attestant qu'il n'y avait pas de maladie contagieuse parmi l'équipage. Un instant après, la chaîne d'ancre rugit dans l'écubier, et Hornblower demanda son canot pour se rendre auprès de l'amiral. Il franchissait précisément la coupée lorsque lady Barbara arriva sur le pont ; pendant une seconde, il la vit regarder avec plaisir les flancs verdoyants de la montagne et considérer avec surprise les nombreux bateaux entassés dans la rade. Il aurait bien voulu s'arrêter à lui parler, mais une fois de plus, le sentiment de la dignité propre à un capitaine l'en empêcha. Et il ne pouvait pas davantage l'emmener avec lui ; aucun capitaine partant faire des visites officielles ne pouvait avoir une femme près de lui à l'arrière de son bateau, même si des explications ultérieures révélaient qu'il s'agissait d'une Wellesley.

Le canot s'approchait régulièrement du *Téméraire*.

« *Lydia* ! » hurla le patron du canot en réponse

à l'appel venu du pont, et il leva les quatre doigts qui indiquaient la présence d'un capitaine dans le canot et avertissaient ceux du *Téméraire* d'avoir à préparer le cérémonial d'usage.

Sir James Saumarez reçut Hornblower sur le balcon arrière de son vaisseau amiral. Il était grand et mince et paraissait jeune, tant que son chapeau cachait ses cheveux d'un blanc de neige. Il écouta courtoisement les brèves explications que Hornblower lui donna de sa présence dans l'île ; après quarante années passées en mer et seize années de guerre ininterrompue, il était capable de deviner les folles aventures que le rapport verbal de Hornblower passait sous silence. Il y eut une lueur d'approbation dans ses yeux bleus farouches lorsqu'il apprit que la *Lydia* avait coulé un navire à deux ponts, de cinquante canons, dans un combat corps à corps.

— Vous pouvez m'accompagner et accompagner le convoi, dit-il lorsque Hornblower eut terminé. Je n'ai que deux vaisseaux de ligne et pas une seule frégate pour escorter tout ce convoi des Indes. On aurait pu croire que le gouvernement aurait compris la nécessité d'avoir des frégates, depuis le commencement de la guerre en 93, ne croyez-vous pas ? Je vous enverrai des ordres écrits dans la matinée. Et maintenant, peut-être m'accorderez-vous le plaisir de votre compagnie au petit déjeuner.

Hornblower fit remarquer qu'il était de son devoir de rendre visite au gouverneur.

— Son Excellence déjeune avec moi, dit l'amiral.

Hornblower savait qu'il était maladroit de

continuer à élever des objections à l'invitation d'un amiral, mais il lui fallut en élever une nouvelle.

— Il y a une passagère à bord de la *Lydia*, amiral, dit-il.

Et, voyant s'arquer les sourcils de l'amiral, il se hâta de lui expliquer les raisons de la présence de lady Barbara en ces lieux.

L'amiral siffla.

— Une Wellesley ! fit-il. Et vous l'avez ramenée par le cap Horn ? Eh bien ! il faut que nous disions cela à lady Manningtree.

Il précéda Hornblower sans cérémonie dans la vaste cabine réservée à l'amiral. Il y avait une longue table couverte d'une nappe blanche comme neige où scintillaient l'argenterie et la verrerie ; près de la table un petit groupe d'hommes et de femmes admirablement habillés bavardaient. L'amiral fit des présentations rapides : Son Excellence le gouverneur et Madame, le comte et la comtesse de Manningtree, sir Charles et lady Wheeler…

Lady Manningtree était une petite femme replète, portant la bonne humeur inscrite sur chaque trait de son visage. Elle ne témoignait nullement de la dignité et de la réserve que l'on aurait pu attendre de la femme d'un ex-gouverneur général rentrant en Angleterre à l'expiration de son mandat.

— Le capitaine Hornblower a ramené de Darien lady Barbara Wellesley, annonça sir James, et il se lança dans des explications rapides.

Lady Manningtree écoutait, parfaitement horrifiée.

— Et vous l'avez laissée là-bas ? Sur ce petit

bateau ? dit-elle. Pauvre trésor ! Il ne faut pas qu'elle y reste une minute de plus. Je vais aller la chercher à l'instant même. Sir James, il faut m'excuser. Je ne serai pas tranquille tant qu'elle ne sera pas confortablement installée à bord du *Hambury Castle*, dans la cabine voisine de la mienne. Sir James, voulez-vous avoir la bonté de demander un canot pour moi ?

Elle partit dans un tourbillon d'excuses et d'explications, un frou-frou de jupons et un véritable torrent d'objurgations, visant principalement Hornblower.

— Lorsque les femmes prennent les choses en main, soupira sir James avec philosophie après son départ, il vaut mieux que les hommes se tiennent à l'écart. Voulez-vous vous asseoir ici, capitaine ?

Chose étonnante, Hornblower ne put pour ainsi dire pas toucher à ce délicieux déjeuner. Il y avait là de savoureuses côtelettes de mouton, du café avec du lait frais, du pain de froment, frais également ; il y avait du beurre, des fruits, des légumes, tout ce dont Hornblower avait rêvé lorsque ses pensées n'étaient pas occupées de lady Barbara ; et il ne put manger qu'une bouchée par-ci par-là. Heureusement son manque d'appétit passa inaperçu tant il était occupé à répondre à un déluge de questions relatives à lady Barbara ; aux aventures qu'il avait rencontrées dans le Pacifique, au passage du cap Horn, puis encore à lady Barbara.

— Son frère accomplit de grandes choses en Espagne, raconta sir James. Pas l'aîné, le marquis, mais Arthur, celui qui a gagné la bataille d'Assaye. Il s'est bien tiré de cette commission d'enquête, après Vimiero. Maintenant il a flanqué Soult à la porte du Portugal ; quand j'ai quitté Lisbonne, il marchait délibérément sur Madrid. Depuis que sir Moore a été tué, c'est le général qui a le plus d'avenir de toute l'armée.

— Hum ! fit lady Wheeler. (Le nom de Wellesley était encore anathème pour un certain nombre d'Anglais des Indes.) Cette lady Barbara est beaucoup plus jeune que lui, il me semble ? Je me souviens l'avoir vue à Madras ; c'était une enfant.

Les regards se tournèrent vers Hornblower, mais lord Manningtree, dans la bonté de son cœur, lui épargna l'embarras de devoir préciser l'âge de lady Barbara.

— Ce n'est pas une enfant, dit-il d'un ton un peu bourru. C'est une jeune femme très accomplie. Et elle a refusé une douzaine de partis très acceptables quand elle était aux Indes, et Dieu sait combien d'autres depuis.

— Hum, fit encore lady Wheeler.

Le déjeuner commençait à paraître interminable à Hornblower et il fut heureux lorsqu'il comprit que l'on allait se séparer. Le gouverneur saisit l'occasion de discuter avec lui la question des vivres dont la *Lydia* aurait besoin ; la routine de la marine ne le lâchait pas. Il était urgent qu'il retournât vers son navire ; il fit ses excuses à sir James et dit au revoir aux autres invités.

Le canot de l'amiral était encore croché aux porte-haubans de la *Lydia* lorsqu'il revint ; les hommes qui le montaient arboraient un uniforme pourpre et des chapeaux galonnés d'or. Hornblower avait connu des capitaines de frégate qui habillaient les marins de leur canot de cette façon extravagante ; mais c'étaient des hommes riches qui avaient eu de la chance avec les parts de prise ; non de pauvres diables comme lui. Il monta à bord ; les bagages de lady Barbara étaient empilés sur le passavant, attendant qu'on les descendît dans le canot. On entendait un bavardage ininterrompu de voix de femmes venant de la cabine principale. Lady Barbara et lady Manningtree étaient assises, en grande conversation ; elles avaient évidemment tant de choses à se dire qu'elles n'avaient pu attendre d'être à bord du *Hambury Castle*. Un sujet avait conduit à un autre, si captivant qu'elles avaient oublié le canot, oublié les bagages les attendant, et même oublié le déjeuner.

Apparemment, lady Barbara avait profité de ce qu'on avait retiré ses bagages de la réserve pour déballer d'autres vêtements. Elle portait une nouvelle robe que Hornblower ne lui avait pas encore vue, un nouveau turban et un voile. Elle faisait tout à fait grande dame maintenant. Lorsqu'elle se mit debout, elle parut, à Hornblower étonné, avoir au moins six pouces de plus que la dernière fois qu'il l'avait vue.

Évidemment l'arrivée de Hornblower, rompant le fil de la conversation, fut pour elles le signal du départ.

— Lady Barbara m'a raconté tout votre voyage, fit lady Manningtree en boutonnant ses gants. Je crois que vous méritez des remerciements infinis pour le soin que vous avez pris d'elle.

Cette vieille dame généreuse était de ces gens

qui ne pensent jamais au mal. Elle parcourut du regard la cabine minuscule et laide.

— Tout de même, continua-t-elle, je crois qu'il est grand temps qu'elle jouisse d'un confort un peu plus grand que celui que vous pouvez lui offrir ici.

Hornblower réussit à prononcer quelques mots relatifs à la supériorité de l'aménagement des luxueux navires des Indes.

— Je ne veux pas dire que c'est votre faute, capitaine, se hâta de protester lady Manningtree. Je suis bien sûre que votre navire est un très beau navire. Une frégate, n'est-ce pas ? Mais les frégates n'ont jamais été destinées à transporter des dames, c'est tout ce que l'on peut dire. Et maintenant, nous devons vous dire au revoir, capitaine. J'espère que nous aurons le plaisir de vous recevoir à bord du *Hambury Castle* par la suite. Il y aura certainement bien des occasions pendant ce fastidieux voyage de retour. Au revoir, capitaine.

Hornblower s'inclina et la laissa passer devant lui. Lady Barbara la suivit.

— Au revoir, dit-elle.

Hornblower s'inclina de nouveau et lady Barbara fit une révérence. Il la regardait en face et pourtant il ne vit aucun détail de son visage, rien que du bleu et du blanc.

— Merci pour toutes vos bontés, dit-elle.

Le canot quitta le flanc du navire et s'éloigna rapidement. Il était flou lui aussi, une tache vague de rouge et d'or. Hornblower trouva Bush à son côté.

— L'officier de ravitaillement fait des signaux, Monsieur.

Les fonctions de Hornblower réclamaient impérieusement son attention. Lorsqu'il quitta la lisse pour faire face à ses obligations, il s'aperçut qu'il était en train de penser que dans deux mois ou à peu près il reverrait Maria. Il en éprouva une sorte de joie indécise avant que le sujet ne lui sortît à nouveau de l'esprit. Il eut l'impression qu'il serait heureux auprès de Maria. Au-dessus de lui le soleil brillait d'un vif éclat, tandis que se dressaient devant lui les pentes abruptes et verdoyantes de Sainte-Hélène.

LES AVENTURES D'HORATIO HORNBLOWER

Dans l'ordre de publication

THE HAPPY RETURN (L'heureux retour[1], Folio n° 6935)

A SHIP OF THE LINE (Un vaisseau de ligne, Folio n° 6936)

FLYING COLOURS (Pavillon haut, Folio n° 6937)

THE COMMODORE (Le Seigneur de la mer)

LORD HORNBLOWER (Lord Hornblower)

MR. MIDSHIPMAN HORNBLOWER (Aspirant de marine)

HORNBLOWER AND THE ATROPOS (Trésor de guerre)

LIEUTENANT HORNBLOWER (Lieutenant de marine)

HORNBLOWER IN THE WEST INDIES (Mission aux Antilles)

HORNBLOWER AND THE HOTSPUR (Seul maître à bord)

THE HORNBLOWER COMPANION (récit)

HORNBLOWER AND THE CRISIS (Au cœur de la mêlée)

Dans l'ordre chronologique du récit

ASPIRANT DE MARINE
juin 1774 – mars 1778 (*Hornblower est aspirant*)

LIEUTENANT DE MARINE
mai 1800 – mars 1803 (*Hornblower est lieutenant*)

SEUL MAÎTRE À BORD
avril 1803 – juillet 1805

TRÉSOR DE GUERRE
octobre 1805 – janvier 1808

L'HEUREUX RETOUR (Folio n° 6935, 2021)
juin – octobre 1808 (*Hornblower est capitaine de frégate*)

1. Ce livre a paru aux Éditions Phébus sous le titre *Retour à bon port.*

UN VAISSEAU DE LIGNE (Folio n° 6936, 2021)

mai – octobre 1810 (Hornblower est capitaine)

PAVILLON HAUT (Folio n° 6937, 2021)

novembre 1810 – juin 1811

LE SEIGNEUR DE LA MER

mai – octobre 1812 (Hornblower est commodore)

LORD HORNBLOWER

octobre 1813 – mai 1814

MISSION AUX ANTILLES

mai 1821 – octobre 1823 (Hornblower est amiral)

Composition Nord compo
Impression Grafica Veneta S.p.A.
à Trebaseleghe, le 22 avril 2021
Dépôt légal : avril 2021

ISBN : 978-2-07-293519-0./Imprimé en Italie

377786